—鄭丰作品集—

# 奇峰異石傳

# 目錄

## 第二部■桃李歌謠

# 第二部　桃李歌謠

法律存，道德在，白旗天子出東海。桃李子，莫浪語。
黃鵠繞山飛，宛轉花園裡。桃花園，宛轉屬旌幡。
桃李子，鴻鵠繞陽山，宛轉花林裡。莫浪語，誰道許。
桃李子，洪水繞楊山。江南楊柳樹，江北李花榮。
楊柳飛綿何處去，李花結果自然成。

——《唐受命讖》

# 第一章　洛陽城

傍晚時分，兩騎馬在官道上快馳，往洛陽城奔去。

兩名乘客衣著樸素，頭上戴著寬邊胡帽，帽沿低垂，看不清面目；兩騎身手都頗爲矯健，顯然都是練過武功的。胯下二馬非胡馬名駒，卻結實快捷，馬上的鞍韃轡蹬等物頗爲質樸。

兩騎來到城門口外，勒馬而止。身穿青衣的乘客率先下馬，說道：「趁城門還沒關，我們這就進城吧。」

另一個身穿黑衣的乘客應了，翻身下馬，從馬鞍旁取下一個長長的黑布袋子，揹在背上。兩人牽著馬，穿過城南的建國門，走在寬廣的大街上。

洛陽城乃是皇帝楊廣即位後下令建造的第二座都城，位在首都大興城以東八百六十餘里，漢魏洛陽城的西南方，北據邙山，南抵伊闕之口，洛水貫穿其間；負責規劃建造洛陽城的乃是當時名噪一時的將作大匠宇文愷。

宇文愷借鑑自己興建大興城的經驗，只用了十個月，便將洛陽城建造得美輪美奐，窮極壯麗，令楊廣龍心大悅。此後楊廣便將朝廷各重要衙署都遷到洛陽，讓官員在此辦事，自己也長期居住於此。

大興城雖仍是名義上的首都，但舉國的政商重心漸漸東移，高官貴宦、中外商賈紛紛遷入洛陽城中，在此集市貿易，人口很快便超過了二十萬，成爲當時天下第二大城，與首都大興城相比，實是不遑多讓。

那兩名乘客牽著馬匹，沿著大街，往東北方行去，來到了洛陽城三個市集中最大的南市。

南市聚集了三四千家商戶，販賣金、銀、珠寶、瓷器、皮毛、絲綢等商品；各類商品從全國各地匯集至南市，再由此轉售分發到全國各地乃至西域、南洋、日本等地。市中人潮擁擠，摩肩接踵，商販叫賣還價之聲不絕於耳，熱鬧已極。

兩個乘客經過市集邊的空地，但見一群小孩兒正圍成一圈，踢毬玩耍。孩童間傳來一陣陣嬉笑，夾雜著一首清脆的童謠，唱道：

桃李子，得天下。

皇后繞揚州，宛轉花園裡。

勿浪語，誰道許？

黑衣乘客放緩了腳步，側耳傾聽。

青衣乘客也慢下腳步，聽清楚歌詞後，微微皺眉，說道：「我們走吧。」

兩人離開南市，在洛陽城中穿梭，來到一座破舊的小寺前，門楣上方掛了一幅匾額，卻沒有題字。

青衣乘客抬起頭，露出一張英氣勃勃的臉龐，看來已有十六七歲年紀，說道：「『無名寺』，就是這兒了。」

黑衣乘客側過頭，他約莫十四五歲年紀，濃眉大眼，眼神炯炯有光，如同藏著兩團火焰。他開口問道：「大師兄，你來過這兒麼？」

青衣乘客點點頭，說道：「來過許多回了。這兒的住持通果師兄，也是老和尚的徒弟，專門負責收發洛陽城的鴿信。」

黑衣乘客抬頭望去，果然見到寺中有座三層高的樓房，幾隻信鴿棲息在窗口，正是一間鴿樓。

身穿青衣的乘客，便是終南山寶光寺神光老和尚的大弟子，法名通天，本名李世民，乃是唐國公李淵的次子；黑衣乘客名叫韓峰，乃是隋朝開國功臣韓擒虎的獨孫，因父親韓世諤參與楊玄感叛變，父子雙雙受到通緝；他在逃亡中因緣際會投靠了終南山寶光寺，拜神光老和尚爲師，留在寶光寺參禪學武。

這回老和尚收到飛鴿傳書，得知山下有件緊急事務，遂派遣韓峰下山相助大師兄。師兄弟在大興城會合，結伴東行，來到洛陽城。

通天上前敲了敲無名寺的門，不多時，一個滿面油光的肥胖僧人過來開了門。但見他臉上笑容可掬，彎腰合十，連聲道：「歡迎，歡迎！通天師兄，峰師兄，我恭候兩位好久啦。快快請進！」

通天回了禮，替韓峰引見，說道：「峰師弟，這位便是無名寺的住持，通果師兄。」韓峰合十爲禮，說道：「師弟韓峰，拜見通果師兄！」

通果笑道：「峰師兄箭法神妙，以棍法和拳法大敗左衛大將軍宇文述，江湖上誰人不知，誰人不曉？小僧聞名已久，如雷貫耳。」

韓峰臉上一熱，說道：「師兄過譽了。」二人脫下鞋子，進入寺中。

韓峰原本只道洛陽無名寺大約跟大興城的小鐘寺一般，殘破骯髒，老舊不堪，不料無名寺跟他所想截然不同。寺內嶄新而潔淨，陳設簡單而精緻，全寺的地板都以上好的黑木鋪成，光可鑑人；牆壁雪白，一塵不染；禪堂寬敞清靜，蒲團放得整整齊齊；香盒中焚的似是香中極品「伽楠」，氣息清雅，香煙裊裊；木身佛像雕工精細，栩栩如生。寺中諸事物不但珍貴，更顯然用過一番心思，布置得既貴雅又素淨，饒具風味。

韓峰正嘖嘖稱奇，通果已將兩人請入知客室，讓小沙彌奉上茶來。但見寺中所用茶杯雖以粗瓷所製，卻蓄意做成亦正亦圓之形，饒有趣味；茶做淡碧色，散發著桂花香味，入口芬芳。小沙彌又端上幾碟小甜食，一碟是棗泥千層糕，一碟是黃糖麵打結，一碟是紅棗炒花生。

韓峰幼年時家中富裕，這等精緻甜食自是司空見慣，然而他近幾年住在寶光寺中，生活清苦，這般甜食已經連做夢也吃不到。此時見了，不禁甚感懷念，忍不住問道：「這是淮揚來的甜食麼？」

通果笑道：「峰師兄好眼光，這三樣正是從江都經大運河送到洛陽城的淮揚名食，這茶則是湖州顧渚去年剛採收的紫筍茶。粗茶陋食，不成敬意，請兩位千萬不要嫌棄！兩位遠道而來，快喝口茶，吃些甜食，塡塡肚子。」殷勤地催請二人飲食。

通天和韓峰喝了茶，吃了甜食。通果笑嘻嘻地道：「要說塡肚子，這些甜食還眞不夠。如今洛陽城中最出名的食物是什麼，兩位可知道？」

通天和韓峰都說不知。

通果笑道：「嘿，你們一定料想不到的，是醃豆子！」

通天和韓峰都是一呆，通天問道：「醃豆子爲何出名？」

通果道：「這裡面有個故事。我們洛陽有位大財主，生性吝嗇。他用鹽醃了一大瓶豆子，每回吃飯，就小心翼翼地用筷子夾出三粒豆子來下飯。這日他正吃著醃豆子配飯，忽然有下人跑來向他報告：『老爺，少爺跑去城內最昂貴的風滿樓，正吃著大魚大肉呢！』財主聽了，氣得七竅生煙，怒罵道：『好個敗家子！我辛辛苦苦節省，你竟如此揮霍浪費，遲早要敗了我的家！』說完便一賭氣，將瓶子裡的醃豆子全倒出來，一口氣吃光了，邊嚼邊說：『輪不到你來敗家，我先把家敗了吧！』」

通天和韓峰都忍不住大笑起來。

通果又聊起洛陽城中的時事近聞，他說起話來擠眉弄眼，口沫橫飛，引人發笑，而且消息靈通，對洛陽城中的諸般人事物瞭若指掌，信手拈來，似乎什麼事兒都能隨口談上半日。

韓峰心想：「通果師兄的模樣倒像個縱橫市井的商賈，渾不似出家人。這無名寺跟小鐘寺全然相反，正巧兩寺的住持通果和通木也是一個天南，一個地北。通木跛了腿，乾乾瘦瘦，衣衫破舊，其貌不揚，木訥少言，腹中卻滿是計策；通果則是肥胖潤澤，衣著潔淨，言語滑稽，通曉世事。唯一相同的是兩人都負責傳抄鴿信，消息靈通。」

想起鴿信，不禁想起他的好友小石頭。兩年前他們回到寶光寺後，小石頭便成了鴿樓主人魏居士的得力助手，整日留在鴿樓幫忙抄寫鴿信，甚至開始學寫暗語密信。由於密信的內容太過隱祕，他對至交好友韓峰也是守口如瓶，一個字也不多提。他理直氣壯地道：「我這麼做，是爲了保護朋友。人若知道太多的祕密，便會召來危險；祕密越大，危險越大。最好是什麼也不知道，危險便不會找上你。」

韓峰想起自己和小石頭初上終南山時，便是因爲無意間偷看到一封隱密的鴿信，才被捲入種種驚險危難，對小石頭的話自然再同意不過。

當時小石頭靠著急智，假稱不識得字，老和尚與神力大師因此未曾追究他們偷看密信之事。後來小石頭和魏居士在山谷遇危，才戳破自己的謊言，主動請纓，寫了封鴿信出谷求救。老和尚得知他二人其實識得字，對他們當初說謊甚爲不悅，諄諄告誡他們應恪守「不妄語」戒。在魏居士的極力開脫請求之下，老和尚終於答應讓小石頭去鴿樓幫忙魏居士抄寫鴿信。魏居士自從在山谷和宇文述一戰之後，病情加重，一日中大半時候都得躺倒休養，確實需要有人來幫忙分擔鴿樓的重任。而小石頭勤快細心，很快便成爲魏居士不可或缺的左右手。

然而韓峰想到此處，不禁頗爲小石頭擔憂；他小小年紀，便與聞各種絕隱機密的天下大事，留在寶光寺中自當無虞，若是下了山，便不免如他自己所說的——「被危險找上」。

# 第二章 劫囚計

韓峰正想著小石頭，但聽通天問道：「果師兄，洛陽城裡搜捕反叛者的風聲如何？」

通果皺起眉頭，嘟起嘴巴，嘆了口氣，搖頭道：「風聲仍然很緊。宇文述這廝，看上去人模人樣，但祖上畢竟是鮮卑族的奴隸，奴性深重，心中毫無是非黑白。前年楊玄感起兵叛變，一呼百應，竟有那麼多貴宦子弟響應，楊廣心中一直很不是滋味，如坐針氈。他給走狗宇文述下的命令，乃是寧可殺多，不可殺少。若不給這些叛徒最嚴厲的懲戒，讓所有人再也不敢鋌而走險，類似的叛變只會一而再，再而三，越發地不可收拾。最可恨的是，他不但捕捉參與反叛的貴宦子弟，連老百姓都殺。他說：『楊玄感登高一呼，跟隨者便有十萬人，由此可知天下百姓不需要多，多了就相聚爲盜。不通通殺了，何以警戒後人？』他前年曾下令活埋了數千百姓，只因他們吃了楊玄感開倉放的糧，便是一例。」

韓峰想起當時自己曾目睹一群百姓被綁送大興城刑場活埋，不禁心中一沉。

通天搖頭道：「楊廣若繼續任性揮霍，只顧享樂，不惜民力，失去民心，就算用再嚴厲的刑罰懲處反叛者，也是無濟於事。」

通果點頭道：「通天師兄說得極是，然而楊廣心中當然不是這麼想的。他想自己既然身爲皇帝，便不容帝王的權威受到任何威脅。宇文述最懂得揣摩皇帝的心思，在捉拿叛賊這件事上，可是不遺餘力。過去兩年來，因楊玄感叛變而株連入罪的，總有幾萬人。許多人跟叛變完全無關，只因得罪過宇文述，就被他誣指陷害，官府也不查問，直接逮捕下獄，有的斬首，有的流放，幾百戶人家就這麼家破人亡。如今大家知道皇帝放任宇文述胡做非爲，都怕他怕得不得了，爭相著討好諂媚於他，將一車車金銀財寶、稀世奇珍送往宇文述的府邸，而有些他還不屑收下呢。」

韓峰聽他說起左衛大將軍宇文述的種種惡行，不禁想起往事：他知道宇文述乃是一代武學宗師神武上人的得意高徒，也是鴿樓樓主魏居士的師兄。自己曾以棍法和拳法出其不意打敗了他，逼他承諾再也不去侵擾寶光寺眾人，並且從此不可再出言侮辱韓家。

當時宇文述以武林中人的身分接受他的挑戰，願賭服輸，爽快地答應了韓峰提出的兩個條件。韓峰年輕識淺，並沒想到宇文述身為皇帝楊廣眼前的大紅人，身任左衛大將軍，他所能爲的惡事，遠遠超過迫害寶光寺或出言輕侮韓家。他對徵兵百姓一派殘忍無情，對反抗義士力求撲滅殺盡，爲惡實在不可謂不小。

韓峰想到此處，不禁甚感後悔。自己在終南山靜思谷底向宇文述單獨挑戰，將他打敗，實是個千載難逢的機會；然而打敗他後，卻輕易便放了他去，委實可惜。然而當時自己不過是個十二歲的孩子，爲求保住受傷的魏居士和通靜，確實也別無他策。

但聽通天嘆息道：「宇文述就和當年的楊素一般，權勢熏天，仗著皇帝的信任，無惡不作。因果不爽，總會得到報應的。」

通果點頭道：「師兄說得是。不是不報，只是時候未到罷了。」

通天切入正題，說道：「通果師兄，老和尚這回派我等下山，正是命我們設法救出一位被宇文述陷害之人。此人名叫虞世南，他的哥哥虞世基在皇帝手下當大官，虞世南卻明哲保身，閉門家中，讀書練字，不問世事。他不知如何得罪了宇文述，宇文述竟將他全家抓了起來，準備流放嶺南。家父久聞這位虞世南先生的名聲，知道他人品高潔，學問淵博，是位不可多得的人才。我們須得想個辦法，將虞先生一家救了出來。」

通果點點頭，說道：「我猜想你們此來，便是爲了相救虞二先生。」

他伸出兩根胖胖的手指，說道：「要從宇文述手下救人，只有兩條路子，一條是來軟的，一條是來硬的。軟的我瞧行不通。虞二先生在地方上名望甚高，他被捉起後，許多有頭有臉的高官貴宦都出面爲他求情。宇文述最討厭人家求情，官高權重的也就罷了，官位小一點的，好幾個去求情，都被宇文述一古腦兒抓起，下獄論罪。有人想用重金賄賂，但宇文述痛恨虞二先生人緣太好，通通不收。」

他收起一根手指，剩下一根食指，說道：「因此我們得來硬的。」

通天問道：「如何來硬的？」

通果身子前傾，一個字一個字地道：「劫、獄！」

通天點點頭，臉上並未露出絲毫驚訝之色，接著問道：「人關在刑部大牢，還是天牢？」

通果道：「都不是。」他指指盛花生的碟子，說道：「就在宇文述的府邸。」

通天望著那碟花生凝思片刻，說道：「需要幫手。」

通果露出微笑，點頭道：「幫手有，而且很多。」

通天露出疑惑之色，側頭望向他，說道：「是誰？相助此事之人，必得是非常可靠之人才行。」

通果笑容益盛，說道：「萬分可靠。」他頓了頓，才道：「我說的幫手，正是乞流！」

通天聽見「乞流」二字，揚起眉毛，露出驚喜之色，問道：「當眞？洛陽城中的乞流，以誰爲首？」

通果得意地拍拍胸口，說道：「首領名叫杜灰鼠，正是我俗家的同胞兄弟。我幼年家中貧窮，我爹送了我出家，我兄弟則入了乞流。」

通天聽了，大笑起來，擊掌笑道：「好極！好極！」

韓峰從未聽過「乞流」，不明白他們在說什麼，問道：「大師兄，請問什麼是『乞流』？」

通天道：「通果師兄對此最爲熟悉，不如請通果師兄跟峰師弟解釋吧。」

通果點點頭，說道：「乞流乃是居於大城市中，以乞討爲業的一群人。他們集結爲流，互相幫助照應，在大城市中依靠乞討和偷竊維生，自稱『乞流』。他們原本住在地面上，但數年前楊廣爲了在外族使臣面前炫耀東都的富裕繁榮，下令捕殺流落街頭的所有乞者，嚴查戶籍，他們才只好另覓居處。」

韓峰聽了，不禁心頭火起，拍几怒道：「這楊廣當眞全無人性！他不思照顧街頭乞兒，竟爲了顧及面子，將他們趕盡殺絕！」

通天搖頭嘆道：「往年在大興城，楊廣也曾因乞兒礙眼，下令全數撲殺。此人殘忍無仁，已是天下皆知。」

通果道：「正是。乞流受到打殺壓迫，不只是這一兩年的事。因城市地面上里戶森嚴，乞流中人沒有產業戶籍，不能居住在里中，在街頭行走又會被士兵捕殺，因此他們便在地底下祕密挖掘土室居住，土室之間更挖掘地道相通。這些地道四通八達，分布於整個洛陽城之下。」

韓峰恍然大悟，說道：「宇文述將軍府第之下，想必已有地道！」

通果笑道：「峰師兄好聰明，正是如此。將軍府占地廣大，地底下共有三條通道，五個出入口。」

通天沉吟道：「有沒有一條能通往城外？洛雁寺位在城外西南方數里之處，寺中有個隱密的藏身處，可以暫時安頓虞先生一家。」

通果轉過身，從書架上取出一幅地圖，在几上展開。

但見圖中畫著好大一間屋苑，中間隔成一塊一塊，標示著園林池榭、廟堂樓房等。通果道：「這便是宇文將軍府的地圖。占地五千頃，整個崇業里都是他的府邸。」

他指出位在西方的一處獨立院子，說道：「禁錮虞二先生和其家人的牢房，就在這院子的主屋裡。主屋邊上環繞著一排守衛房，共有上百名侍衛日夜守護。」

通天仔細研究地圖，問道：「這三條紅線，便是乞流的地底通道麼？」

通果道：「正是。師兄你瞧，眼下最大的難處，是乞流的地道出口並不在牢房的正下方。牢房底下鋪了石板，無法挖穿，因此目前最近的地道，只能通到守衛房之下。我們需得將人從主屋中救出，護送到十餘丈外的守衛房，才能進入地道。進入地道後，地底下四通八達，只需往西南行去，便能到達城外的洛雁寺。」

通天凝神觀看地圖，點頭道：「通果師兄調查得極爲詳盡。」思慮一陣，問道：「令兄弟手下有多少人？」

通果道：「精壯共有三百餘人。」

通天道：「動手時不需要這麼多人，五十人足夠了。」他抬起頭，說道：「通果師兄，可否請令兄弟來此，大夥兒一塊兒談談？」

通果微笑點頭，說道：「這個自然。我已跟我兄弟說過，兩位寶光寺師兄就將來到洛陽，定有大事要辦。他正等我喚他來談事情呢。」當即派了小沙彌去南市尋找自己的兄弟，請他立即來無名寺商議要事。

不多時，便見一個面貌酷似通果的胖子走進知客室，兜頭便拜，正是通果的兄弟杜灰鼠。

杜灰鼠跟他兄長一般滿面油光，笑口常開，只不過通果是出家人，剃了光頭；杜灰鼠則是一頭灰髮，口裡長了兩顆大暴牙，看來果然頗像隻肥大的灰色田鼠。

他睜著一雙小眼望向通天和韓峰，眼神閃爍，躬身說道：「二位師兄！我們乞流雖是粗人，但也懂得尊敬賢人。我兄長告知兩位計劃營救虞二先生一家，乞流一族義不容辭，全體供二位差遣！」

通天肅然起敬，起身恭敬回禮，說道：「乞流雖為世所不知，卻是天下『義』之所在，通天衷心感佩！」

杜灰鼠連道：「不敢，不敢！」

當下眾人圍几而坐，通天便說出了他的計畫：通天、韓峰師兄弟及杜灰鼠率領乞流三十人，從地道偷入守衛房，趁夜竄出，打倒守衛；之後兵分三路，通天率領十人闖入牢房，救出虞先生一家，送入地道；韓峰則率領十人爬上屋頂掩護，如有守衛逼近，便以弓箭射退；杜灰鼠則率領二十人留在守衛房，守住退路。地道之內留下十位乞流負責接應，護送虞先生一家通過地道，前往城外的出口，趁夜抵達洛雁寺。將虞家送入地道之後，為了掩人耳目，避免將軍府的護衛得知囚犯已從地道逃出，韓峰將帶領二十位乞流闖向將軍府東方的林苑，從另一入口潛入地道；通天則率領二十位乞流往南方闖去，從南方正門闖出，聲東擊西，混淆視聽。

韓峰聽完後，說道：「虞先生被關之處或有鐵柵，囚者也可能被鐵鍊綁縛。我的『天降大刃』堪稱鋒銳，可借大師兄一用。」

通天甚喜，說道：「好極，自當借重師弟的『天降大刃』。」

韓峰想了想，又道：「正門守衛定然甚多，不易闖出，不如我跟師兄同去，不致分散了力量。」

通天點頭道：「這樣也好。然而我們需得假做護衛著虞二先生一家，好讓守衛不會懷疑虞二先生等已躲入地道。這樣吧，我們請十位乞流弟兄裝扮成囚犯，跟其餘乞流弟兄護衛著他們往外闖。其他的乞流兄弟，只需混淆守衛，往東方林苑奔去，及早躲入地道便是。」

當下眾人討論劫囚的細節。通天心思縝密，詳細考慮一切可能發生的情況，並擬定各種因應之方。

韓峰在旁傾聽，心想：「大師兄年紀雖輕，卻雄才大略，智謀深遠。老和尚派我跟隨大師兄下山，想必希望我藉此機會，好好向大師兄學習。」當下仔細聆聽，有不懂處便開口詢問，時而提出自己的想法。

通天留神傾聽韓峰的想法，並不時請問杜灰鼠的意見。

通果坐在一旁聽了半天，擠眉弄眼，忽然說道：「大師兄，你可沒分派任務給我啊。」

通天笑道：「通果師兄是本地有頭有臉的人物，不應輕易露面犯險。劫囚這等犯上作亂之事，師兄還是別插一腳爲妙。便請通果師兄在此坐鎮，此役便交給我和峰師弟及杜流主吧。」

通果略顯失望，仍合十道：「謹遵大師兄吩咐。」

注：今日大多以「乞丐」二字連用，指的是在街頭巷尾求討吃食財物的人，乃是社會最底層的人群。但是這兩個字在古代卻有著不同的意思：「乞」表示向人求討；「丐」卻同時有求討和給予、施捨的意思。「乞丐」二字連用，最早應是在《後漢書・獨行列傳》中，說有個叫做向栩的狂生，「騎驢入市，乞丐於人」，說他求乞到東西之後，又施捨給別人，形容此人的狂行。這時「丐」的用法，仍是施捨的意思。直到宋朝的《太平廣記》開始，才以「乞丐」指稱現代意義中的乞討族群。（引用自許暉所著《這個詞，原來是這個意思！》）

因此武俠小說中的「丐幫」，大多指宋朝以後的乞丐聯盟或組織。作者竊思隋唐時期若有「丐幫」之類的組織，取名便不應使用「丐」字，只應用「乞」字；唐朝盛行「流派」，「乞流」一詞似乎甚爲恰當，遂用於書中。

# 第三章　地底道

當天夜裡，通天、韓峰、杜灰鼠和五十名乞流換上黑衣，以黑布蒙面，子夜時分，跟著杜灰鼠來到洛陽城西南方崇業里旁的地道入口。

一行人來到一間民居的地窖，打起火把，沿著石階往下走去。走出五十多步，才來到階梯底端，進入一條兩人寬、一人半高的甬道。一行人往前走去，沒走出多遠，甬道兩邊便開始出現住人的地洞，每間都有個半人高的穴門，以破布爲門帘，隱約能見到洞內有草蓆矮几等物，有的還有婦女嬰孩坐在其中。

韓峰大感驚奇，他自幼生長在洛陽城，卻從不知道地底之下竟有這許多穴屋，住了這許多人家。

杜灰鼠在前領頭，時而爬上，時而落下，時而轉彎，並不時跟甬道兩旁穴屋中的住戶點頭招呼。

這地道不但蜿蜒綿長，而且互相連結，有如蜘蛛網一般，高低上下，四通八達，比之地上的里弄街道複雜百倍，直如在迷宮中行走一般。韓峰很快便無法辨清方向，只能緊緊跟隨在後。

如此走了約莫半個時辰，領頭的杜灰鼠慢下腳步，望了望土牆上的標誌，低聲道：「我們就將進入將軍府邸了，大夥兒噤聲。」

眾人放輕了步伐，一聲也不敢出，繼續往前走去。

又走了約莫半段香的功夫，杜灰鼠停下腳步，做手勢讓大家停下，指著一個洞口，握拳做個擊打的手勢，表示守衛房就在上面，準備動手。

他手下乞流立即各就各位，留下守候的分散在洞口四周，坐下等候；安排跟隨杜灰鼠、通天和韓峰衝出去的乞流，便各自跟在三人身後，取出武器。

韓峰見他們的武器大多是小巧的鐵錐、鐵戟、鐵鍬之類，心想：「他們慣於在地道中生活，想必時時得在黑暗中近身而搏，因此使的都是這等短小精幹的武器。」當下束緊背後木棍和弓箭，望向通天。

通天也望向他，打手勢問他是否已準備好，韓峰點了點頭。

通天便對杜灰鼠打個手勢，杜灰鼠點點頭，指指自己，通天，以及韓峰三人，便熄滅手中火把，當先鑽入洞中。

通天和韓峰跟在其後，見洞後便是一道斜斜往上的階梯，眾人摸黑往上爬去，杜灰鼠手腳極輕，悄然竄到了階梯頂端，伸手推去，推開了一扇暗門。

外面透出微微的燈光，杜灰鼠一竄而出，不一會便低頭向通天和韓峰招手。兩人鑽出暗門，但見身處一間昏暗的小室，四周堆滿了木箱，似是一間儲藏庫。

但聽隔壁傳來人聲，三人悄悄來到門邊，通天隔著門縫望去，見隔壁便是侍衛房，几上點著一盞油燈，十多名侍衛席地而坐，有的在磨刀，有的在閒聊，有的在賭博，喧嘩笑鬧，足以蓋過三人偷偷闖入之聲。

通天觀望了一陣，回過身望向杜灰鼠和韓峰，將五指翻了三回，意示共有十五名侍衛。他指指自己，再指指中間；指指韓峰，指指左邊；又指指杜灰鼠，指指右邊，意示一人收拾五個。韓峰和杜灰鼠一齊點頭。

當下通天吸一口氣，陡然推門而出，揮掌攻向最近的一個侍衛。韓峰和杜灰鼠也跟著闖出，一左一右，向一眾侍衛攻去。

韓峰過去兩年中在寶光寺精勤練武，尤其苦練「雷撼拳」和「狂命拳」兩套拳法，以及「擒龍手」和「風雲手」兩套擒拿功夫，這時他衝向一名背對自己的侍衛，左手疾出，斬中他的後頸，那人連哼也沒哼，便往前軟倒，伏在地上不動了。

旁邊的守衛見同伴倒地，一呆之下，才驚覺有敵人闖入，立即拔出佩刀，回身刺來。韓峰斜身閃避，揮掌斬上對方手腕。那守衛慘叫一聲，手腕折斷，佩刀脫手。韓峰一拳打上他胸口穴道，他悶哼一聲，軟倒在地。

第三人嚇得往後連退，韓峰追趕上前，右手急出，扣向對手的咽喉。對手仰頭躲避，韓峰伸腳勾出，將他絆倒，那人往後一跌，腦袋重重撞上土牆。韓峰隨即一個肘擊，撞上對手小腹。那人抱著肚子跌倒在地，再也站不起身來。這幾招又快又準，正是當年四師兄通海最喜歡用來對付他的招數，這時韓峰用在敵人身上，同樣極爲有效，幾瞬間便解決了三人。

便在這時，韓峰聽見背後風聲響動，立即矮身躲避，回過身，見到一個侍衛揮刀向自己橫劈而來，當即退後數步，伺機反擊。

眾侍衛被三人攻了個措手不及，還沒回過神來，便已有七人倒地。其餘八人紛紛呼喊，拔出兵刃反擊。

杜灰鼠下手狠辣，鐵錐扎處，便是鮮血四濺。一名侍衛想搶出房門向同伴報訊，卻被杜灰鼠扔出鐵錐，戳中後心，倒地而死。

通天和韓峰因出身寶光寺，不願殺生，始終以空手對敵，情勢更爲險峻：通天力道強勁，出手極快，又擅長點穴，總能及時避開對手的刀劍，掌掌中敵要害；韓峰則藉著身法靈活，穿梭於對手的刀劍之間，趁隙攻敵。

不過半刻的功夫，十五名侍衛盡數倒地，侍衛房中便只剩下通天、韓峰和杜灰鼠三人還站著。這場突襲來得快，去得也快；通天打倒了六人，韓峰打倒了五人，其餘四人則被杜灰鼠的鐵錐戳中要害，倒在血泊之中。

但聽門外腳步聲響，有人呼叫喝問：「發生了什麼事？」想是隔壁營房的侍衛聽見這裡傳出驚呼打鬥之聲，趕來探視。

通天快步來到窗邊，往外望去，比個手勢，翻掌四次，表示外面有二十多名侍衛。

杜灰鼠點了點頭，握緊鐵錐。

通天低聲道：「這些應是駐守在鄰近營房的侍衛。我引他們進來，請杜流主解決。峰師弟快上屋頂掩護我，我需趕緊闖入主屋救人。」

杜灰鼠和韓峰一齊答應，韓峰取出腰間「天降大刃」，遞過去給通天。通天點頭接過，將匕首貼身藏在腰間。

這時躲在地道中的四十名乞流都已鑽出，三批人分別行動，一批留在房中，一批跟隨通天從側門奔出，躲在黑暗處，一批則跟隨韓峰從窗戶攀出，往屋頂爬去。

只聽腳步聲響，兩名侍衛走近前來，伸手推開了門。這兩人探頭向內張望，見門內漆黑一片，一陣血腥味飄了出來。

兩名侍衛舉起火把，驚見屋中滿地橫七豎八地躺的都是人。二人還沒來得及驚叫出聲，杜灰鼠已從門後躍出，鐵錐刺上二人的咽喉，鮮血噴出，二人倒地而死。

屋外其餘侍衛見了，紛紛大呼，拔出兵刃，往侍衛屋逼近。

通天趁著混亂，帶領十名乞流奔過中庭，進入了主屋。

韓峰已和十名乞流爬上守衛房的屋頂，從背後箭袋取出羽箭，彎弓搭箭，連珠般發出了十五箭，每箭不是射中侍衛的肩膀，便是大腿，中箭者紛紛跌倒在地，驚呼道：「神箭手！神箭手！」

其餘乞流都是擅長發射暗器者，各自備好暗器準備出手，然而以手扔擲暗器，射距畢竟比不上弓箭，這時都無用武之地，只能伏在屋頂，讚嘆韓峰的箭法。

杜灰鼠從侍衛房見到韓峰的神箭，也不禁讚嘆道：「好箭法！」

韓峰反手又抓起一枝箭，彎弓搭箭，蓄勢待發，府中侍衛此時已怕了他的神箭，不敢再靠近，都躲到二十丈外。就在這時，但聽杜灰鼠喜道：「虞先生出來了！」

韓峰低下頭，見一位青年儒生從主屋大門緩步走出，一身灰布長袍，神態安然自若，好似正從自家的書房走出來一般。

韓峰見了，也不禁好生佩服他的儒雅鎮定，心想：「虞二先生果然不是尋常人物，遭此危難，仍舊沉著安穩，一如平時。想來他是位素有修養之士，早將生死置之度外。」

虞世南向通天長揖爲禮，說道：「承蒙俠士相救，世南身受大恩，不敢言謝。敢問俠士大名？」

通天合十回禮，壓低聲音，說道：「虞二先生不必客氣。晚輩姓李名世民，乃唐國公次子，受命於家父及寶光寺神光老和尚，特來解救先生於此冤獄，爲世間保住一位有德有守之人。」

虞世南露出驚訝之色，也壓低聲音，說道：「原來是李二公子！公子尊貴之身，爲何親身蹈險？」

通天聞言一笑，說道：「如今天下紛紜，若想撥亂反正，成就大事，晚輩豈能不親力親爲？」

虞世南聽了，暗暗點頭。

通天道：「險地不可多留，虞先生請快跟我來。脫險之後，晚輩自當登門拜見虞二先生，向先生請益。」當下引領虞世南和十多位家人穿過中庭，來到守衛房，將眾人一一送入地道。杜灰鼠也跟了下去，十名乞流手下已在當地等候，由杜灰鼠帶領，護送虞家眾人沿著地道離去。

送走了虞世南等，通天和韓峰對望一眼，通天將「天降大刃」七首還給韓峰，說道：「幸好有師弟這柄削鐵如泥的七首，救出虞先生才易如反掌。多謝了！」

韓峰微笑接過了。

通天拍拍身上灰塵，說道：「接下來才是今晚的重頭好戲呢！峰師弟，你準備使什麼兵器？」

韓峰指指背上的長棍，說道：「長棍。」

通天笑道：「我使的是齊眉棍。來吧，瞧我們師兄弟雙棍大鬧將軍府，打他個落花流水！」

韓峰應聲：「好！」

通天當下招呼乞流弟子，吩咐道：「我們在此大聲呼叫，往南方闖去。你們等侍衛出來包圍我們後，便趕緊往東方逃去，別忘了弄出聲響，引人注意。到了東苑，便趕緊躲入地道，切勿多留。」乞流弟子齊聲答應。

通天又讓跟著自己的十名乞流脫下黑衣，露出已穿在內裡的囚衣，假扮成虞家諸人，聚在一起；通天、韓峰和其餘乞流圍繞在他們四周，假做護衛。

注：虞世南乃是唐初名臣，也是出名的書法家、文學家和詩人。唐朝建立後，虞世南成為唐太宗李世民身邊的重臣，唐太宗曾稱讚他說：「世南一人，有出世之才，遂兼五絕。一曰忠讜，二曰友悌，三曰博文，四曰詞藻，五曰書翰。」虞世南在凌煙閣二十四功臣中排名第二十。其兄長虞世基則如故事所述，是楊廣的走狗，專事諂媚皇帝，收受賄賂，生活豪奢。隋煬帝楊廣在江都被手下弒殺時，虞世基也被誅殺。

# 第四章 顯身手

準備停當後，通天雙手持棍，對韓峰道：「動手吧！」當先往南門闖去。

韓峰揮動木棍，衝向幾名迎面奔來的守衛，大喝一聲，當頭打下，勢道猛烈。那侍衛揮刀擋架，韓峰卻已變招，木棍轉爲橫掃，正中那人脅下，將他打得直飛出數丈才落地。

通天見韓峰使出寶光寺的「勁罡棍」，其中混雜著較困難的「嘯野棍」招數，叫道：「好！」也揮棍點出，連出五棍，點中五名侍衛的腿上穴道，五人頓時滾倒在地，爬不起身。他的棍法也出自「勁罡棍」和「嘯野棍」中的招數，並加入打穴之法，精妙非常。

韓峰見大師兄棍法快捷，認穴準確，不禁好生佩服，暗想：「我的棍法雖頗有進境，但離大師兄還是差得遠了。」

此時他的棍法已比兩年前純熟得多，不再是憑著一股氣胡揮亂打，或靠著直覺經驗抵擋反擊，而是受過精心的指點和嚴謹的訓練，學全了「勁罡棍」和「嘯野棍」兩套棍法，出招準確，變招迅速，揮灑自如，與兩年前已是不可同日而語。而且他這時已滿十四歲，身形拔高了許多，體格健壯結實，使起棍來力道勁猛，控棍精準，看來已是個成熟的少年，而不再是個孩子了。

通天和韓峰並肩往南方闖去，來到一個寬廣的中堂。只見宇文將軍府的侍衛和士兵如潮水般從四面八方湧來，放眼望去，眼前點點光芒盡是火把，看來總有三四百人。

領頭者是個雙目分得很開之人，但聽眾侍衛士兵紛紛呼喊：「何方賊子，竟敢來將軍府劫獄！」「鬼鬼祟祟地蒙著面，爲何不敢以眞面目示人？」「留下囚犯，饒你們一死！」

通天和韓峰全不回答，通天吸了一口氣，大喝一聲，飛步上前，舉棍衝入人群。韓峰緊隨在旁，兩人相距數尺，遇到危險時即可互相救助。

韓峰單手緊握長棍的一端，東揮西掃，棍風掃處，侍衛如秋風掃落葉般，紛紛飛出或倒地。他自己也頗感驚奇，沒想到自己在山上苦練兩年，武功進境竟然如此之巨。

通天棍法仍舊凌厲快捷，無與倫比，兩人衝入侍衛群中，如入無人之境，領著十多名乞流，闖出一條通路。

如此打鬥了總有兩段香的功夫，一行人才終於穿過廣大的將軍府，來到南門。一名乞流衝上前，抽開門閂，開門而出，十二人迅速鑽出門外，韓峰回頭射出三箭，逼退追近前的侍衛，一名乞流趁機關上了大門。

一行人奔出南門後，一名乞流便領著眾人往東首奔去，鑽入一條黑暗的小巷，闖入一間民宅。

這時將軍府的侍衛早已開啓大門，打著火把，騎馬追上。然而這巷子甚爲窄小，馬匹無法進入；便在侍衛下馬來追的幾刻間，通天等人已在乞流的指引下，鑽入一個隱蔽的地洞，進入地底甬道，在甬道中快奔出數里，才停下休息。

韓峰喘了幾口氣，但聽通天在黑暗中笑道：「諸位乞流兄弟，幹得好！」

眾乞流都道：「通天師兄和峰師兄武功高強，棍法精妙，我們才是大開眼界哩！」

通天問道：「有人受傷麼？」

一個乞流首領巡視一圈，說道：「有兩人腿上中刀，只是輕傷，不礙事。」

通天道：「好極。今夜一役多虧各位相助，才能順利救出虞先生一家。杜流主和眾位乞流兄弟高義出手，神勇無匹，通天銘記在心！」

那乞流首領抱拳道：「不敢！」

當下十名乞流換回了平時破衣爛衫的裝扮，紛紛散去，其中一人引領通天和韓峰鑽過彎彎曲曲的地道，來到離無名寺不遠的一個出口，送二人回到無名寺。

當夜通天和韓峰回到無名寺時，已過了四更時分。

兩人坐倒在禪房中，一場大戰之後，終於能夠鬆弛下來，兩人都感到又疲勞又欣慰，各自噓出一口長氣。

兩人靜默了一陣，通天才扯下臉上黑布，微笑道：「今夜一戰，當眞痛快淋漓！峰師弟，兩年多不見，你的棍法進步神速，委實令人驚喜！」

韓峰也對自己的武功進境頗感驚奇，取下臉上黑布，說道：「大師兄過獎了。我的武藝比起大師兄，還差得遠呢。」

通天一邊脫下夜行衣，一邊問道：「我聽說神力大師留在南方，一直未曾回來，但是二師弟卻回到寶光寺了。是麼？」

韓峰道：「是。二師兄回來了。老和尚命他帶領我們練武，已有一年多的時光了。」

通天微微一怔，說道：「二師弟帶你們練武？」

韓峰點了點頭。

通天見他欲言又止，心中有數，微微一笑，說道：「你二師兄脾氣古怪，甚難相處，這我是最清楚的。當年我跟他一起練功，每當他有一招一式無法立即練成，便要大發脾氣，有時敲胸狂吼，有時捶地痛哭，好似發瘋了一般，誰也勸他不住。」

韓峰笑了，說道：「看來二師兄的性子一點兒也沒變。」

通天笑道：「人的性子，哪有那麼容易就改變的？」

這時通果在外輕輕敲門，問道：「兩位師兄回來了？一切可順利？」

通天忙起身開門，說道：「通果師兄快請進，我們一切順利。」

通果跨入室中，送上一壺清水，一碟蒸餅。

通天和韓峰都感到腹中飢餓已極，不約而同望向那碟餅，一齊伸手，各自抓起一塊，大口吃了起來。

吃飽喝足後，通天便將方才協同杜灰鼠和乞流中人，闖入宇文大將軍府救出虞家眾人的經過對通果說了。

通果不斷點頭，說道：「人讓我兄弟接去，那就沒問題了。」又道：「兩位早早歇息吧。我出去探探風聲，不必等我。」便自出房而去。

通天和韓峰相對而坐，事情雖已辦成，兩人的情緒卻仍頗爲激昂，無心就寢。

通天望著韓峰，笑了笑，說道：「峰師弟，來，你跟我說說，這兩年來，寶光寺中都發生了些什麼事？」

韓峰喝了一口水，回想過去兩年的經歷，緩緩爲大師兄道來。

一年多前，韓峰和小石頭重返寶光寺；神力大師去往南方辦事，始終沒有回來，取而代之的，是個更加古怪凶猛的人物：二師兄通地。

韓峰和小石頭初來寶光寺時，曾隱約聽其他沙彌們提起過這位二師兄，得知他的法號叫做通地，然而關於他的出身背景、長相性格、武功兵器，卻一無所知。

大師兄通天他們見過，知道他是唐國公的次子，俗名李世民，自幼跟隨老和尚學禪練武，英明果敢，武功高妙；三師兄通山是楊玄感的家僕，高大健壯，棍法威猛，專門來此保衛楊玄感倖存的兒子楊觀海；楊觀海法名通海，正是他們的四師兄，擅長「擒龍手」和「霹靂鞭」，高傲自負，早前背叛寶光寺，投奔李密和瓦崗寨，之後又和通山一起逃奔他處，不知下落；五師姊通雲本名李晏雲，乃是李世民的親妹妹，從小在寶光寺長大，學得一身精湛的輕身功夫「點水功」和劍法「打魔劍」。

然而排行第二的通地師兄卻從未現身，通吃等其他小沙彌也絕少提起他，似乎大家都沒見過這個人。

然而，就在韓峰和小石頭回到寶光寺後不久，二師兄通地忽然回來了。他披著一頭蓬亂的長髮，身形瘦削，衣衫破爛，面色黝黑，頦下長著一片如刺般的鬍渣子，看來已有三十多歲年紀，比通天和通山等都大上許多，他的出現頗出大家的意料之外。

老和尚見到他回來，似乎又是驚訝，又是喜慰，在竹舍中跟他長談了半日，才拉著他的手出來，向一眾小沙彌介紹道：「這是你們的二師兄通地。往後他將留在寺中，負責教你們武功。」

韓峰和小石頭雖感突兀，但也頗爲歡喜；這時開始練武的弟子，除了韓峰和小石頭外，還包括通吃、通平、通定、通安、通靜五個小沙彌。二師兄回來之前，老和尚每日早晨親自帶領他們去山頂練武坪，命他們蹲馬步、弓步、練五禽戲。但老和尚年紀畢竟大了，事情又多，無法日日帶他們上山練武；他抽不出空時，便讓年紀最大的韓峰帶領幾個師弟練武。眾人此時已由老和尚處得知韓峰本名，又被小石頭一番解釋帶過，也都接受了。

韓峰自己並沒有正式學過什麼武功，也不知道該如何教導師弟，只能將自己隨神力大師學武的經驗照搬過來，每日帶著大家蹲馬步、對拳、對棍，盡量將自己所知的一切傳授給師弟們。

這時他聽說二師兄將帶領他們練武，感到鬆了一口氣，同時心中也升起了一股希望。他知道自己武功有限，一直期盼能有人好好地教導他，甚至暗暗盼望凶暴的神力大師能早日回來，至少有個武功高強的大人來帶領他們練武，而不是由他一個只有十多歲年紀、武藝低微的孩子，帶著一群年紀更小的孩子瞎摸瞎學。

他聽了老和尚的話之後，立即合十對二師兄說道：「太好了！請二師兄多多指教，我等一定認眞苦練！」

二師兄通地臉上毫無表情，只用冰冷的眼神向韓峰等七個師弟望了一圈，什麼話也沒說。

老和尚拍拍通地的肩頭，說道：「你想想該如何教他們。這事不用急，先去休息吧。」

但韓峰等七個弟子很快便發現，在二師兄落拓粗獷的外表下，更藏著一顆冷酷如冰、堅硬如鐵的心。

第二日清晨，韓峰和小石頭等七個弟子早早便來到山頂練武坪，卻不見二師兄到來。等了幾刻鐘，小石頭道：「或許二師兄忘記了怎麼上山？不如我去找他吧。」便往山下奔去。

奔出不多遠，便見一個瘦瘦的身形往山上走來，腳步甚快，正是二師兄通地。

小石頭見二師兄一邊走，一邊仰頭從葫蘆喝著什麼，一股酒氣隨著山風飄了過來。他微微一愕，心想：「五戒中不是有『不飲酒』一戒麼？二師兄怎地一大早便喝酒？」

正想向二師兄行禮招呼，二師兄已望見了他，眼神冰冷，將酒葫蘆往腰間一放，大步走上，舉起木棍，當頭便向他打下。

小石頭又是一怔，心想：「莫非他喝得爛醉，見人便打？」幸好他輕功甚佳，反應極快，腳下一點，往後竄出數尺，躲過了這一棍。他機伶警醒，不敢多待，立即轉身往山上逃去，叫道：「二師兄來啦！」

眾弟子低頭望去，果見二師兄頂著一頭亂髮，手持木棍，出現在山道上。

不多時，二師兄便來到了山頂練武坪。但見他雙眼布滿血絲，面色如蠟，似乎昨夜徹夜未眠。他向七個師弟掃視一周，眼神冷酷，嘴角下垂，滿面嫌惡不耐之色，隨即打了個酒嗝，卻不發話。

韓峰年紀最大，當先走出，合十說道：「二師兄，師弟們已活動了筋骨，蹲了馬步，請師兄指點大家練武。」

二師兄的眼光向一眾師弟掃了一圈，最後眼光落在通平身上，說道：「你！出來。」

通平當時只有八歲，但身形甚高，比十歲的小石頭還高上一個頭，差不多能追上十二歲的韓峰。他的身子雖高大，性情卻十分儒弱，平日唯唯諾諾，謹慎乖順，從不敢犯錯。他聽二師兄喚自己，趕緊趨上前，合十道：「二師兄叫我？」

二師兄不耐煩地道：「對，就是叫你！」說完舉起木棍，毫無徵兆，突然便往通平小腹戳去。

通平的反應沒有小石頭快，輕功也不擅長，更來不及後退閃避，這一棍便重重地戳上了他的小腹。他慘叫一聲，彎腰抱著肚子，痛得直不起身。

二師兄喝道：「站好了！這麼慢的棍子都躲不過，你學過武功麼？」

通平聽二師兄喝罵，心驚膽戰，只能咬牙忍痛，勉強站直身子。

沒想到二師兄再次高舉木棍，當頭打下，通平還沒站直，便被一棍打在頭頂上，連叫也叫不出聲來，便抱著頭跪倒在地。

二師兄憤怒已極，大吼道：「給我站起來！挨了兩棍就認輸了？就求饒了？像你這等軟弱無用之人，學武幹什麼？還沒出手就被人打得趴在地上，雙手奉上自己一條小命！窩囊廢一個！立刻給我站起來！」

通平雙目緊閉，神色極爲痛苦，跪在地上，再也站不起身。

# 第五章　凶神威

旁觀眾人都看得呆了，不敢相信眼前發生之事，眼睜睜地望著二師兄跨步上前，又是一棍橫掃，打向通平背心。

但聽砰的一聲，棍子打上通平背心，通平往前飛出足有兩丈，俯身摔倒在地，雙眼翻白，昏暈了過去。

二師兄通地有如瘋了一般，雙眼發紅，見到通平倒地不起，竟然大步追上，繼續揮棍擊打，棍子如雨點般落在通平身上。

韓峰大驚失色，無暇多想，飛步上前，揮棍攔住了通地的棍子，叫道：「二師兄！你這是幹什麼？你想打死通平麼？」

只見通地長髮飛揚，轉過頭瞪向韓峰，眼神狂亂，咧開嘴，露出一排白森森牙齒，似乎要撲上前將他咬裂撕碎一般。

韓峰從未見過任何人的臉上流露出如此強烈的憤怒仇恨，幾近瘋狂，心中又是驚訝，又是戒懼，一咬牙，長棍橫擺，攔在通平身前，叫道：「你別打他，打我好了！」

通地怒吼一聲，揮棍便向韓峰打去。韓峰舉棍擋架，隨即反攻，兩人持棍互鬥起來。韓峰雖未正式學過棍法，但實戰經驗豐富，勉強能抵擋得住通地的攻勢。

如此過了十餘招，韓峰漸漸感到招架不住，但此時通地似乎也略略清醒了一些，忽然持棍退開，伸手撩開披散在臉上的亂髮，眼神恢復平時的冰冷。

韓峰見他罷手，忙蹲下身去查看通平，但見他雙眼翻白，不知死活。韓峰趕緊用力捏通平的人中，只見通平全身僵硬，口中冒出白沫，模樣極是可怖。

韓峰全身冒出冷汗，急叫道：「師兄，通平的情狀不好！你快來看看！」

二師兄通地卻未露出半絲關心擔憂之色，站在當地更不移動，面色冷酷，將棍子往肩上一擺，冷冷地道：「他若能活下來，再跟我學武罷！今日就教到這裡。你們明日提早一個時辰來此，誰敢遲到就試試看！」說完便轉身往山下走去。

小石頭和其他小沙彌等目睹通平的慘狀，都嚇得魂飛魄散，趕緊圍上來看，紛紛開口詢問：「通平沒事麼？」「他死了麼？」「救不救得活？」

小石頭熟知通靜擅長醫藥，忙對通靜道：「喂，通靜，你快看看，他究竟是死是活？」

通靜趕緊伸手去探通平的鼻息，又去搭通平的脈搏，摸他的胸口，說道：「鼻中還有氣息，但是脈搏微弱，心口發涼。我們得趕緊帶他下山，請老和尚救命！」

韓峰立即俯身抱起通平，往山下奔去，其餘弟子也急忙跟在後面。

一行人一路狂奔到竹林中，老和尚當時正在竹林中打坐，聽見幾個弟子慌慌張張奔來的腳步聲，連忙睜眼問道：「怎麼了？」

小石頭叫道：「通平被二師兄打昏了！老和尚快救他性命啊！」

老和尚一驚，趕緊下座起身，說道：「快抬進我屋裡，讓我瞧瞧。」

韓峰等將通平抬入竹舍，放在竹榻之上。

老和尚跪在他身旁，伸手搭上他的脈搏，閉目凝神，說道：「佛祖保佑，只是昏暈了過去，待我運氣替他提回一口氣，應能醒轉過來。你們先出去吧。」

韓峰和小石頭等便出了竹舍，關上竹門。他們怕打擾了老和尚，趕緊離開，回到寺中各自幹活兒去了。

到了下午，通吃才給大家捎來消息：「我去給老和尚送午齋時，看到通平已經醒了，但是身子虛弱得很，根本爬不起來，只能軟綿綿地躺在那兒，勉強喝點兒稀粥。」又道：「老和尚問我發生了什麼事，我一五一十全都告訴他了。老和尚不斷搖頭嘆息，說道：『我得跟通地好好談一談。』後來就不知道怎麼樣了。」

通平在竹屋中足足躺了三天，才能坐起身；之後又休養了一個月，才勉強可以再次跟大夥兒一塊兒幹活練功，但是臉色一直蒼白如紙，手腳也沒點力氣，就如生了一場大病一般。他被二師兄毆打得著實不輕，身體的內外傷恢復了，內心可還傷得頗爲嚴重，不但對二師兄恐懼得要命，對武功兵器也都畏縮害怕，武功進境十分有限。

自從二師兄第一次帶大家「練武」，通平無端挨打、幾乎喪命之後，小沙彌們一看到二師兄的人影便驚懼不已，躲避唯恐不及；在山頂練功時不得不面對二師兄，便個個面如土色，全身發抖，好似見到了閻王羅刹一般。

之前教他們武功的神力大師雖然性情凶暴，老愛大吼大叫，時時處罰他們，但極少對他們拳打腳踢，更從來不曾用棍子毒打他們；這位二師兄卻有如混世魔王一般，動不動便勃然暴怒，對幾個師弟揮棍毒打，好似跟他們有著什麼不共戴天的深仇大恨一般，一個不留神，便要將他們往死裡打去。

每回二師兄動怒打人，韓峰都得出頭攔阻，最後總是以韓峰和二師兄大打出手收場。韓峰原也是個脾氣火爆的性子，發起怒來跟二師兄可說旗鼓相當。只是韓峰往年大多是被神力大師或四師兄通海所激怒，如今這二人都不在山上，他發怒的次數便大大減少了。此時他遇到比自己更加容易動怒的二師兄通地，卻有如在鏡中看到自己的倒影一般，倏然領悟怒火中所包藏的無明和毀滅，又加上老和尚教他的觀心止念之法，漸漸地更能控制自己的瞋怒之心，火爆脾氣也大大收斂了。

韓峰年紀武功都與二師兄相差甚遠，眞打起來當然不是他的對手，但韓峰的棍法畢竟高過其他師弟，總能跟通地對上數十招而不落敗；而數十招過後，通地的怒氣多半也已消去，恢復冷靜，收棍不打，繼續鐵著一張臉，督促一眾師弟練武。

二師兄督導他們練武的方式也與神力大師不同；神力大師並不親自教導弟子，總是讓通山或通海示範招數，命師弟們模仿練習，自己在旁觀看，偶爾出聲指點。二師兄通地卻總是親自示範新招，一邊示範，一邊詳細講解每個招數的精要之處，然後讓師弟立即模仿試練，仔細糾正；他的要求極爲嚴格，師弟們需得專心一志地傾聽學習，每招只教一遍就得學會，接著便得重複練習數百遍，以求將招式使得絲毫無誤，並且出手必須極快極準極狠。

他不時叫師弟一個個過來抽查，若是哪個招數使得有一點兒不對，或是犯下他曾提醒過的錯誤，他便破口大罵；若是一再犯錯，棍子便會重重地打下來了。師弟們必須每招都得學得又快又好，盡善盡美，才能躲過他的怒氣毒打。

二師兄教授的武功路數，則跟神力大師所教大略相同，只是更寬廣一些；往年通山、通海使的武功，他也都會，韓峰因此懷疑他跟神武上人頗有淵源。後來小石頭偷偷請教魏居士，才知道通地曾向魏居士學過武功，因此當年神武上人的幾門得意武功，通地都經由魏居士那兒得到了眞傳。

通地並不從「五禽戲」開始教一眾師弟，而是直接教「雷撼拳」、「狂命拳」、「擒龍手」、「風雲手」、「龍旋掌」、「無影腿」、「勁罡棍」、「嘯野棍」、「打魔劍」等高深武功，以及其他特殊功夫如「無影腿」、魏居士擅長的「撲地刀」、輕身功夫「點水功」等。

他不管師弟們的年紀有大有小，學武資歷有深有淺，命他們全部一起學同一套武功，而且傳授進度極快，不准任何人落後。

年紀較大的韓峰和小石頭當然學得快些，但較遲鈍的通平和年紀最小的通安便學得較慢；爲了讓他們跟上進度，早晨學完功夫後，韓峰往往得留下來，帶著幾個師弟將新學的招式再多練數十遍，確定他們都已練得滾瓜爛熟，才敢下山。不然次日二師兄檢查功課時，若有誰練得有一丁點兒不熟，便得面對二師兄的暴怒棍打，大家全得遭殃。

如此一年多下來，七個弟子練武時戰戰兢兢，不敢有半點兒懈怠，生怕惹惱了二師兄，令他瘋病發作，怒氣一發不可收拾，狂罵毒打一眾師弟。即使有韓峰在旁解救，也免不了挨上好幾棍，痛上個幾日都不止。

一年過去後，弟子們的武功進展極大，平時要花三五年才能練成的拳法、棍法、劍法、腿法、身法，一年中就全學會了。但是他們對二師兄的恐懼痛恨也與日俱增，清晨練武成了大夥兒最厭惡害怕的時光。

通天持著茶杯，聽完了韓峰的敘述，也不禁搖頭嘆息，說道：「通地的性子向來便是如此，火爆不羈，狂放不拘。你們在他手下學武，苦是苦了些，進步卻也極大。也幸好有你在，能夠跟通地相抗衡，讓他不致太過火，眞的打傷了師弟們。」

韓峰心有同感，說道：「大師兄說得是。」

通天問道：「對了，你兄弟小石頭可好？」

韓峰微笑道：「他都好。二師兄嚴格厲治，比神力大師有過之而無不及，小石頭倒也勉強頂受得住，輕功大有進步，還練了一些劍法。他成了魏居士的得力助手，整日在鴿樓幫忙抄寫鴿信；有時魏居士下山去辦事，他便獨當一面，負責所有鴿信的抄寫傳送，將鴿樓打理得井井有條。」

通天笑道：「你這兄弟聰明機智，反應靈敏，我總記掛著他。」他忽然想起什麼，說道：「峰師弟，恕我直言相問：我聽聞你是韓家獨子，和小石頭顯然並非親兄弟。不知小石頭卻是什麼來歷？」

韓峰側頭而思，自從他認識小石頭以來，只知道他名叫「峘」，卻從來不知道他究竟姓什麼。有一回小石頭受不了苦，打算偷偷離開寶光寺，走前曾想告知韓峰自己的眞實姓名，但當時韓峰一心求他留下，未曾讓他說出，之後小石頭便再也沒有提起自己的姓名或身世。

然而韓峰與他相處越久，心中越確定他絕對不是個一般流落江湖的孤兒：他不但寫得一手好字，滿肚子經書上的典故，更懷有那件珍貴無匹的白狐裘，以及那只特異的牛皮水袋，這些都不是尋常百姓能夠擁有的物事。他知道小石頭一直小心隱瞞自己的姓名身世，甚至從未向自己這個至交好友洩漏，這時聽通天問起，心中也好生疑惑：「我猜想小石頭定然出身世家貴宦，但他應當並非和我一般，是楊玄感叛變後遭到皇帝擒捕的貴宦之一。然而他究竟是何出身？爲何需得如此小心地隱瞞自己的姓氏身世？」

當下老實道：「其實我也不很清楚。我們是在大興城的都會市上相遇的。」簡略說了自己初遇小石頭的經過：自己買包子送他吃，他故意偷竊瓜果和士兵的錢袋，好讓自己藉機逃出士兵的掌握等情。

通天點頭道：「小石頭這孩子伶俐又有勇氣，實在難得。」

韓峰心想：「等我回去後，該找個機會問問小石頭的身世，不知他會不會願意跟我說？」他轉開話題，問道：「大師兄，請問令尊唐國公在弘化一切可好？」

通天點頭道：「家父都好。他在弘化辦的第一件大事，就是將元弘嗣抓下了。這人殘暴無道，胡做非爲，家父花了許多功夫，才平反了他手下的幾十件冤案。之後家父又會見當地士紳百姓，多方安撫，人心才安定下來。」

韓峰心中掛念著通雲，很想詢問她的近況，卻不知該如何啓齒。正猶豫間，通天忽然皺起眉頭，說道：「今晨入城時，街上那些孩子唱的歌謠，你聽見了麼？」

韓峰呆了呆，點頭道：「我聽見了。他們唱的是歌詞好像是：『桃李子，得天下。皇后繞揚州，宛轉花園裡。勿浪語，誰道許？』」

通天沉吟道：「這絕對不是平常的歌謠，很可能是有人故意編出，特意教給孩子們傳唱的。」

韓峰道：「這首歌謠的意思並不隱晦，頭兩句顯然是說姓李的人將得到天下，中間兩句『皇后繞揚州，宛轉花園裡』，卻是什麼意思？」

通天道：「我猜想這兩句可能是個詛咒，暗指皇帝和皇后遊幸揚州，在那兒花天酒地，流連忘返，便再也回不來了。」

韓峰道：「但是皇帝皇后此時在洛陽，並不在江都。」

通天點頭道：「確實。然而我也聽說，皇帝命令宇文述動工建造巨大的龍舟隊伍，準備帶著皇親貴宦、高官近侍，再次大舉遊幸江都。」

韓峰道：「如今這讖言出現在洛陽街頭，說不定會讓皇帝心生警戒，決定不去江都了。」

通天搖頭道：「皇帝獨斷獨行，絕對不會因爲幾句童謠讖語，便打消了遊玩享樂的念頭。」又沉吟道：「『勿浪語，誰道許』，我認爲關鍵應當在這兩句之中。『勿浪語』，是不可隨便亂說的意思；這首歌謠似乎應該是個祕密……」

韓峰心中一震，脫口道：「李密！」

通天抬起頭望向他，露出疑惑之色，問道：「你爲何會想到李密？」

韓峰整理思緒，說道：「童謠的開頭說道：『桃李子，得天下』，自是預言姓李的人能夠得推翻楊廣，當上皇帝。但是天下姓李的人很多，誰知道哪個才是眞命天子？最後兩句『勿浪語，誰道許』，點出了一個『密』字，應是預言能夠取得天下的乃是李密。是了！我猜想這首歌謠很可能正是李密自己編出來的，目的自是讓人以爲他負有天命，藉以抬高自己的身價。」

通天想了想，點頭道：「不錯，李密心思陰險狠毒，很可能使出這等伎倆。」他皺起眉頭，又道：「他這條計策實在毒辣得很，歌謠一流傳，後果難測，很可能將天下姓李的人全都害了。皇帝若是信了讖語，大開殺戒，禍害可大了。」

韓峰聽了，不禁頗爲唐國公擔心，說道：「大師兄，令尊唐國公須得千萬小心，莫被這首歌謠連累了。」

通天道：「你說得是。我回去弘化後，便會立即向家父稟報此事。」又道：「這首歌謠頗有蹊蹺，我明日便請通果師兄飛鴿傳信，稟告老和尚。」

# 第六章 夜相伴

次日清晨，通果親自替通天和韓峰送上早齋，自己笑咪咪地陪在一旁，說道：「我昨夜去見了我灰鼠兄弟，他說事情辦得非常順利，一點兒痕跡也沒留下。他們已將虞二先生一家送出洛陽城，安頓在洛雁寺中了。」

通天喜道：「好極！此事多虧通果師兄請到諸位乞流英雄相助，才能救出一位當世難得的人才。請師兄代我向令弟杜流主拜謝！」

通果道：「大師兄不必客氣，我兄弟能夠參與此役，他感到榮幸都還來不及呢。」

通天想起昨夜和韓峰的對話，當即向通果說起在洛陽城中聽到的那首〈桃李子〉歌謠。通果點頭道：「這首歌謠，我數日前便有所耳聞，已寫信稟告老和尚，請示老和尚該如何處理。」

通天甚是驚喜，笑道：「師兄好警醒。我原想今日請師兄傳信給老和尚，沒想到師兄老早知悉，並已稟告老和尚了。」

通果笑道：「我住在洛陽城，城裡的大小事兒，我自得睜大眼睛瞧，張大耳朵聽，才不致遺漏任何一件小事兒。不然老和尚派我住在這兒，若是成天只管吃喝睡覺，不幹正事，老和尚老早便將我抓回山上去啦。」

通天和韓峰聞言都不禁笑了。

當日通天和韓峰便整裝備馬，打算相偕離開洛陽城，往西去往京師大興，之後韓峰往南回返終南山，通天則往北回返弘化。

不料就在上路之前，通果收到鴿信，卻是老和尚給通果的回信，說讓通天留在洛陽城追查關於〈桃李子〉歌謠的來源，再回去弘化向唐國公稟報。

通天於是便留在洛陽，韓峰向通天和通果告別，獨自騎著追龍西行，一路無話，不一日，便來到了終南山腳。

韓峰歸心似箭，立即縱馬上山，回到寶光寺時，將近傍晚，寺門已關上了。

他敲了敲門，奔來開門的正是通吃，他見到韓峰，圓臉上笑得如開出一朵蓮花般，笑道：「峰師兄，你回來啦！」連忙開門讓他進來，又道：「小石頭掛念你得緊，你快去鴿樓看他吧。」又悄悄地道：「肚子餓麼？我在廚房留了兩塊大餅，等會兒拿給你吃。」

韓峰不禁露出微笑，通吃的熱情關懷總令他感到溫馨，點滴在心。他笑道：「通吃，謝謝你啦！小石頭還在抄鴿信麼？他一定餓了，我把餅拿去給他吃吧。」

通吃更壓低了聲音，說道：「別擔心，我每晚都給他留一塊餅，讓他晚上不會餓著。」

韓峰笑了，問道：「老和尚在麼？二師兄回來了麼？」

通吃道：「老和尚在竹林，謝天謝地，二師兄還沒回來。」

韓峰道：「我去拜見老和尚。」

通吃拉著他的衣袖，笑道：「如今你回來了，眞是太好了，大夥兒都可以放下心啦。我們聽說二師兄很快就要回來了，大家都怕得要命哩！」

韓峰微笑道：「別擔心，有我在。」

原來韓峰在下山之前，特意去向老和尚稟告，說絕對不能讓二師兄單獨帶領師弟練武，不然一定會弄出人命。

老和尚很明白通地的性子，嘆息道：「幸好這段時日有你在，不然還眞沒有人能制得住通地的火爆脾氣。你下山的這段時日中，我讓通地也下山辦事去吧，不讓他單獨帶領其他師弟練武便是。」

因此在韓峰去往洛陽的兩個月中，通地都不在山上，小石頭和通吃等弟子全都鬆了一口氣，不必每日戰戰兢兢、如履薄冰，生怕一不小心惹惱了二師兄，便要挨他的棍子，甚至被他打傷打殘。

於是韓峰便先去竹林拜見老和尚，述說了下山後辦事的經過，並提起在洛陽城中聽見的歌謠，以及自己猜想那首歌謠乃是李密所編等情。

老和尚聽完之後，閉目沉思，說道：「你的猜想很有道理。這首歌謠確實很有可能是李密自己創出，故意讓人傳唱的。我們聽說李密回到瓦崗寨後，現下有不少人對他十分厭惡排擠，大首領翟讓也開始疏遠他。可能因爲如此，他才故意流傳這首歌謠，好讓瓦崗寨中人對他生起敬意。瓦崗寨人都是讀書少的粗人，最容易聽信這等歌謠流言。」

韓峰道：「老和尚說得是。然而不只是讀書少的市井之民容易相信這等歌謠讖語，很可能連皇帝都相信。」他頓了頓，問出盤桓在心中許久的疑問：「老和尚，古來有不少讖語之說，似乎都煞有介事。讖語可是眞的麼？」

老和尚搖了搖頭，說道：「佛門講究因果，禪宗講究起心動念。讖語斷言某事未來必將發生，然而外境實相全取決於人的一念之間，人世間豈有任何必然發生之事？反過來說，如果讖語本身順應世情人心，當然也可能會成眞；也有時候，一個讖語出現並廣爲流傳，正因爲人們普遍相信了這個讖語，才讓一件事情眞正發生了。何者爲因，何者爲果，原本難說。讖語本身，反映出人們心中所信所想，但也很可能爲人操弄利用。」

韓峰點了點頭，想著那首〈桃李子〉歌謠，心想：「歌中說李家當得天下。這首歌謠倘若成眞，卻不知是哪個李家得到天下？」又想：「大師兄一家行事謹愼，希望不致受這首歌謠所累。」

韓峰向老和尚告辭後，便立即趕去鴿樓找好友小石頭。

他來到魏居士的書房外，從半開的窗中望進去，但見小石頭獨自坐在房中，一手撐臉，趴在案上，愁眉苦臉，手中拉著一束頭髮咬著，另一手百無聊賴地揑弄著衣帶。

韓峰從來沒見過小石頭如此苦惱的模樣，又是奇怪，又是好笑，敲敲窗櫺，開口叫道：「小石頭！」

小石頭抬起頭，見到是他，跳起身來，喜叫道：「大哥！」衝出門去，撲入他懷中。

韓峰問道：「你怎麼啦，幹麼愁眉苦臉的，又咬頭髮又捏衣帶的？」

小石頭趕緊將頭髮撥好，又將衣帶藏到身後去，說道：「沒什麼，我寫鴿信寫累了，坐著發呆罷了。」

韓峰道：「你不用瞞我。我知道你每回煩惱或害怕時，就愛咬頭髮捏衣帶。快說，怎麼回事？」小石頭唉聲嘆氣，說道：「好吧，說就說。實在是大事不妙，通靜他……通靜他……」

韓峰大驚，忙問：「通靜怎麼了？他被二師哥打傷了麼？」

小石頭連連搖頭，說道：「不是，不是。二師哥還沒回來，通靜好端端的。唉，問題就出在他好端端的……都怪我自己，那時救他何必那麼拚命，亂逞英雄！我眞是大傻瓜一個，自找麻煩！」

韓峰越聽越奇，問道：「你是說一年多前的事麼？那時通靜在山裡走丟了，被狼群包圍，你若不出手救他，他險些便被狼群咬死了。這怎算逞英雄？又怎是自找麻煩？」

小石頭臉上一紅，不再說話，揮手道：「我不說了，我還有幾十封信要抄，等我抄完了，再去找你吧。」說著便跑回案邊，提起一支細細的狼毫，埋首寫信。

韓峰怎肯就此離去，挨著他身邊坐下，湊過去看他寫信，但見他字跡工整清秀，落筆輕盈，笑道：「喂，你的字可是越寫越好看啦。」

小石頭側頭瞪了他一眼，說道：「這些信都是祕密，你別偷看。」

韓峰坐得更近了些，說道：「喂，我下山這麼久回來，你怎不問我都幹了些什麼事？」

小石頭更不抬頭，說道：「我怎會需要問你？你每日早上吃了什麼，每晚睡在哪裡，都有人傳鴿信向我報告，我看都看煩了！」

韓峰一呆，說道：「眞有此事？」

小石頭抬起頭，頑皮一笑，說道：「我們當然沒那麼清閒，吃飽了沒事幹，傳鴿信報告這等雞毛蒜皮的小事。然而你在洛陽城跟大師兄和乞流弟兄一起闖入宇文述大將軍府，救出虞先生一家之事，早已傳遍天下，我當然知道得清清楚楚。」

韓峰不禁有些失望，說道：「你全知道了，那多沒意思？我還想著等你問我哩。」

小石頭忽然放下筆，轉過頭望向他，說道：「不，還有很多事情我並不知道。比如說，你向大師兄問起通雲師姊了沒有？」

韓峰臉上一熱，只能老實答道：「沒有。」

小石頭皺眉搖頭，滿面責備之色，拿筆直點著他，說道：「我不是叮囑了你，一定要找機會向大師兄問起通雲師姊麼？你不開口，誰會替你開口？大師兄是通雲師姊的親哥哥，你不向他透露你的心意，通雲師姊又不知何時才會回來，你對通雲師姊一腔仰慕之情，難道就此作罷，付諸東流？這算什麼男子大丈夫？」

韓峰最怕小石頭提起通雲之事，聽他問出這一連串的問題，自己一個也無法回答，只能站起身，走到窗邊。

小石頭卻不肯放過他，說道：「你不是要我問你下山後都幹了些什麼事麼？怎麼，現在我問了，你又不肯說？我說大哥，你能闖入將軍府，神箭百發百中，仗著一根木棍打退百名侍衛，神勇無比，卻為何偏偏不敢說出你心中想說的話？通雲師姊走後，我知道你每日都在後悔自責，時時刻刻都在思念她。我勸你找機會跟大師兄提起這事，你卻連一句話也沒說便回來了！」

韓峰無言以對，只能保持沉默，心底只盼小石頭別再繼續拿這件事逼問自己了。

小石頭嘆了口氣，似乎知道再說下去也於事無補，便轉回身，又埋首寫起信來。過了好一陣子，才嘆了口氣，低聲道：「大哥，你平安回來，我就放心了。你早些去睡吧，我睏死了，抄完這三封信，也要去睡了。」

韓峰見他不再追問通雲之事，鬆了一口氣，說道：「我等你。」

小石頭望了他一眼，沒有說什麼，繼續埋頭抄信。

兩人不再交談，室內一時靜寂，只餘小石頭抄信的細微聲響。韓峰坐在小石頭身畔不遠處，背靠著牆，紛亂的心境逐漸平和，漸漸感到一陣熟悉難言的安穩升起；身處寶光寺，有小石頭相伴，實是他生命中最心安舒適的角落。洛陽城中的歌謠，將軍府中的廝殺，搶救囚犯的驚險，還有他心底對通雲師姊的思念戀慕，都在鴿樓燈火、抄信微聲中歸於寧靜平息。

# 第七章 為情困

小石頭見他靜默下來，似乎怕他太受冷落，伸手從頸中取下一條紅絲線，線上掛著一塊鴿蛋大小的白色石頭。他隨手將那塊石頭往韓峰扔去，說道：「大哥，若閒著無事，這塊石頭你拿去琢磨琢磨吧。」

韓峰伸手接住，但見那石頭外表並不出奇，手中卻感到一股寒氣透入掌心，握著這塊石頭，直如握著一塊堅冰。

小石頭笑笑道：「很冷吧？這石頭酷暑時懷著最好，涼快得很。冬天就不適宜貼身帶著，太冷了。」

韓峰眼見這又是小石頭懷藏的一件特異寶物，不禁好奇，問道：「這石頭有何神奇？」

小石頭道：「也沒什麼，就是一塊石頭。你左右無事，就看看上面的圖案好了。」

韓峰仔細觀望那塊石頭，但見石頭表面光滑，內裡卻有許多紋路，有線條，也有圓圈，卻看不出畫的是什麼。他想起小石頭的祕密身世，猶豫著自己是否該開口詢問，但又不願破壞此刻的平和寧靜，心想：「小石頭不要我打擾他，才扔這塊石頭給我把玩。他的身世如何，他若願意告訴我，自會告訴我。我又何必多問？」便專注於觀看那塊石頭，用手摹畫石頭上的紋路，畫了一遍又一遍，消磨時光。

直到夜深人靜，小石頭才終於抄完了鴿信。他熄滅燈火，和韓峰相偕走出書房。兩人藉著微弱的星光，沿著小路從鴿樓走向通鋪，口中有一搭沒一搭地閒聊著；回到通鋪後，兩人爬上石炕，鑽入棉被，並頭躺倒。

黑暗之中，小石頭低聲道：「大哥，你平安回來，那就好了。」

韓峰伸手拍拍他的頭，微笑道：「我也掛念你得緊。快睡吧。」

沒多久，兩人便都沉沉睡去了。

次日清晨，做完早課之後，韓峰便帶著九個師弟上山練功。這時又有三個小沙彌通智、通和及通剛滿了八歲，也開始練武。

十個師兄弟走在上山的路上，韓峰回頭望去，見小石頭和通吃還是老樣子，一個睡眼惺忪，一個氣喘吁吁；受過重傷的通平仍舊面帶病容，只神色稍稍紓緩了一些，大約是二師兄下山去了一陣子，他不必整日活在恐懼之中，因此氣色恢復了不少。通定和以往一般，看來機伶警醒；通安年紀最小，個頭也最小，衣衫手腳老是髒兮兮的，懷中總揣著他那頭心愛的穿山甲「龍王」；變化最大的乃是通靜，但見他留起了一頭短髮，面目清淨秀麗，身穿白色羅漢服，看來竟宛然似個小姑娘。

韓峰不禁好奇，問道：「通靜，你怎地沒有剃頭了？」

通靜抬眼望向他，臉上一紅，說道：「我並沒有出家，因此老和尚讓我留起頭髮。」

韓峰見通吃不斷向自己使眼色，便低下頭問通吃道：「怎麼回事？」

通吃用小胖手遮著口，低聲道：「通靜是個姑娘。」

韓峰更是一呆，不敢置信，脫口道：「什麼？你說通靜是個姑娘？」

通吃和通定一起道：「是眞的！是眞的！」

韓峰回頭望向通靜，果然越看越像個小姑娘，這才終於信了，問道：「什麼時候發現的？」

通吃道：「老和尚原本就知道，只是通靜年紀小，也沒什麼干係。但是現在通靜九歲了，老和尚說她不方便再跟我們這些臭男孩混在一起，所以讓她住到通雲師姊的那間單房去了。」

韓峰見通靜臉頰通紅，低下頭去，卻不斷偷眼望向小石頭；小石頭則努力避開她的目光，飛快地跑在前面，似乎避之唯恐不及。

韓峰見到通靜望向小石頭的眼神，恍然大悟，看來這小姑娘對小石頭暗懷情意，心中不禁又是驚奇，又是好笑，暗想：「通靜溫柔安靜，乖巧細心，原本便像個姑娘家，原來她還當眞是個小姑娘！小石頭之前冒險從群狼中救出她，想來她深受感動，因此對小石頭由感激生情，那也是很自然的事。小石頭昨日那副苦惱模樣，吞吞吐吐不肯告訴我原因，竟是爲情所困！」

他越想越好笑，追上前去，攬住小石頭的頸子，笑道：「你可好啊！我不在山上這些時日，你竟擅自定下終身啦！」

小石頭揮拳向他打去，斥道：「給我滾遠點，少胡說八道！」

韓峰笑道：「這麼有趣的事兒，你昨日竟瞞著不說，看我怎麼修理你！」

小石頭板起臉，說道：「你敢修理我？說到這事兒上，我還沒修理夠你呢！」

韓峰怕他又提起通雲之事，不敢再說，心中對通雲的思念卻不禁油然而生。

正如小石頭所說，他爲了通雲，不知後悔自責了多少遍。爲什麼當通雲在山上時，他心中明明對她情意深重，卻始終保持沉默，不曾透露半句？如今通雲跟隨父親去了弘化，不知何年何月才會回來，自己的一番相思只有越來越濃厚，越來越難排解。

他在無人之時，曾多次對小石頭說起這番心事。小石頭十分明白他的心思，時而勸解，時而安慰，時而鼓勵，總能讓他感到稍稍好過一些。然而他想到通雲時，仍舊羞赧膽怯，這回去洛陽雖見到了大師兄，卻不敢開口詢問通雲的近況。如果他在大師兄面前都不敢開口，哪日倘若真的見到了通雲，他又怎能鼓起勇氣，向她說出自己的心意？

他念及通雲種種，頓時挑起無數煩惱，再也無心去取笑小石頭和通靜之事。

一行人來到山頂練武坪，韓峰先讓師弟們活動筋骨，之後跟往常一般，帶著大家蹲兩段香的馬步。

通定最是聰明好奇，率先開口問道：「峰師兄，你下山去兩個月，都做了些什麼？跟我們說說好麼？」

通吃、通平、通安、通靜和三個新來的小沙彌聽了，都紛紛開口附和：「是啊，峰師兄快跟我們說說！一定精采得很，我們都想知道！」

小石頭甚是得意，揮手道：「我大哥下山辦了件驚天動地的大事，替咱們寶光寺大大露臉爭光。這件大事驚險已極，你們全給我蹲好了馬步，且讓我大哥慢慢說給大家聽。」

眾小沙彌連聲叫好，興沖沖地在韓峰身前圍成一圈，乖乖蹲好馬步，滿面期待地望向韓峰。

然而韓峰素來不善言詞，呆了半晌，才道：「也沒什麼。我跟大師兄去了一趟洛陽，救出了受到冤枉的虞二先生一家。」

眾小沙彌聽了，仍舊眼睜睜地望著他，等待他說下去。

韓峰素來不喜自吹自擂，而且經常沉默寡言，只有跟小石頭一塊兒時才會暢所欲言，平時幾乎不開口。此時眼見眾小沙彌充滿期待地望著自己，不禁臉上發熱，搖頭道：「就是這樣，我沒有別的可說了。」

眾沙彌都是噢的一聲，臉上滿是失望之色。

小石頭不禁暗暗搖頭，知道當此情景，自己必得挺身而出，解救大哥於困窘之中，當下拍拍手，說道：「我大哥昨夜將他辦這件大事的經過詳詳細細、清清楚楚地，全都跟我說了。他說得太累了，不想重複一次，不如讓我來說給你們聽吧！大哥，我哪兒忘了說，或是哪兒說不清楚，你給我補上，好麼？」

韓峰鬆了一口氣，連忙點頭，說道：「好，你替我說吧。」

小石頭口齒伶俐，平日最會編造故事，這時便將韓峰如何與大師兄通天協同乞流一夥，闖入左衛大將軍宇文述府邸，救出虞二先生的經過加油添醋地說了。

他原本已從通果的鴿信中得知劫囚的約略經過，細節便由自己任意想像，隨口填補進去。他性喜吹噓，將救人的經過述說得難如登天，驚險萬分，又將韓峰的神箭棍法、英姿勇武說得勝過關羽，遠超張飛。一眾小沙彌只聽得如癡如醉，直蹲了五段香的功夫，還意猶未盡，全忘了自己在蹲馬步。

韓峰只聽得又好氣，又好笑，在小石頭說得太過誇張時，他便插口道：「不是這樣的。」或道：「小石頭瞎說一氣，哪有那麼多人？我也沒那麼厲害。」

等小石頭說完之後，一眾小沙彌對韓峰更是尊敬佩服無已，都道：「我們一定要好好跟隨峰師兄練武，將來變得跟峰師兄一樣厲害！」

就在眾人其樂融融時，忽聽一聲冷笑，一個瘦長的人影忽然出現在練武坪邊上，眾人一驚回頭，但見發笑者正是二師兄通地。

只見他的形貌比之前更加落拓，衣衫破爛，長髮髒亂，全身酒氣環繞，眼神乜斜，似乎他在下山的兩個月中，除了狂飲買醉，什麼別的事也沒幹。

一眾小沙彌見到二師兄回來，都是心驚膽戰，趕緊跳起，不自覺地躲到韓峰身後，生怕二師兄發起酒瘋，又開始胡亂打人。

通地冷酷的眼光掃了眾師弟一圈，最後停在韓峰身上，嘴角一撇，說道：「你回來了。」

韓峰合十行禮，說道：「是，二師兄，師弟回來了。」

通地瞇起一對布滿血絲的雙眼，打量著韓峰，眼神中充滿了厭惡鄙視，冷笑道：「事情辦成了，很得意吧？可以大搖大擺，自鳴得意地對一群蠢蛋師弟吹噓一番了，是不是？」

韓峰臉上一熱，說道：「師弟不敢。」

小石頭想起自己剛才的胡吹大氣，不知被二師兄聽去了多少，暗叫不好，趕緊低下頭，往後縮了縮。

通地大步來到韓峰面前，狠狠地瞪著他，一口酒氣直噴在他臉上。

韓峰心中警戒，並不退後，只抬頭沉穩回望。

通地眼神凶狠，咬牙切齒地道：「少得意忘形！你有幾斤幾兩，自己要搞清楚！我告訴你，得意忘形的下場，只有『淒慘』兩字而已！」

韓峰低頭道：「師兄教訓得是。」

通地哼了一聲，說道：「你等著瞧吧！你的下一步便是慘敗！哼，辦成了件小事，便這樣趾高氣揚，驕傲自誇，讓人看了就噁心。你那銳氣遲早得磨掉！聽好了，你腿勁太差，需得多加磨練。你立即蹲跳下山，再蹲跳回來，全程不可立起身！現在就去！」

韓峰並不介意艱苦磨練，自從他來到終南山寶光寺後，便明白吃苦對自己只有益處，沒有害處，因此總欣然接受一切的辛苦操練。然而他擔心的是在自己離去的這段時光，師弟們會否有危險。他望向小石頭，小石頭對他使了個眼色，微微點頭，示意他不必擔心，自己會設法照顧一眾師弟們。

兩人默契極好，韓峰見了小石頭的眼色，略略放心，當下高聲道：「謹遵二師兄之命。」蹲下身，便往山下跳去。

韓峰問道：「這石頭有何神奇？」

小石頭道：「也沒什麼，就是一塊石頭。你左右無事，就看看上面的圖案好了。」

韓峰便仔細觀望那塊石頭，但見石頭表面光滑，內裡卻有許多紋路，有線條，也有圓圈，卻看不出畫的是什麼。他知道小石頭不要自己打擾他，便用手摹畫石頭上的紋路，畫了一遍又一遍，消磨時光。

# 第八章 痛挨打

通地望著韓峰的背影，直到他消失在山路上，才回過身來，眼光掃向小石頭和八名小沙彌，臉上露出獰笑，說道：「你們的靠山走了，你們卻該怎麼辦呢？嗯？」

小石頭和通吃等沙彌聞言都不禁發起抖來，趕緊低下頭，更不敢多望二師兄一眼。

此時通地忽然大步來到小石頭面前，舉起棍子指著他，喝道：「你！」

小石頭心頭一跳，立即趨前合十答道：「是！二師兄。」

通地盯著他，冷冷地道：「你幫你大哥吹噓拍馬的功夫，倒是挺高明的啊。」

小石頭心念電轉：「是了，一定是我將大哥說得太好，惹惱了他。」於是趕緊裝出可憐兮兮的樣子，說道：「二師兄，你也知道，我大哥樣樣比我行，我什麼都比不過他。我滿口胡說八道，爲他吹噓，只不過是想讓師弟們更加欽佩仰慕我大哥，順帶也對我好一點，讓我沾一點兒光。不然我一事無成，只能永遠活在我大哥的陰影下，也未免太可悲了吧。」

小石頭這番話似乎讓通地的臉色稍稍和緩了一些，他嘿了一聲，忽道：「嘯野棍法，練一遍給我看！」

小石頭鬆了一口氣，舉起木棍，向二師兄行禮，說道：「請二師兄指點。」雙手橫持木棍，擺個起手式，接著便使出剛學會不久的「嘯野棍三十六式」，每招都小心謹慎，不敢有絲毫差錯。

通地卻一邊看，一邊叱罵：「太慢，太慢！不行，腳步不穩！重來！」

小石頭才剛使到第八招，只好再從第一招使起。

這回使到第五招，通地又喝止了他：「手上毫無勁道！你是男孩子不是？手臂怎地如此無力？從頭再來！」

小石頭十分乖覺，他知道通地性情古怪難測，從來不敢招惹他，但是這回通地主動找他麻煩，蓄意挑剔，他也沒轍，只好再從第一招使起，心知自己大難臨頭，額頭開始冒出冷汗。

這回只使到第三招，通地便大步走上，揮棍打下，罵道：「亂七八糟！我下山一陣子，你們便將武功全扔下了！都是韓峰那渾小子對你們太過縱容，讓你們懶散慣了，我回來後竟然還敢如此疏懶，實在大膽！」說著舉起木棍便打。

小石頭痛得只得舉棍抵擋，擋了兩棍後，通地更加惱怒，喝道：「我要打你，你還敢擋架？不准擋架！」

小石頭很是怕痛，怎麼肯認命乖乖挨打？但又不敢逃走，當此處境，他生怕觸怒二師兄，下場更慘，也只能咬牙忍痛，乖乖地站著讓他打了七八棍，分別打在肩頭、手臂、小腿各處，棍棍劇痛入骨。

他生平最怕疼痛，挨了這幾棍後，再也無法忍耐，終於施展輕功，往後逃去。

通地見他竟然敢逃，怒氣勃發，喝道：「不准逃！」快步追上，繼續揮棍亂打。

小石頭輕功雖佳，卻與二師兄相差甚遠，很快便被他逼到山壁旁，無路可逃，身上又中了五六棍。

其他小沙彌見了，心中都驚慌起來：「二師兄又發瘋了，別像他一年前打通平那樣，直將人打得昏死了才罷手！偏偏峰師兄又被他遣下山去了！」

通吃越看越驚，不顧後果，鼓起勇氣，抓起棍子，衝上前叫道：「二師兄，不要再打了！」

通地轉過頭瞪向通吃，暴喝道：「我要打人，誰也不准插手！通通給我滾開！」

通吃嚇得退後兩步，但他怎能眼睜睜地看著好友小石頭挨打受傷，甚至可能喪命？於是再次舉起棍子，又高聲大叫道：「你別打了！」衝上前，揮棍便往二師兄打去。

通地見通吃竟然敢對自己動手，怒罵一聲，回身一腳，便將通吃踢得飛了出去，讓他骨碌碌地滾出老遠。

站在一旁的通平曾挨過二師兄一頓狠打，幾乎沒丟掉一條小命，早已嚇得臉色慘白，全身僵硬，動彈不得；通定、通安、通靜、通智、通和及通剛等年紀更小，武功遠遜通吃，更加不可能上前阻止，只能望著二師兄手中的棍子一下又一下地落在小石頭身上。

通定想起自己那年冬天得了傷寒病時，小石頭曾讓自己穿上他的白狐裘保暖，更冒險去老和尚的竹舍偷藥，救回了自己的性命，心中激動，當下不顧二師兄的情狀有多麼瘋狂恐怖，也不去想自己會不會被他打死，大喊一聲，大步衝上前，撲在小石頭身上，叫道：「不要打他，你打死我好了！」

通地眼見小沙彌們一個個奔上來保護小石頭，更是怒發如狂，叫道：「誰敢再上來，我立即打死了他！」伸手抓起通定，遠遠擲出，又揮棍往小石頭身上打去。

小石頭雙手緊抱著頭，勉力忍受不斷打在身上的木棍，只覺一棍比一棍重，一棍比一棍難捱，心中只想：「大哥！你什麼時候才會回來？你再不回來，小石頭可眞的要一命嗚呼啦！」

此時忽然一棍打上他左臂，痛入骨髓，小石頭知道自己的手臂定然已斷折，再也抵受不住，心中動念：「我可不想死在這兒！」

他猛然抬起頭，瞪向二師兄，大叫道：「你打死我，也救不回雪梅的性命！你再打啊！我知道你想打死我，好讓我大哥跟你一樣傷心欲絕，你以爲這樣便能毀了他？我告訴你，我大哥是鐵錚錚的男子，比你堅強百倍，就算我死了，他也不會被你打倒的！」

小石頭這幾句話好似一把利刃，直直戳入了通地的胸口。他霎時僵在當地，木棍高高舉起，卻沒有再打下。他望向小石頭的眼神中混雜著驚詫、憤恨、恐懼、自慚，好似陷入一場夢魘，無法自拔。

小石頭趁機爬起身，喘了幾口氣，只覺全身傷處火辣辣地疼痛，更無法分辨哪裡痛得更加厲害些，只知道自己被打得頗爲慘烈。他腦中念頭急轉，方才危急之中，他不暇細思，說出了那番話，戳中了二師兄的痛處，心想：「不知二師兄會如何反應？他會下重手殺死我麼？」心中怦怦亂跳，全神戒備，如見到二師兄狠下殺手，便打算用全身最後一點力氣，施展輕功避開二師兄的致命一擊。

不料通地手一鬆，木棍落地，忽然轉過身，掩面飛奔下山，留下一群滿面驚愕的師弟站在練武坪上，你望望我，我望望你，都不知道發生了什麼事。

韓峰當時正躑跳上山，見到二師兄頭也不回地奔下山，心知有異，叫道：「二師兄！」

通地卻更不理會，逕自下山去了。

韓峰感到一陣不祥，趕緊奔回山上，正見到一眾小沙彌圍著負傷的小石頭。

韓峰大驚失色，快步衝上前，急問道：「怎麼了？」只見小石頭臉上滿是鮮血，右手托著左臂，左前臂一片青紫，五根手指頭都腫了起來，身上傷痕累累，怵目驚心。

通靜跪在他身旁，滿面憂急關切，正試圖用木棍固定小石頭的左臂，說道：「別動！小石頭師兄，我先替你包紮了手臂，再查看其他傷處。忍忍痛！就快好了。」

小石頭臉色青白，皺眉咬牙，顯然疼痛得厲害。他見韓峰到來，勉強露出一絲笑容，說道：「沒事，挨了頓打，斷了隻手。」聲音微弱含糊，顯然受傷甚重，連說話都十分勉強。

韓峰又驚又怒，問道：「還有哪裡受傷？」

小石頭痛得無法回答，通靜代他答道：「被棍子打傷了十多處，最嚴重的是左手臂骨折，頭上有個傷口較大，需得趕緊止血。其他還有不少傷處，我得儘快替他敷藥包紮。」

韓峰感到一股怒氣衝上胸口，他知道二師兄故意將自己遣走，好找機會痛打小石頭一頓，目的便是要對自己出氣，蓄意激怒自己。他握緊拳頭，轉身便想往山下奔去，找二師兄算帳。

小石頭卻叫住了他，說道：「大哥，你別走！我走不動，你得揹我下山哪！」

韓峰這才停住腳步，他也不放心將小石頭留在此地，當下跪在他身旁，望著通靜替小石頭包紮好頭上傷口，才將他揹起，往山下走去。通吃等其他人都緊緊跟在韓峰身後，生怕再次撞見二師兄這個凶神惡煞。

一行人回到寶光寺，韓峰將小石頭放在通鋪的炕上，通靜仔細檢查他手腳上幾個較重的傷處，塗上傷藥，包紮起來。

韓峰見到小石頭淒慘的模樣，心中越發憤怒，再也忍耐不住，心想：「二師兄將小石頭打成如此，事情絕不能就這麼算了！我定要讓他付出代價！」說道：「我去稟告老和尚！」怒氣沖沖地奪門而出，往竹林奔去。

他才跨出門檻，迎面便見老和尚快步往通鋪這邊而來，滿面憂急。

韓峰上前行禮，大聲道：「老和尚！二師兄又發瘋打人了，這回差點打死了小石頭！」

老和尚顯然早已知曉此事，眉頭深鎖，說道：「我聽說了，才趕緊過來探望。有多嚴重？」

韓峰道：「左臂斷了，身上傷處甚多。老和尚，二師哥時不時瘋病發作，胡亂打人，對師弟們來說實在是太危險了！」

老和尚搖頭嘆息道：「這是我的錯，我只道他的瘋病還有救。唉！你放心，他已下山去了，不會再回來。」

韓峰聞言，不禁一呆。

老和尚又道：「他方才來我竹舍，向我哭泣懺悔，說他這一輩子做錯了太多事，無可彌補，只能在悔恨痛苦中度過，如今竟然又想將自己的痛苦加諸於他人身上，實是罪大惡極。我還未及勸他，他便離開了。來，你快帶我去看看小石頭。」

老和尚跟著韓峰來到通鋪，但見小石頭坐在炕上，身上已被通靜塗滿了各種傷藥，包紮了無數布條，好似個大粽子一般。

老和尚見他情狀淒慘，也不禁皺眉，忙問道：「小石頭，你還好麼？」

小石頭見老和尚到來，抬起頭，強笑道：「不勞老和尚憂心，我的傷都是外傷，休養幾日便會好的。」

老和尚仍舊檢視了他的斷臂和頭上傷口，仔細向通靜交代如何處理小石頭的傷勢，才噓了口氣，說道：「通地這回做得實在太過火了。他已向我懺悔，下山而去，再也不會回來了。」

韓峰和其他小沙彌只道小石頭會大聲抱怨二師兄無緣無故毆打他，沒想到他竟低下頭去，露出哀傷的神色，說道：「這也難爲他了。我其實也很後悔，不該重提舊事，說出那些傷人的話。」

韓峰不明白他的意思，心想：「什麼難爲二師兄了？小石頭又後悔他提了什麼舊事？」

老和尚長嘆一聲，說道：「這不是你的錯，不必爲此自責。你好好休息，一個月內不要操做勞務，也不要練功了，我讓通靜照顧著你。」

通靜臉上頓時露出喜色，立即答道：「謹遵老和尚吩咐，我一定好好照顧小石頭師兒！」喜孜孜地挨著小石頭身邊坐下。

小石頭偏過頭，向韓峰做了個痛苦不堪的鬼臉，顯然巴不得她離自己遠一點兒。

當日韓峰和其他小沙彌們照常各自去幹活兒，但韓峰的心始終掛在小石頭身上，懊悔交加，恨不得自己能代他承擔痛苦。

午齋過後，他去通舖探望小石頭，卻沒見到人，便來到鴿樓，果然在書房中找到了他。但見他左臂掛在胸前，頭上纏著白布，即使身受重傷，仍埋首伏案，專心地抄寫著鴿信。

韓峰見了，擔心不已，說道：「你受傷甚重，怎不快躺下休息？」

小石頭並不抬頭，也不停筆，只道：「這些信都很緊要，魏居士最近身子越來越不好，需得整日躺著歇息。我若不抄完這些信，可要誤了事。」

韓峰在他身邊坐下，靜了好一陣子，開口卻澀聲道：「是我不對，我不該留你們在山上。我早該料想到……料想到會有這樣的後果！」

小石頭搖頭道：「你何必怪責自己？我又沒死，這些傷只會痛個幾天，也就過去了。我們既然學了武功，偶爾受點兒輕傷重傷，鍛鍊一下忍痛的耐力，所謂『苦其心智，勞其筋骨』，也是好事一件。你不是有那柄『天降大刃』麼？孟夫子大有遠見，說：『天將降大任於斯人也，必先苦其心志，勞其筋骨，餓其體膚，空乏其身，行拂亂其所爲，所以動心忍性，增益其所不能。』看來老天很快便有大任要降在我身上了。」

韓峰聽他口中說得輕鬆俏皮，卻如何也笑不出來，心中仍舊自責不已。

小石頭笑了笑，說道：「你可記得兩年之前，我們剛上山時，你每日都被通海那廝打得全身是傷？我那時也憂急擔心得要命，只恨自己不能代你挨打。嘿嘿，現在你可體會到我當時的心境了吧。」

韓峰見他打起精神說笑，更是難受，想起小石頭對老和尚說的話，忍不住問道：「你說什麼難為二師兄了，又說什麼後悔提起舊事？那是怎麼回事？」

# 第九章 傷心事

小石頭放下筆，深深吸了一口氣，說道：「大哥，我整日在這兒抄寫鴿信，又常常和魏居士閒聊談話，知道的事情自然比你們多一些。我老早便知道二師兄為何會變成酒鬼，又為何會發瘋打人。那是因為他曾經歷過一件傷心事，才讓他變成今日這副模樣。」

韓峰搖頭道：「縱使他有什麼悲慘傷心的往事，也不能因此胡亂打人！」

小石頭神色黯然，說道：「你聽我說完，或許便會明白了。二師兄曾是魏居士的得意弟子，學武的資質比大師兄通天還要高上許多，加上他苦學苦練，精勤奮發，不到二十歲年紀，武功便已得到神武上人的真傳。他性子高傲好強，總想勝過他人，因此在七年之前，他瞞著老和尚，自己策劃去辦一件非常艱鉅的事——刺殺皇帝楊廣。他下山之後，便著手安排刺殺計畫，全力以赴。後來他收到山上傳去的急信，說他的師妹通梅在大興城受到埋伏，被敵人擒住，要他趕緊去解救。但他的刺殺計畫正在緊要關頭，左右為難之下，最後決定將這封急信置之不顧，先執行計畫再說。結果後來刺殺失敗，他自己受傷逃亡，卻同時得知師妹已被對頭殺害身亡的消息，從此他為此自責痛苦不已。」

韓峰不禁暗想：「如果是我，我會為了辦成事情，而不顧師弟師妹的生死麼？」

小石頭嘆了口氣，續道：「事情還不止如此。這位通梅師妹不是別人，正是二師兄的未婚妻子。她本名雪梅，是二師兄的青梅竹馬，兩人兩情相悅，很早便定下了親事。二師兄一心想做出一番事業，好讓師妹以自己為傲，卻沒想到因此而延誤了解救心愛女子性命的時機。從此他性情大變，藉酒澆愁，頹廢潦倒，一蹶不振。你想想看，若是你為了完成任務，而令通雲師姊喪命，你能夠原諒自己麼？」

韓峰想起在舊漢王府中的情勢，自己寧可被李密捉去，也絕不願讓通雲陷入危險，微微搖頭，說道：「我寧可自己死了，也不會讓通雲受到任何傷害。」

小石頭點頭道：「正是。二師兄是個癡情之人，雪梅姑娘之死，對他自是極大的打擊。他發瘋打人，只不過是在發洩心中的痛悔憤恨，他最想打死的其實是他自己。我今日以為他真會打死我，為了自保，才提起雪梅姑娘之死，有如在他的傷口狠狠捅了一刀。他想必傷得極重，因此才決意離去。我其實無意逼他下山，不管他有多瘋多病，教起武功卻是認真非常的。」

韓峰原也十分感激二師兄的嚴厲磨練和認真教導，心下不禁感到惋惜，但仍搖頭道：「他就此離去，確實十分可惜，但是你的性命自比大夥兒學武功更加重要。兄弟，你當時究竟對他說了什麼？」

小石頭靜了一陣，才道：「通吃他們都聽見了，我也不必瞞你。我對二師兄說：你打死我，也救不回雪梅的性命。我說，我知道你想打死我，好讓我大哥跟你當時一樣傷心欲絕，藉此毀了我大哥。我說我大哥是鐵錚錚的男子，比你堅強百倍，就算我死了，他也不會被你打倒的！」

韓峰聽了小石頭的這番話，心中陡然感到一陣強烈的震動，暗想：「如果小石頭眞的死了，我卻會如何？」

自從他與小石頭相遇相識以來，二人逐漸成爲知心好友，互相幫助，彼此倚賴，無話不談，感情直比親兄弟還要深厚緊密。他不敢去想倘若小石頭眞的出事了，自己究竟會傷痛憤怒到何地步？他只知道小石頭對自己非常重要，重要到自己根本無法設想失去他的景況。他也從來沒有想過，竟會有人藉由傷害小石頭來傷害自己！

他忍不住伸手緊緊攬住小石頭的肩膀，說道：「兄弟，是我連累了你。他想傷害的是我，卻拿你當做標靶！」

小石頭慘叫道：「哎喲，輕點，輕點！痛死我了。」

韓峰趕緊鬆手，忙道：「對不住。」

小石頭伸右手揉按自己的左肩，苦笑道：「我說大哥啊，你不知道你現在有多麼出名。你之前打敗過宇文逑，又跟大師兄在洛陽城大顯身手，名號老早傳遍江湖。我身爲你的兄弟，身子骨還得硬朗些才行。哎喲，眞是見鬼了，我從來不知道斷了手臂竟能夠痛成這樣！」

韓峰知道他向來怕冷怕餓、怕痛怕跪、怕蹲馬步、怕下苦功，身子又遠不如自己結實，只能盡力安慰道：「你忍一忍，我的腿之前也受過重傷，初受傷的頭幾日最難捱，之後便好得多了。」

小石頭搖頭道：「你是鐵打的身子，斷條腿也不當回事。我可是最怕痛的，這幾棍雖打不死我，也得讓我痛上一段時日，實在討厭得緊。」

韓峰問道：「通靜呢？老和尚不是要她照顧你麼？」

小石頭撇撇嘴，說道：「我小石頭是什麼人，才不需要個小姑娘照顧著！我老早便想出計策，將她遠遠地遣走了。」

韓峰道：「我瞧她對你挺關心的，又擅長醫藥，何不讓她陪在你身邊？」

小石頭皺起眉頭，閉上眼睛，滿臉不耐煩之色，說道：「大哥，通靜的事情，你便少說幾句成不成？我對那小姑娘一點意思也沒有。我現在全身上下無處不痛，已經夠慘了，若還得忍受那小妮子在一旁囉囉嗦嗦，嘮嘮叨叨，身痛加上心煩，我這條小命還不休矣，因此求求菩薩保佑，饒了我吧！」

韓峰不禁莞爾，想起自己當時在瓦崗寨身受重傷，通雲師姊將他救了出來，一直陪在自己身邊，盡心照顧。通雲是他仰慕已久的意中人，他原該感到非常喜慰才是。然而他記得那時心裡只盼陪在自己身邊的不是意中人通雲，而是兄弟好友小石頭；只因爲他無法在通雲面前露出自己軟弱的一面，但在小石頭面前，他卻能盡情叫苦，甚至大哭出聲。

他點了點頭，說道：「我明白。我那回在瓦崗寨受傷後，便希望陪在我身邊的是你，而不是通雲。」

小石頭笑道：「你真是身在福中不知福！你當時有通雲師姊朝夕相伴，竟還不知珍惜？嘿，我粗手笨腳，又不會照顧醫治受傷的人，當時若是我陪在你身邊，你只怕老早便一命嗚呼啦。」

韓峰聽了，不禁笑了出來。

小石頭用手肘推推韓峰，說道：「喂，咱們廢話說太多啦。我還忙著抄信呢。你快走吧，別在這兒吵我了。」

韓峰站起身，說道：「我傍晚再來找你。別太累了。」

小石頭頭也不抬，只揮揮筆，說道：「知道，知道。快走，快走。」

韓峰見他如平時一般一副玩世不恭的模樣，才放下了心，離開鴿樓。

卻說二師兄下山之後，果然便再也沒有回來。韓峰只好再次帶領一眾小沙彌練功，好在他在二師兄手下練了足足一年功夫，拳法、棍法、劍法都大有長進，將「五禽戲」、「雷撼拳」、「狂命拳」、「擒龍手」、「風雲手」、「龍旋掌」、「勁罡棍」、「嘯野棍」、「打魔劍」等諸般武功都已練得甚是純熟，能夠一一督導師弟練習。

他也開始讓師兄弟對打，通吃對通定，通平對通安，通靜對通智，通和對通剛，有時比拳，有時比棍，有時比劍；自己也不時下場去跟師弟們過招，指導他們該如何見招拆招，如何迴避擋架對手的攻勢，如何伺機搶攻。他自己學武時胡亂摸索，走了不少錯路，十分艱辛；因此在教導師弟上便異常用心，認眞鑽研該如何傳授這些招數法門，師弟們能最快捷、最容易地學成。一眾師弟知道他用心良苦，也都奮發練功，進展雖不如二師兄通地在時那麼迅速，卻都學得更加紮實。

一個月後，小石頭的傷勢才逐漸恢復，左手臂上的木板也拆下了。這日清晨他來到山頂，開始跟師兄弟們一起練功。

韓峰見他臉色仍有些蒼白，便囑咐他不要太過勞累。小石頭笑道：「我整日窩在鴿樓的書房裡抄信，早悶得慌了，就想出來活動活動筋骨。」

韓峰讓小石頭打一套雷撼拳，見招式都無錯誤，只是力道弱了些，想是傷勢尙未完全恢復。他讓通吃和小石頭對練雷撼拳，兩人練得全身大汗，不分輸贏。

罷手之後，小石頭喘息笑道：「我都快打不過通吃了，實在退步太多啦。」

通吃瞪眼道：「是我進步太多啦！」

韓峰見小石頭精神甚好，甚感安慰。他知道小石頭看來雖隨隨便便，老愛叫苦叫痛，但骨子裡性情卻頗爲堅毅，眞正遇上危險困境時，往往能展現出過人的勇氣毅力。

當日眾人練完功夫下山時，小石頭拉了拉韓峰的袖子，悄聲說道：「昨日唐國公從弘化傳了信來，我已稟報給老和尚知道了。」

韓峰聽說是唐國公傳來的消息，立即想起通雲，心中一跳，忙問：「是什麼事？」

小石頭詭異地眨眨眼，說道：「是好事，不是壞事。細節我還不能告訴你，我想老和尚很快便會找你去談話啦。」

果然當日下午，老和尚便找了韓峰去竹林，對他道：「唐國公從弘化傳了信過來，說他在那兒很需要人幫手，希望我能派個弟子過去。我原想讓小石頭出去歷練歷練，但他受傷未復，不宜長途跋涉。通吃和其他師弟年紀還小，武功未成。我想來想去，只能派你去一趟弘化了，你可願意麼？」

韓峰心中又驚又喜，知道自己此去弘化，便有機會見到通雲，忙道：「弟子願意去弘化相助唐國公！」

老和尚道：「如此甚好。弘化離此約有十餘日的路程，你騎了馬去，腳程會快些。到了弘化，你盡心替唐國公辦事，認真學著，待上一兩個月都不要緊，但是最好能在冬日下大雪之前回到山上。山上若有什麼事，我會讓小石頭傳信給你。」

韓峰應道：「弟子遵命。」

韓峰從竹舍出來之後，立即飛奔去鴿樓找小石頭，大喜道：「老和尚派我去弘化替唐國公辦事！」

小石頭笑道：「我就跟你說是好消息。所謂『精誠所至，金石為開』，大哥你整日思念師姊，老天也聽到你的心聲同情你，特意安排你去弘化會見意中人。」

韓峰聽了，只笑得闔不攏嘴，想到自己很快便能見到通雲，臉上又不禁發熱。

小石頭臉色轉爲嚴肅，盯著他道：「我說大哥，這次的機會實在非常難得，你可千萬不能再搞砸了。你好不容易能去弘化，見到通雲師姊時，一定要鼓起勇氣，大膽向她說出你的心意，不然可眞是辜負了老天的安排！」

韓峰默然點點頭。

小石頭又道：「大哥，你總掛念著通雲師姊那回闖入瓦崗地牢，將你救出來，覺得欠了她一份情。但是你怎麼不去想，你會陷身地牢，正是因爲解救師姊而起？你寧可自己受擒，也不讓李密傷害她，你難道不也曾救過她的性命？在這件事上，你們二人不但互不相欠，更可說已有生命互托的情分了。你說是不是？」

韓峰點了點頭道：「你說得是。」

小石頭凝望著他，又道：「再說，上回你跟著大師兄去洛陽救人，雖是蒙面出手，但江湖上人人都知道寶光寺除了通天之外，又出了一位武功高強、英勇無比的少年俠士。你們韓家雖已沒落，父子受到揚廣通緝，但也是因起義抗暴而起，仍舊廣受各方義士尊重。你想想看，你年紀輕輕便名揚天下，又曾捨命救過通雲師姊的性命，大師兄更對你讚賞不絕，你不應再自慚形穢，以爲自己配不上她了。」

韓峰聽了這番話，陷入沉思。

小石頭又接著道：「況且，說老實話，李家雖貴為王公國戚，但在那首桃李歌謠出現後，不免受到皇帝懷疑，地位岌岌可危。通雲師姊是唐國公的愛女，然而當此亂世，公爵重臣之女也好，公主皇子也好，都不是長遠必然的事。你不必枉自菲薄，只要通雲師姊與你心意相通，根本沒有誰配得上誰、配不上誰的顧慮。你明白麼？」

韓峰聽他分析得如此直白坦率，神色堅定，點了點頭，說道：「我明白了，兄弟。」

小石頭拍拍他的肩膀，露出微笑，說道：「大哥，祝你好運！我在這兒等候你的好消息！」

# 第十章　義報恩

小石頭坐在鴿樓書房之中，從窗戶望著韓峰離去的背影，但見他的腳步輕盈，一眼便看得出心中有多麼興奮喜悅。

小石頭嘴角露出微笑，心中雖有些不捨得韓峰離去，但對韓峰此行仍充滿了希望和期待。其實他並沒有將實情告訴韓峰：在他養傷的那一個月當中，他跟通雲師姊通了幾回鴿信，得知大師兄通天去洛陽辦事未歸，通雲非常想念寶光寺，也隱隱透露出她想再次見到韓峰的心思，但她的人又無法離開弘化，心中滿是傷感無奈。

小石頭便給她出計策，建議道：「師姊可以請唐國公寫信給老和尚，就說弘化事情繁多，大師兄又滯留洛陽，請老和尚派個弟子過去幫幫忙。如今寺中能派得出去的，只有我大哥一人，那麼你們便有機會見面了。」

通雲收信之後，果然依計而行，對父親說弘化情勢複雜，風物人情頗殊於京城，二哥留在洛陽未歸，王府很需要一個武功較高又可信任的人幫忙辦事，說服父親寫信給老和尚，請他派一位寶光寺的師兄弟來此，一來能有人分擔王府事務，二來也可增加這位師兄弟的見識。

唐國公同意了，當下便寫信給老和尚，老和尚也一如預期，派了韓峰去弘化。

當夜小石頭便替韓峰收拾好行囊，將自己的牛皮水袋裝滿了水，掛在追龍的馬鞍旁，又特意將通雲師姊兩年前替韓峰縫的冬衣也帶上了。他對韓峰道：「你別擔心，你離開後，我會督促師弟們繼續練武。我的武功跟你雖然相差甚遠，但還是略勝通吃他們一籌，也還管得住他們。你能在那兒多待一陣子，便盡量多待，過了冬天再回來都不遲。」

韓峰極爲感激，說道：「我理會得。你重傷初復，好好保重。」

次日清晨，韓峰便騎著通雲贈給他的胡馬追龍，下了終南山，啓程往北方行去。

卻說韓峰往北行出不久，將近大興城時，但見東方道上人潮洶湧，來者多是盔甲不整、身上帶傷的士兵，或是衣衫破爛、扶老攜幼的百姓，絡繹不絕。

韓峰甚覺奇怪，向人詢問，一個百姓說道：「東都洛陽保不住了，瓦崗軍要打過來了！」另一人道：「前面官兵正和瓦崗軍交戰呢，小兄弟千萬別往東方去！」

韓峰一驚，心想：「沒想到瓦崗軍勢力大增，竟開始公然攻打東都了！這是怎麼回事？」

他想起一年多前自己被李密擒去，陷身瓦崗寨時，瓦崗寨還只是個聚集了數千人、在運河邊上以搶劫維生的盜匪之流，如今卻集結兵馬，開始攻城掠地了。

韓峰正思慮自己是否該往東去探查一番，忽見兩個乘客縱馬而來，直來到他面前數丈，才勒馬而止，左首的乘客叫道：「韓小兄弟，請留步！」

韓峰抬頭望去，見二人竟是老相識，瓦崗寨好漢程知節和徐世勣。他不禁大喜叫道：「程三哥，徐小哥！兩位怎會來到此地？」

程知節和徐世勣對望一眼，臉上深有憂色，一齊下馬，說道：「我們找個地方說話。」

三人當下進入大興城，韓峰領二人來到小鐘寺外，跛腳僧人通木來開了門，韓峰向他合十行禮，說道：「通木師兄，我和這兩位兄弟想找個安靜的地方談話。」

通木見韓峰帶著兩個陌生人到來，也沒有多問，只恭敬請三人入寺，領他們來到一間隱密的禪房中，奉上茶點，便關門出去了。

三人坐定後，韓峰問道：「兩位大哥，我聽路人說瓦崗軍開始攻打東都，這是眞的麼？兩位又怎會來到此地？」

程知節嘆了口氣，說道：「說來話長。要不是李密，我兄弟也不會落到這個地步！」

韓峰忙問：「李密？他做了什麼？」

程知節道：「自從李密來了之後，我們瓦崗寨便不得安寧。這人老謀深算，笑裡藏刀，弟兄們都厭惡他得緊，不斷在翟大首領面前陳說李密如何奸險，終於令翟大首領開始疏遠他。但是大約半年前，洛陽左近出現了一首歌謠，說什麼『桃李子，得天下』，翟大首領聽了之後，深信不疑，立即對李密又恭敬起來，請他住到最華美的房舍去，又吩咐弟兄們給他最好的酒菜，自己也常常邀他喝酒談論，向他請教天下大事。」

韓峰皺起眉頭，說道：「我數月前去洛陽時，親耳聽到了這首童謠。我懷疑這首歌謠正是李密自己編造的，好讓別人相信他應驗天命，藉以贏得翟大首領的尊敬重視。看來這首歌謠果眞奏效了。」

徐世勣一拍桌子，罵道：「李密那廝，眞是一肚子詭計！韓小兄弟的懷疑確實有理，這首歌謠的確讓李密在瓦崗寨中的地位大大提升。除了翟大首領之外，許多其他弟兄也被這首歌謠所惑，認定李密是眞命天子，將來會得到天下，開始親近獻媚於他。如今瓦崗寨中忠心於李密的，幾乎占了一半。」

韓峰道：「那麼忠於翟大首領的弟兄呢？」

程知節嘆息道：「問題就出在這兒。單雄信二哥和我，之前曾在翟大首領面前說了不少李密的不好。歌謠傳出後，我們又公然說不相信李密負有什麼天命，因此李密對我們懷恨在心。事實上，所有忠於翟大首領的弟兄，都已經成了李密的眼中釘。」

徐世勣道：「李密表面上裝做對單二哥十分恭敬，暗中卻派人在翟大首領面前挑撥，讓翟大首領一怒之下，將單二哥捉了起來。我猜想李密此時一定會假惺惺一番，去翟大首領面前為單二哥求情，藉此感動收服單二哥。」

韓峰心想：「這等計策，也只有李密想得出來。」問道：「兩位哥哥來此尋找小弟，不知我能幫上什麼忙？」

程知節和徐世勣對望一眼，說道：「我們確實遇上了難題，想起小兄弟箭術超人，才決定相偕趕來終南山，請小兄弟出手相助，天幸竟在大興城外便撞見了你。」徐世勣道：「我們想借重小兄弟的箭法，幫助我們攻打滎陽。」

韓峰一呆，說道：「攻打滎陽？」

程知節道：「正是。李密野心勃勃，很早便有攻打滎陽的計畫。他已派遣弟兄去勘查地形，探測當地駐軍的實力，一切都準備就緒後，才去說服翟大首領讓他領兵出征。」

徐世勣道：「我便是被派去探勘的弟兄之一。我們得知滎陽太守楊慶，乃是河間王楊弘的兒子，楊廣的堂兄弟。這人擅長察言觀色，即使楊廣對兄弟骨肉特別猜忌，殺的殺，廢的廢，流放的流放，對這楊慶卻頗為親近重用，讓他做了滎陽太守。楊慶這人不難對付，但是滎陽通守張須陀卻是個厲害角色。他去年發兵勦滅北方義軍，將數萬人的義軍隊伍打得落花流水。我們翟大首領曾是他的手下敗將，對他害怕得不得了。最難對付的是，張須沱手下有員大將，名叫秦瓊，這人勇猛剽悍，聽說他發一聲喊，便能聲震天地，將對手嚇得跌下馬來。」

程知節接口道：「正是。這秦瓊使一對重一百三十斤的鍍金熟銅鐧，兩軍陣前，馬上交鋒，他猛然將那鐧撒手擲出，飛鐧一出，取敵首級，從不失手，稱爲『撒手鐧』。張須沱陣營中有秦瓊這麼一員大將，我們瓦崗弟兄們很難不害怕退縮。於是李密將我們二人找了去，說我們定得想出個辦法，在陣前打敗秦瓊，他才答應饒過單二哥的性命不殺。我們二人單靠武藝是打不過的，也想不出什麼好法子，爲了保住單二哥的性命，只好硬著頭皮來請韓小兄弟，盼你跟我們一起去滎陽對付張須沱。我打算去挑戰秦瓊，但怕自己打他不過，因此想借重小兄弟的箭法，挫一挫秦瓊的銳氣。」

韓峰聽了，心想：「我被李密擒擄去時，單二哥、程三哥和徐小哥幾位待我極好，徐小哥之後更冒險救了我的性命，讓我免去被李密斬斷手指之禍。此恩豈能不報？」當即說道：「此事攸關單二哥的安危，各位哥哥對小弟有救命之恩，小弟義不容辭，自當盡力相助。只是我話說在先，我要幫的是幾位哥哥，絕非效忠於瓦崗寨或翟大首領，更加不會替李密賣命。」

程知節和徐世勣聽他願意出手，都是大喜，一齊起身，對韓峰抱拳爲禮，說道：「韓小兄弟的意思，我們自然清楚。你願意出手相助，不論成敗，我兄弟都絕不會忘記你這份情義！」

當下韓峰去小鐘寺找通木，將自己和單雄信、程知節和徐世勣相交，程徐二人來相求自己出手相助的前後告訴了他，最後說道：「我為了報答恩德，顧全義氣，必得趕去相助幾位哥哥。此去東都一個來回，約需十餘日的功夫，事了之後，我便兼程趕往弘化，希望不會耽誤了唐國公的事。」

通木微微皺眉，說道：「峰師兄，瓦崗的英雄們義薄雲天，令人佩服。然而這些血性男子容易受到他人蠱惑，上回他們聽了李密的挑撥之言，出手對敵神力大師和通雲師姊，甚至將你捉走，對寶光寺造成莫大的威脅。即使單雄信、程知節和徐世勣幾位對你講義氣，瓦崗其他人卻不會和他們一般，甚至可能有心捕捉你或殺死你，尤其是他們的大首領翟讓和那李密。你若決意要去，我自不會阻止。然而你此去需得千萬小心，最好不要露出真面目，事成之後便趕緊離開，避免與李密照面。也可考慮換個裝束，別讓人認出來才好。」

韓峰點頭道：「通木師兄說得是。師兄深思熟慮，師弟自當遵從。」

通木當即去倉房之中，替他找出一套獵人的衣褲草帽，說道：「你穿著咱們寶光寺的羅漢服太過顯眼招搖，不如換上這套獵戶的衣衫吧。獵戶原本擅長弓箭，別人不致於立即想到你的身分。」

韓峰見通木想得周到，甚是感激，向他道了謝，立即改了裝扮，當日便與程知節和徐世勣啓程往東，往瓦崗行去。

# 第十一章　三枝箭

不一日，三人來到瓦崗寨，程知節和徐世勣讓韓峰留在營中等候，兩人先去見了翟大首領，又向李密報告了探查的見聞，並告知他們已找出辦法對付張須陀手下大將秦瓊。

不多時，徐世勣回轉來，悄聲對韓峰道：「李密這就要去見翟大首領了，韓小兄弟，我們且去聽聽他們說些什麼。」

當下徐世勣領著韓峰，從後門進入翟大首領的廳堂。徐世勣一直是翟大首領的親信，他當先進去，侍衛們見到他，都微笑招呼，也沒有多問。

等侍衛們不留心時，徐世勣便招手讓韓峰從後門走進，指著廳堂後的一條窄道，低聲道：「從這兒可以聽見廳堂內的談話，只是千萬不可出聲。」韓峰點頭答應。

兩人便悄聲走入窄道，等了一會兒，便聽門外守衛通報道：「啓稟大首領，李密李相公求見！」

翟讓道：「快請李相公進來！」

便聽李密的腳步聲來到堂上，翟讓起身迎接，笑著說道：「李相公，今日可有什麼大事要教我？」神態口吻極爲客氣。

但聽李密道：「啓稟大王，我奉大王之命，這幾個月來四出召集各地英雄，已替您說服了十多股豪傑前來投靠，足見大王威名遠播，眾望所歸，實在可喜可賀。」

翟讓摸著大鬍子，說道：「好極，好極！李相公巧舌如……如那個簧片，口若那個……那個掛著的大江，靠著一張嘴巴，便替我們瓦崗寨增加了這麼多的實力，眞如古時候的蘇秦、張儀一般，哈哈！」

李密道：「不敢，全仗大王英明！然而有一事大王需知曉：自從各方豪傑投奔大王以來，我們兵馬大增，糧食卻很快便要不足夠了。倘若曠日持久，人馬困在此地，只會越來越飢餓疲累，大敵一旦來臨，我們就只能坐在這兒等死了。」

翟讓一驚，說道：「當眞？坐以待『疲』，那可萬萬不能。我們的糧食當眞不足麼？」

李密道：「千眞萬確。」

翟讓皺眉道：「我們瓦崗英雄原本不過數千人，在江邊打打劫，還能圖個溫飽。如今人數突然增至好幾萬，就算日日在江上搶劫，也搶不到那麼多的錢財食物來餵飽這些弟兄，這卻該如何是好？」

李密道：「我有個辦法，請大王裁奪。當此形勢，大王應當主動出擊，直取滎陽，將大軍駐紮在館谷。我們在滎陽附近劫掠一番，如此將士勇猛，軍馬養肥，那麼我們就有本錢跟他人爭奪地盤勢力。」

翟讓頗爲猶豫，說道：「你說要我們主動去攻打滎陽？滎陽可是個大郡哪……而且張須沱的軍隊駐守在那兒，我們怎麼打得過呢？這不是如同以……以那個雞蛋砸石頭麼？」他自認腹中頗有些墨水，開口常咬文嚼字一番，但是「巧舌如簧」、「口若懸河」、「坐以待斃」、「以卵擊石」等簡單成語，卻還是不大說得出來。

李密搖頭道：「張須沱不足爲患，我自有辦法對付他，大王不必擔心。事情緊急，需請大王儘速決定。我有十足信心，能夠攻下滎陽。事情倘若不成，李密提頭來見您！」

翟讓聽他說得如此有自信，便道：「好吧！既然我們在這兒糧食不足，不能那個……那個坐著等死，就照你的意思去做吧！」

李密躬身道：「大王天縱英明，神機妙算，此次出兵一定大勝而歸！」

翟讓聽了更加振奮，當即發令，以李密爲統帥，率領三萬瓦崗寨軍隊，出擊滎陽。

徐世勣和韓峰偷聽了這番對話，悄悄退出來。

徐世勣不屑地道：「李密這人未免太會吹牛。明明逼迫我和程三哥去對付秦瓊，在大首領面前卻將話說得這麼滿！」韓峰皺起眉頭，他對李密殊無好感，此時聽他計畫擴張瓦崗軍的勢力，心中甚感不安。

李密說服翟讓讓他統率瓦崗軍隊攻打滎陽後，便立即分派程知節和徐世勣爲前鋒。韓峰穿著獵戶服飾，跟在二人身旁，隨軍出征。他蓄意迴避隱藏，始終沒有被李密見到，也沒有引起他人的注意。

程知節乃是個有勇有謀的將領，他率領著幾千瓦崗弟兄，很快便攻破了金堤關，攻入滎陽郡。數日之間，程知節和徐世勣的部眾便攻下了好幾個縣城，捷報傳回，只令翟讓高興得手舞足蹈，勇氣倍增，於是自己也披掛上陣，準備一顯身手。他率領其餘三萬軍隊大舉奔赴滎陽，揚言要親自登城，取下滎陽郡。

滎陽太守楊慶眼見這群瓦崗盜匪攻入本郡，立即命通守張須陀發兵討伐翟讓。

翟讓曾是張須陀的手下敗將，聽說張須陀親自率兵攻來，心驚膽戰，無論如何不肯正面對敵，便打算立即收兵，遠遠避開。

李密忙阻止他道：「大王不必驚惶。張須陀這人有勇而無謀，他的兵馬只知道贏，不懂得輸，驕傲粗率，一旦處於弱勢，必定兵敗如山倒。您看我的吧！我一戰就能將張須陀手到擒來。您只要將我方軍隊列成陣式，在此等候便是，屬下必定替您擊破他的大軍！」

翟讓雖然害怕得不得了，但是又不願在部將面前丟臉，只好聽信了李密的話，命令兵將列陣備戰。

李密悄悄叫了程知節和徐世勣過來，說道：「你們說有辦法對付張須沱手下的秦瓊，如今便是你們立功的時機。軍法如山，不容戲言！我等你們在陣前收拾了秦瓊，才會放手與張須沱對陣。若是拿不下秦瓊，你們兩個腦袋便要落地，瓦崗軍也將毀於一旦！若你們敢陣前退縮，趁亂逃逸，單雄信的腦袋便也保不住了，聽清楚了麼？」

程知節心中暗罵：「你在翟大首領面前說得慷慨爽快，還不是得靠我們來收拾最難對付的秦瓊！」卻只能躬身說道：「屬下得令！」

徐世勣也道：「李相公請放心，我們自有辦法對付秦瓊。」

李密點點頭，說道：「最好如此！」帶了一千多名士兵躲在林木之間，設下埋伏。

程知節和徐世勣各自率領數百弟兄，騎馬來到前線，韓峰緊隨在二人身後。

但見張須沱的軍隊在大海寺外的原野上排開，看上去黑壓壓地，總有數萬人，盔甲鮮明，矛銳刀利。許多瓦崗弟兄從未見過這等陣仗，望望自己身上穿戴的不過是棉甲草帽，手中持著的不過是獵槍釘耙，都不禁感到惶惶然，左右張望，竊竊私議，盼望程知節立即下令退兵，他若不下令退兵，這不是讓大夥兒去送死麼？

程知節卻十分沉著，取出長斧，轉過頭，對韓峰道：「小兄弟，多謝你仗義相助，這一役全靠你了！」韓峰道：「程三哥請放心，小弟自當盡力。」

兩軍緩緩接近，直到相距二里，才各自停下。

但聽一聲暴吼，一個身形高大的將軍縱馬從張須沱陣營馳出，一身大紅戰袍，披著銀色甲盔，瓦崗軍中人紛紛驚呼：「秦瓊！秦瓊！」

韓峰凝目望去，但見這秦瓊身形壯碩，一張白臉，細眼長鬚，雙手各持一根二尺半的金鐧棍，乍看之下彷彿長劍，但棍身爲方形，棍身一節一節的好似短鞭一般，但棍身剛直而有凹槽，棍端無尖，與一般長劍截然不同。

韓峰不知這兵器是何來頭，正懷疑間，但聽程知節道：「聽說秦瓊所使雙鐧沉重，果然名不虛傳。」

韓峰這才想起程知節跟他說過秦瓊的絕招叫做「撒手鐧」，心想：「原來這對古怪兵刃便是『雙鐧』，這麼沉重的兵刃撒手扔出，力道定然極大，但脫手之前也必有先兆，應當不難避開。」又想：「我若發箭攻擊，他舉鐧擋架，想必也須花費不少力道，而且轉圜定然缺乏靈巧。」心中忽生一計，對程知節道：「程三哥，你暫且不要出面向他挑戰，讓我先去試試。」

程知節擔心道：「秦瓊雙鐧甚是厲害，你能應付得來麼？」

韓峰道：「他那雙鐧看來只能近搏，不能遠攻。我想先試試以弓箭向他挑戰。」

程知節點了點頭，說道：「小心在意。」

便在此時，敵軍主將張須沱身披黃銅盔甲，好整以暇地騎馬來到陣前，神色傲然，高聲喝道：「我方只要一人，便足以解決你們這群烏合之眾的草莽叛賊。秦將軍！替我取下瓦崗將領的首級！」

秦瓊縱馬快奔上前，高聲大喝：「瓦崗反賊，皆納命來！」聲震天地，氣勢雄渾。眾瓦崗弟兄都不自禁轉頭望向程知節，為他捏一把冷汗。

程知節卻面色不改，哈哈大笑，說道：「秦瓊算什麼？我讓我們的一位小兄弟出手，便收拾下了他！」向韓峰點了點頭。

韓峰吸了一口氣，一夾追龍的馬肚，揹著家傳寶弓，越眾而出，縱馬來到兩陣中間。

張須沱軍隊見對方竟然派出一個十多歲的少年與秦瓊對陣，都轟然大笑起來，紛紛叫道：「你們派這小娃子出來送死麼？」「秦將軍一鐧便割下了小娃兒的腦袋！」「我道瓦崗軍有幾分氣候，原來淨是乳臭未乾的小伙子！」

秦瓊手持雙鐧，縱馬迎上，兩騎相隔十餘丈。

韓峰舉起韓家家傳寶弓，朗聲說道：「秦將軍，在下不過是瓦崗軍中的小角色，靠著祖上傳下的一把寶弓，想以三箭挑戰你，將你射下馬來。」

秦瓊哈哈大笑，說道：「小子狂妄！你便射我三十箭，也不能奈我何！」

韓峰叫道：「好，我要發箭了！」舉起弓箭，一箭往天空射去，飛起足有十多丈高，在半空中畫出一個弧形，緩緩落下。

兩邊軍隊見了，都是大譁，這一箭竟然並不射向秦瓊，卻往半空中射去，豈不是白白浪費了一箭？

秦瓊正疑惑間，但見韓峰第二箭轉眼便已射出，這箭卻是直直向著秦瓊胯下坐騎的眼睛射去。

秦瓊原本望著天上的羽箭發笑，卻見第二箭射向自己的坐騎，他素來愛馬，當即一拉韁繩，掉轉馬頭，舉起左手鐧去擋架羽箭。

不料韓峰之箭勁道極強，秦瓊的左手鐧竟然擋之不住，反而被這一箭給震了開去。

秦瓊大驚失色，幸而這箭的準頭也被他的左手鐧打偏了寸許，從馬鬃旁飛過，並未射中馬眼。他剛剛噓了一口氣，但聽勁風響動，韓峰的第三箭已然來到眼前，正射向自己的左肩。

秦瓊左臂仍被前一箭震得痠麻，無法舉鐧抵擋，只好一個側身，忙舉右手鐧來擋。不料韓峰第三箭的力道比之前那箭更加強勁，秦瓊一擋之下，右臂如遭雷擊，右鐧脫手飛出，韓峰的箭已射入他的左肩。他的右手鐧飛出甚遠，勢道勁猛，砰一聲插入土地中，土石飛濺。幸好韓峰以射箭挑戰秦瓊，與他相距甚遠，那令人聞名喪膽的「撒手鐧」並未對他造成威脅。

秦瓊左肩中箭，箭勢勁急，令他身子往後一仰，果然跌下了馬來。

對陣雙方見到這情景，都是愕然，張須沱陣營盡皆驚呼出聲，瓦崗陣營則采聲雷動。

李密在遠處望見，心中歡喜之餘，亦感驚詫萬分，暗想：「天下箭法能達到如此出神入化境界的人不多……看這身手，莫非這獵戶裝扮的少年，竟然便是寶光寺的韓峰？」

程知節眼見秦瓊被韓峰的羽箭射落馬，心中大喜，知道機不可失，立即舉起長斧，高聲叫道：「秦瓊落馬喪命，敵軍已無大將，大夥兒衝啊！」

瓦崗弟兄們見這少年竟然真的以三箭將秦瓊射下馬來，士氣大振，聽見程知節的呼喊，都士氣大振，奮勇往前衝去，殺入敵陣。

兩軍對決，數萬人在原野上廝殺起來，戰況激烈。

韓峰舉起韓家家傳寶弓，說道：「秦將軍，在下不過是瓦崗軍中的小角色，靠著祖上傳下的一把寶弓，想以三箭挑戰你，將你射下馬來。」

秦瓊哈哈大笑，說道：「小子狂妄！你便射我三十箭，也不能奈我何！」

韓峰叫道：「好，我要發箭了！」舉起弓箭，一箭往天空射去。

# 第十二章 鬥雙鐧

韓峰不願介入雙方戰事，正想離開，卻見一人縱馬趕來，大吼道：「小子別走，接我一招！」卻是秦瓊負傷衝上，手持雙鐧，向他挑戰。

韓峰掉轉馬頭，迎上前去，叫道：「馬上你不是我敵手，我們下馬一決勝負！」

秦瓊叫道：「好！」一躍下馬。

韓峰雖不擅長輕功，但在山上練武數年，身手敏捷，也飛身下馬，落在秦瓊面前，手中持著平時慣用的木棍。

秦瓊微微皺眉，望著那木棍道：「你用這玩意兒，如何能對敵？」

韓峰微微一笑，說道：「木棍雖無鋒，仍能克敵致勝。」

秦瓊望著他，問道：「你年紀雖小，卻絕非無名之輩。請問高姓大名？」

韓峰道：「我姓韓，單名一個峰字。」

秦瓊揚起眉毛，說道：「韓峰？莫非你是韓擒虎韓大將軍的後代？韓家『白羽黑箭』威震天下，果然名不虛傳！」

韓峰道：「韓將軍正是先祖。小子箭藝遠遜父祖，忝列家門。領教將軍雙鐧！」

他棍法雖熟練，卻從未遇過使雙鐧的敵手，連雙鐧這等武器都未曾見過，無法猜知對方招式如何，當下戒懼謹慎，木棍擺出守勢。

秦瓊大喝一聲，雙鐧揮舞，一從上而下，一從左而右，同時攻上。韓峰看準了雙鐧的來勢，木棍揮出，砸向橫掃而來的鐧，但鐧身鋒銳，將木棍的一頭削斷了數寸，遠遠飛出。

韓峰微微一驚，往後退出一步，留心觀察秦瓊雙鐧的招數，但見他左右雙鐧一攻一守，一進一退，配合得天衣無縫，加上鐧身剛直鋒銳，秦瓊力道又大，雙鐧每一揮掃，韓峰便得後退閃避，免得手中木棍被雙鐧掃上削斷，更得留心不讓雙鐧斬到自己身上。

韓峰臨敵經驗甚多，臨危不亂，雖在兩軍激戰之中，對敵一位素負盛名的將軍，卻並不驚慌。他一年前便曾與大將軍宇文述對打，宇文述的一身武藝習自神武上人，武功只有比秦瓊更高；他心想當時自己尚能打敗宇文述，此刻又怎會無法對敵秦瓊？

他沉住氣，觀察秦瓊雙鐧招數，慢慢看出雙鐧的破綻：這兵器威猛有餘，靈巧不足，變招時過於緩慢。韓峰看出這一點後，心更加安穩，又觀看了五六招，確定自己已能致勝，便立定腳步，趁著秦瓊一招使出，未及變換招數之際，陡然持棍搶上，使出一招「如來白毫」，木棍直戳向對手眉心。這招極巧極快，逼迫秦瓊不得不收回雙鐧擋架。

韓峰不等他雙鐧擋住木棍，早已跨步搶上，木棍橫劈，打向秦瓊手腕。

秦瓊不得不縮手後退，一時竟被韓峰打了個手忙腳亂，招架不及。他連退數步，心中驚愕，全沒想到自己使動拿手的雙鐧，竟然打不過一個手持木棍、個頭比自己還矮上一大截的少年。

秦瓊振作精神，大吼一聲，左鐧往左，右鐧往右，一齊往外橫掃出去，使出一招「橫掃千鈞」，意圖逼迫對手後退閃避。

韓峰見雙鐧來勢洶洶，不退反進，又跨上一步，捨棍不用，矮身避開雙鐧，手肘直撞向秦瓊的胸口。

秦瓊不料他忽然轉爲近身而搏，大出意料之外，要收回雙鐧已然不及，只能往後一讓，但覺胸口一痛，已被對手手肘擊中。

韓峰在過去數年中，幾乎日日跟四師兄通海、三師兄通山或二師兄通地對打，這三人對他從來不曾手下留情，招數快捷精準，尤其通海的「擒龍手」最爲陰險狠辣，往往從意料不到的方位攻上，讓人不及閃避，便已中招受傷。韓峰從師兄們處學到了鑽巧敏捷的「擒龍手」招數，此時故意欺近敵身，就近攻擊，果然奏效。

秦瓊胸口一悶，吐出一口鮮血，踉蹌地連退三四步。

韓峰長棍回轉，掃向對手小腿。這招實是手下留情，他此時已占盡上風，大可以木棍攻敵頭喉胸腹等要害，取敵性命；但他十分佩服秦瓊的雙鐧功夫，又恪守佛門不殺生戒，因此並不願致敵死命，也不願重傷對手，因此這一棍只攻向對手小腿，最多能令對方跌倒在地。

秦瓊閃避不及，小腿中棍，痛入骨髓。他想起韓峰剛才所說：「木棍雖無鋒，仍能克敵致勝。」心想：「這小娃兒所說，絕非虛言！今日我命休矣！」一膝跪倒，勉強舉起雙鐗護在身前，知道韓峰下一棍便能取己性命，一顆心怦怦而跳，身上冷汗淋漓。

便在韓峰和秦瓊的周圍，雙軍廝殺正烈。程知節和徐世勣率先衝入敵營，逼得張須沱勒軍後退；瓦崗軍士眼見己方氣勢壓過敵方，勝算頗高，個個士氣高昂，奮勇爭先。

卻不料翟讓對張須沱害怕已極，一直躲在大軍之後，更未見到韓峰三箭將秦瓊射下馬，也不知道程知節和徐世勣等已攻入敵陣，只聽見敵軍的呼喊之聲，以爲張須沱已率眾攻上，生怕上回慘敗之事重演，丟掉一條性命，只叫得一聲「媽呀！」便對部眾下令道：「快退，快退！」

眾人見大首領畏懼退縮，一下子也都沒了鬥志，儘管前鋒打得漂亮，主力軍卻一碰便敗，急急往後退避。只見戰場之上，數萬瓦崗士兵爭先恐後，向後奔逃；看來就算能逃過張須沱軍的追殺，也不免被自己人踐踏而死。

便在此時，但聽兩旁呼聲大起，卻是李密發動千人埋伏，從後圍上，突擊張須沱軍隊後方。

張須沱部眾出乎意料，不知對方究竟有多少埋伏，只道己方已被誘入陷阱，四面受圍，驚慌失措之下，竟然被李密軍隊打得潰散而逃。

翟讓聽見後方傳來廝殺之聲，而張須沱軍隊並未繼續追擊本軍，這才鼓起勇氣，停馬觀看，見到李密軍隊攻入張軍陣中，勢如破竹。翟讓大喜過望，立即下令道：「張須沱軍受襲潰散，大夥兒趕緊回頭夾擊！」

翟讓於是和李密前後合擊，將張須陀的軍隊打得落花流水，情勢頓時逆轉。

程知節和徐世勣率領一隊瓦崗前鋒弟兄，闖入潰散的敵軍陣營。程知節瞥見張須沱的黃銅盔甲，舉起長斧追趕上前，一斧頭砍傷了張須沱的馬。張須沱一聲怒罵，滾跌下馬，徐世勣縱馬上前攔住，兩人合力活捉了張須陀。

此役乃是瓦崗軍成軍以來最大的勝利，李密極爲得意，命程知節將張須沱綁來陣前，對翟讓道：「全仗大首領英勇威德，張須沱果然手到擒來！」

翟讓猶自惴惴，不敢相信己方眞的得勝，甚至活捉了敵軍大將張須沱！

他還未反應過來，便聽李密高聲喝道：「斬了！」幾個忠於李密的弟兄奔將出來，在軍陣之前將張須沱斬首立威，全軍肅然。

自此以後，李密便在瓦崗軍中立下無人能比的軍威。

正當張須沱軍敗勢已明之時，韓峰與秦瓊近身而搏，穩占上風，將秦瓊打得一膝跪地。他對秦瓊的雙鐧功夫十分佩服，心想：「這人勇猛善戰，雙鐧功夫又好，實是個難得的將才。」眼見李密軍隊在四周圍得如鐵桶一般，心想：「秦瓊這樣一個英雄人物，不該死於混戰之中。」

當下收棍不攻，低下頭，對秦瓊道：「戰況不利於你方，勢已甚明。將軍此時須急求脫身，快跟我來！」轉身將兩匹馬都拉了過來，翻身騎上追龍，向秦瓊招手。

秦瓊腿上劇痛，知道自己已然負傷，若不儘早逃去，亂軍之中只有被擒一條路，更可能就此喪命。他直覺韓峰這少年光明磊落，頗能信任，當即跳上馬，策馬跟在韓峰身後。

韓峰護著秦瓊往西奔出，進入一座林子，兩人直馳出十多里，遠離戰場，才勒馬而止。

韓峰對秦瓊抱拳道：「秦將軍英勇善戰，武功高強，韓峰好生佩服。我們後會有期。」

秦瓊呆了呆，心中好生驚訝，暗想：「我在陣前落馬，近身搏鬥又輸給了他，原不打算留住一條命。這少年究竟是什麼樣的人，爲何要救我性命，助我逃脫？」但眼下情勢緊急，他無暇多問，只抱拳道：「大恩不言謝。韓小兄弟饒我性命，助我逃脫，秦瓊沒齒難忘！」縱馬奔去，轉眼消失在林中。

大海寺一役，翟讓眼見自己害怕得半死的張須陀軍在李密手下竟然不堪一擊，潰散大敗；對陣之中，李密只不過用了一丁點兒的計策，便將張須陀打得一敗塗地，斬於陣前，自己的勇氣能力，顯然遠遠比不上李密，自此對李密更加佩服得五體投地，決定分派一部分的士兵讓李密統率。

李密大為高興，知道這是自己掌握軍權的第一步。他治軍極嚴，手下軍隊軍陣整肅，每當他號令兵士，就算是炎熱的夏天，士兵都如身處冰天雪地一般，全副武裝，一絲不苟；他自己衣著簡樸，將劫掠得來的金銀寶貝全數賜給麾下士兵。瓦崗寨眾人原本都是土匪出身，見到跟隨李密便能得到金銀財寶，都欣喜若狂，願意為李密效命的瓦崗弟兄越來越多。

而韓峰替瓦崗軍打頭陣，三箭令秦瓊落馬，又以一根木棍打敗秦瓊的雙鐧，儘管他喬裝改扮，隱姓埋名，李密卻早已猜到這獵戶少年定然便是寶光寺的韓峰。他雖已不需向韓峰逼問鴿信的祕密，然而他很清楚自己曾與寶光寺為敵，更曾擒拿威脅韓峰，這個樑子結得甚深，絕對無法彌補；他也知道定是程知節和徐世勣邀韓峰來助拳，目的便是解救單雄信。

李密腦子動得甚快，立即便讓人去請韓峰，想用重金高位將他收為己用；若是不成，便打算取他性命，以除後患。

他派了一百名士兵去程知節的營帳，說要請射倒秦瓊的箭術高手、少年英雄來大帳一會。然而當士兵們來到程知節的營帳時，卻撲了個空，才發現那神箭少年原來早已離去。

韓峰對李密的奸險知之甚深，不等李密來找自己，便已向程知節和徐世勣道別，說道：「兩位哥哥今日立下大功，只怕李密會更加忌憚。請兩位務必謹慎小心，救出單二哥後，須儘量避免與李密正面衝突。翟大首領若對李密愈加信任，幾位哥哥或許該想想別的出路。」

程知節和徐世勣都知道他所言爲實，對韓峰又是敬佩，又是感激，三人灑淚而別。

注：秦瓊，字叔寶，在凌孽閣二十四功臣中排名第二十四。他的出身如故事所述，起初爲張須沱手下將領，後來張須沱被李密所殺，秦瓊投靠裴仁基，又隨著裴仁基投降李密，得到李密的重用。李密失敗後，投降王世充，因不滿王世充爲人，與程知節等一起降唐，分配到秦王李世民帳下。秦瓊勇猛善戰，常於千軍萬馬之中一馬當先，攻入敵陣，取下敵將首級。《隋唐演義》中有不少秦瓊的故事，所使兵器便是故事中所述的雙鐧。「殺手鐧」這一詞，正是出於秦瓊投出沉重的鐧，取敵首級的必殺絕技。

# 第十三章　唐國公

韓峰向程知節和徐世勣告別後，算算自己去滎陽參與戰役，已耽誤了二十多日的功夫，生怕太遲抵達弘化，會令老和尚擔心，或讓唐國公久候，自己更是心急想早日見到李晏雲，當即催趕追龍，急急往北趕去。

不一日，韓峰來到弘化境內。他正想向人詢問唐國公府邸所在，卻見一群數十人縱馬而來，身穿戎裝，似是士兵出巡。爲首的是個清俊少年，一身淺綠衣衫，身手靈敏，高聲指揮士兵，十人一組，出發往各方巡視。

綠衣少年親自領了十名士兵，往韓峰這邊奔來。奔到近前，韓峰這才看清楚，那綠衣少年一頭長髮束成兩條辮子，纏在頭上，竟是一個俏美少女，正是李晏雲！

韓峰一年多來對李晏雲朝思暮想，難以忘懷，卻沒想到自己再次見到她，竟是在這樣的情景之下。他本想李晏雲跟在父親唐國公的身邊，一定是錦衣綢緞，侍女圍繞，恢復大家小姐的身分；絕沒想到她一如在寶光寺那時，勁裝結束，領兵巡視，騎馬馳騁，丰姿颯爽，心中不禁怦然而動，臉上一熱，趕緊迎上前，行禮叫道：「通雲師姊！」

李晏雲見到韓峰，燦然一笑，縱馬迎上前來。她自然老早從小石頭的鴿信中得知老和尚派了韓峰前來弘化，暗暗擔心韓峰怎地這麼久還沒到，表面上卻裝做一無所知，問道：「峰師兄，你怎會來到這兒？」

韓峰見她明豔笑顏，心中甚喜，回答道：「是老和尚派我來的。他說大師兄留在洛陽辦事，我也應多多出外歷練，因此讓我趕來弘化，專供唐國公差遣。」

李晏雲笑道：「恭喜，恭喜！想來峰師兄武功已有大成，老和尚才准許你獨自下山辦事。」

韓峰忙道：「師姊取笑了。我不是下山辦事，是出來歷練的。」

李晏雲道：「辦事就是歷練，那有什麼不同？我在寶光寺練了五年功夫，老和尚才第一次派我下山辦事。你上山不過兩年，老和尚便放心讓你單獨下山，可見你武功進步神速，穩重踏實，老和尚才這麼信得過你。我當初送追龍給你，可真是有先見之明哩！」

韓峰被她說得臉上發熱，不知該如何應答。他望向騎在馬上的李晏雲，一年不見，她似乎又成熟了許多，眉目清朗，雙頰紅潤，容色只有比記憶中更加嬌美可喜。他的眼光再難離開她的臉龐，想起自己一年多來的朝思暮想，忍不住脫口說道：「確實該感謝師姊。如果不是追龍，我又怎能這麼快趕到弘化，再次見到師姊？」

李晏雲聽他似乎話中有話，臉頰微微一紅，轉過頭去，沒有接口，眉目間似乎隱含憂色，轉開話題，說道：「我爹爹剛好在家。走，我領你去見他。」一夾馬肚，當先縱馬馳去，韓峰隨後跟上，與她並轡而騎，十名士兵跟隨在後。

韓峰跟著李晏雲來到唐國公的府邸，李晏雲請韓峰在廳上等候，自己先去向父親稟報，說道：「爹爹，寶光寺的韓峰韓師兄剛剛來到了弘化。我在城外巡視時，恰好遇見師兄，便帶他來拜見您。韓師兄武功高強，箭法精妙，上回跟隨二哥去洛陽辦事，出箭百發百中、射退無數官兵，與二哥一起闖出宇文將軍府的，就是他了。」

唐國公哦了一聲，說道：「快請這位少年英雄來見！」

李晏雲便領著韓峰來到父親的書房，覲見唐國公。

韓峰見唐國公坐在太師椅上，身形福泰，面目慈祥，好似個老婦人一般。他走入房中，向唐國公跪拜爲禮，說道：「後生小子韓峰，拜見唐國公！」

唐國公微笑道：「韓小兄弟快請起來！洛陽之役，我早有聽聞。世民信中對韓小兄弟讚不絕口，說你年紀輕輕，便堅毅勇敢，武功高強，箭法更是驚人。」

韓峰道：「世子謬讚，晚輩愧不敢當。老和尚說小子年輕識淺，需得多多出來磨練，增加見識，特地派晚輩來此，聽任唐國公差遣。」

唐國公道：「眞要多謝老和尚了。我只沒想到你年紀還這麼輕。韓小兄弟，請問你貴庚？」韓峰道：「啓稟唐國公，晚輩今年十四歲。」

唐國公道：「很好，很好。英雄出少年，你比二兒世民還要小上兩歲。」

他讓韓峰坐下，又問道：「小兄弟這一路來，旅途可順遂？」

韓峰當下將親眼目睹李密率領瓦崗軍攻打滎陽，在大海寺擊敗斬殺張須陀的經過說了，又說見到翟讓對李密言聽計從，恭敬得接近崇拜，並開始讓李密自領軍隊等情。至於自己替瓦崗諸兄弟出手，三箭將秦瓊射下馬之事，自是略過了沒有說。

唐國公聽了，露出憂慮之色，說道：「李密的奸計果然得逞！世民不久前才傳信回來，說他在洛陽查訪了許久，終於證實那首歌謠正是李密蓄意編造出的，目的自是爲了抬高自己的身價。他終於贏得了翟讓的信任重視，說服翟讓同意他領軍出擊，取得戰果，這人絕對不可小覷。」

韓峰道：「然而李密爲人奸險無信，寡義少恩，瓦崗兄弟對他多不信任。」

唐國公聽了，點頭說道：「小兄弟這話說得極是。這樣的人即使成了瓦崗軍的首領，也不會長久的。為人統帥者，對手下定須有信有義，有恩有威。不然不是敗於敵軍，便是敗於自己人。」

韓峰道：「唐國公所言甚是。」又道：「此地有什麼事情晚輩可以出力的，請儘管吩咐，晚輩一定盡心去辦。」

唐國公想了想，說道：「我眼下沒有什麼急事需辦，你且在這兒待上幾日，熟悉一下環境。我若想到什麼事情，再麻煩小兄弟吧。」回頭望向女兒，說道：「五兒，妳好好招呼韓小兄弟，帶他在本地到處看看吧。」

李晏雲笑道：「帶峰師兄到處去玩玩看看，正合我意。」

唐國公搖頭笑道：「妳都滿十三歲了，還像小孩兒一般愛玩！兩年前妳二嫂嫁給妳二哥時，也是年方十三，妳瞧瞧她多麼成熟穩重？五兒，妳年歲已長啦，可不能再像以前那般胡鬧，到處亂跑，拋頭露面了。」

李晏雲聽了，臉色微微一暗。韓峰也感到一陣隱憂：「難道師姊未來便不能再行走江湖，也不能回到寶光寺了？」

兩人不自覺抬頭對望一眼，李晏雲立即轉過頭去，說道：「爹，我可不似二嫂那般斯文乖巧，溫柔體貼。你讓我自幼學武，難道就是為了讓我長大能像二嫂一般，待在家中乖乖繡花烹飪，侍奉公婆，相夫教子麼？」

唐國公聞言大笑，伸手摟住女兒的肩頭，說道：「我的女兒武藝高強，胸懷大志，確實不讓鬚眉！」

韓峰便在弘化唐國公府待了下來。唐國公身為弘化留守，並受命掌控關東軍隊，權力甚大；他也很能掌握機會，在弘化廣為接見當地的賢人武將，招納人才，收為己用。韓峰見每日都有許多當地賢達出入公府，唐國公總是親自接見，恭謹相待，虛心請教。

唐國公讓韓峰在旁侍立，聆聽自己與眾賓客對答；有時也命韓峰幫忙接待賓客。韓峰出身貴宦之家，見過不少世面，與各方賓客也能對答得體，禮數周到。唐國公見了，十分滿意，常常在會見賓客之後，詢問韓峰的看法，並說出自己對該人物的觀察評價。

韓峰不但得聞天下大勢，更學到極多的人情世故，心想：「唐國公外表看來和氣溫吞，頭腦卻很清楚，識人甚明，而且胸懷大志，積極搜羅人才。我猜想他絕不會肯安於現狀，未來定有所圖。」

他在唐國公身邊不但受益良多，更感到一股許久未有的舒坦安適；他清楚知道，這是因為唐國公府中的飲食車馬、起居用物，樣樣精緻美好，讓他感到自己終於又回到了童年時的貴宦生活。不管他過去幾年吃了多少苦頭，經歷了多少顛沛流離，童年時的回憶仍令他永難忘懷，令他發自心底依戀嚮往。

他同時也想起自己的父親。母親早逝，父親韓世諤性情豪邁瀟灑，最愛結交朋友，除了偶爾教兒子騎馬射箭外，整日便跟他的一群弟兄好友們飲酒宴樂，高談闊論，或結伴出去打獵。有時父親也會帶著自己一塊兒去打獵，讓他試演箭藝，那便是他最快活、最得意的時刻了。韓峰記得自己年幼時對父親極爲尊敬崇拜，能得到父親的一聲稱讚，便是他最大的榮耀。他喜愛父親爽朗大度的性情，希望自己長大後能和父親一樣。

然而他在寶光寺過了數年的清苦日子，見多了百姓疾苦，年紀也漸漸大了，又見到如唐國公這般有見識、有氣度的王侯，當他回想起父親的種種往事，卻不免明白了一些幼年時不會明白的事情：韓世諤重視珍愛精美器物，家中一切飲食衣物、弓矢車馬，樣樣都只挑最好的，身上充滿濃郁的貴宦子弟習氣。他雖有推翻暴君的一腔熱血，卻沒有推翻皇帝的見識能耐。在今日的韓峰眼中看來，父親當年投效不成氣候的楊玄感，實是缺乏智慧判斷；之後他雖僥倖保住性命，卻已一無所有，身邊只剩下那班昔日一起喝酒打獵的朋友，倉皇地往西方亡命去了。

他記得臨別之際，父親曾對自己說：「我們韓家就指望你了。」心中不禁想：「爹爹指望我什麼，我又能做什麼？」又想：「爹爹當年帶著一群朋友去往西域，不知如今卻在何處？他當眞能夠擺脫貴宦子弟的習氣，在異地重新開始，再創韓家當年的光榮麼？」

韓峰除了耳濡目染唐國公府的大氣，偶爾李晏雲嫌待在府中太過沉悶，便拉著韓峰出去騎馬巡視四方，有時也去草原上跑馬。韓峰自然樂於相隨，不時與李晏雲並轡而騎，在草原上盡興馳騁，兩人都感到極爲歡暢開懷。韓峰心中不禁想：「我若能跟師姊在一起，留在唐國公身邊，可有多好！」

他想起小石頭臨行前的密密囑咐，鼓起勇氣，一心想找機會向通雲透露自己的一腔愛慕之情，然而她身邊總有無數侍從圍繞，兩人從未有機會獨處，更沒有機會說說心裡話。

李晏雲爽朗大方，親厚和善，與在終南山上時並無不同；但韓峰卻注意到她不時蹙起眉頭，似乎懷有心事。他很想探問她究竟爲了何事煩心，無奈一直找不到良機，即使找到時機，他往往又不知該如何啓齒。

過了月餘，唐國公讓韓峰來見，說道：「小兄弟到來之後，日日替我接待賓客，勤懇認眞，對我助益甚大，實足感謝。如今有一件事，需煩勞小兄弟相助。」

韓峰道：「請唐國公吩咐。」

唐國公道：「晏雲年紀漸長，是時候替她尋一門親家了。我在大興城有位姓趙的好友，他的公子趙慈景生得一表人才，我兩年前見過之後，便難以忘懷，覺得這孩子很能夠配得上五兒。我已跟趙家提起此事，他們也十分樂意，納采問名之禮都已辦妥，就等趙家納吉納徵，請期親迎了。如今我不知將在弘化待上多久，五兒她母親希望她早些回去大興城，準備喜事。我想請小兄弟護送小女回大興城去，趙家也將派人來迎。這段路並不難走，只是路上偏僻了些，怕有強盜狼群出沒。小兄弟箭法高明，當能擔負此任。」

韓峰聽了這番話，有如五雷轟頂，全身僵住，只能硬逼自己低下頭，緩緩行禮答道：

「晚輩遵命。晚輩定當竭盡所能，護送師姊平安回到大興。」

唐國公道：「如此甚好。那麼我跟晏雲說，後日便上路吧。」

韓峰告辭出來，心中一片混亂：「師姊要出嫁了？她自己一定知道，因此才顯得憂心忡忡。唐國公命我護送她回大興城，我卻該如何自處？」

# 第十四章 悔太遲

卻說李家僕婦手忙腳亂地替李晏雲準備馬匹車輛、首飾衣物、日常用品，李晏雲整日留在房中，總不露面。韓峰當然不能入屋去幫忙，只能跟著唐國公的士兵騎馬在弘化四處巡邏，心中一團混亂，難以排遣。

兩日後的清晨，一行人啓程往南行去。

韓峰騎著追龍，馳在李晏雲的車隊之前，留神戒備，心頭卻沉重得如巨岩一般，直壓得他心口陣陣發痛。

他強自振作，心想：「通雲師姊原是大家閨秀，嫁入門當戶對的趙家，自是她最好的歸宿。幸好我未曾向她說出仰慕之意，不然豈不是自討沒趣，徒增尷尬？」儘管如此安慰自己，心中仍舊難受得寧可就此死去。

韓峰和李晏雲並非第一次同行；一年多之前，李晏雲將身受重傷的韓峰從瓦崗寨中救出，一路醫治照拂，護送他回到大興城；這回卻是韓峰護送李晏雲回返大興，準備完婚。上回韓峰沉默寡言，這回兩人身旁跟了數十名李家的丫環、老媽子、傭僕、護衛，韓峰心中即使有千言萬語想對她說，如此景況下，自然連一個字也無法說出口，只能更加沉默了。

他不願讓別人看穿自己的心事，強自壓抑心底的悲傷失落，對李家家人十分恭敬，但對李晏雲就盡量迴避不見，無法迴避時，神態便顯得尊重而疏遠。兩人距離雖近，卻好似隔了千山萬水一般。

如此行出數日，一路無話。這日一行人來到北地郡歇腳，那是左近較大的市鎮。李家家人張羅讓李晏雲住進一間官舍，但見官舍中已有一行人在等候，卻是趙家派來迎接李家五姑娘的隊伍。

一個管家模樣的中年人過來與李家家人行禮攀談，說道：「在下姓趙名貴，乃是大興趙家的管家。我家公子得知五姑娘啓程回往大興，特地來到此鎮，恭候迎接。五姑娘旅途辛勞了，一路可好？」

李家家人道：「五姑娘都好。請問趙公子來了麼？」

管家趙貴笑道：「當然來了。五姑娘回返京城，這麼重大的事，我家公子怎能不親自來迎接呢？公子已在此恭候數日啦。我等知道各位回途中必將經過北地郡，怕上路去迎，反而錯過了，因此決定在此恭候。」又道：「公子已備好酒菜，好爲五姑娘洗塵。待五姑娘梳洗過後，恭請五姑娘赴席。」

李家家人將這話跟李晏雲說了，李晏雲面無表情，只點了點頭，說道：「知道了。」當日傍晚，李晏雲換了一襲素色長裙、淡紫紗衫，略做打扮，便讓侍女請韓峰過來，說道：「峰師兄一路辛苦了。趙公子在此爲我設宴洗塵，請師兄一同赴席。」

韓峰原本不願意去，又好奇這趙公子究竟是怎樣的人，一番掙扎下，還是應允了。兩人來到筵席廳時，趙公子趙慈景已在廳上等候。但見他面如冠玉，眉目俊美，身材高挑，宛然有玉樹臨風之姿，果眞是個少見的美男子。

趙慈景見到李晏雲，連忙趨前恭敬作揖爲禮，說道：「趙某得見五姑娘芳容，幸如何之！」

李晏雲斂衽回禮道：「勞煩趙公子千里跋涉，來此相迎，晏雲實在擔當不起，謹此致謝。」

趙慈景道：「這是趙某份當所爲。五姑娘快請坐。」

李晏雲見到桌旁只有兩個位子，說道：「這位韓峰韓公子乃是家兄好友，武功高強，少年有爲，家父特命他護送我回返大興。韓公子一路辛勞，實足感謝，還請趙公子賜座。」

趙慈景連聲道：「是，是！」連忙命管家趙貴替韓峰加了一個座位。

三人坐下後，僕從便送上酒菜。金盤銀筷，琉璃爲瓶，白玉爲盞，器具件件精緻講究已極，種種菜餚更是山珍海味，奇餚異饌，顯然都是趙家特意從大興城運來的，處處透露出趙家的富貴豪奢。

李晏雲看在眼中，臉上神情一片淡然，不露喜怒之色，韓峰卻可以感受到她心中甚是不快。但聽她吩咐家人道：「天色尚明，外面地方寬廣，快給放上箭靶，我想射箭。」

趙慈景張大了口，甚感驚訝，他全不曾料到唐國公家的小姐竟會想射箭！呆了一會，才開口道：「五姑娘文武雙全，當眞令人驚佩。不知五姑娘的箭藝是向哪位師傅學得？」

李晏雲微笑道：「我的箭法一般，使出來要讓趙公子見笑了。韓公子卻是位不折不扣的神箭手，家兄每每讚不絕口。韓公子，你若不介意，可願意小試身手，讓我等開開眼界？」

韓峰心中明白，她是想借自己的箭藝壓壓趙公子的富貴氣燄，心中雖不願意，也不便當面拂逆她的意思，當下躬身說道：「謹遵五姑娘之命，韓某獻醜了。」

他回房取來自己的黑木弓箭，繫上弓絃，調校之後，便向李晏雲和趙慈景行禮。此時李家家僕已擺好了六個箭靶，離廳約有十五丈遠近。

韓峰望了望箭靶，感受風勢，舉弓瞄準，一箭射出，正中第一靶的紅心。他往左首跨出一步，彎弓搭箭，瞄準下一個箭靶，連發五箭，箭箭正中靶心。旁觀的李家和趙家眾人都極爲驚佩，采聲如雷，趙慈景也忍不住拍手叫好。

李晏雲笑道：「韓公子箭法，果然神妙。」轉頭望向趙慈景，說道：「趙公子身手想必不凡，何不下場試試？」

趙慈景正拍手拍得高興，聽李晏雲這麼說，呆了一呆，放下一雙白皙的手掌，臉上露出歉然的微笑，說道：「五姑娘見笑了，趙某不會射箭。」

李晏雲挑起眉毛，哦了一聲，說道：「原來趙公子不會射箭。」

管家趙貴站在趙慈景身後，眼見李晏雲露出輕視之意，趕緊趨上前，陪笑道：「啓稟五姑娘，我們公子自幼偏愛詩書，雅好文史，弓馬騎射等武技，確然非其所長。」

這時韓峰已放好弓箭，回到座位。李晏雲對僕從道：「快給韓公子斟酒。」僕從端上一只銀扣玉盞，替韓峰倒了酒。韓峰雙手舉盞，向李晏雲示謝，又向趙慈景行禮，仰頭喝了。

李晏雲回過頭，對趙慈景道：「天下太平之際，讀書明道自是最爲穩妥之路。然而如今世道紛亂，不懂得弓馬武藝，不但無法建功立業，甚至難以自保。趙公子以爲如何？」

趙慈景笑道：「五姑娘說笑了。天下統一，太平盛世，至今已有三十餘年。我住在大興城中，只見到國家平和無爭，百姓安居樂業，五姑娘怎麼說世道紛亂呢？」

李晏雲和韓峰見這個公子對世事一無所知，顯然是個活在深宅大院、備受保護優寵的子弟，都不由得暗暗搖頭。

趙慈景更未留意二人的神色，舉盞喝了一口酒，臉上露出讚嘆之色，說道：「好讓五姑娘知曉，這是產自富平的『石凍春』，乃當今天下最名貴的佳釀之一。趙某特地帶了兩罈來此，恭請五姑娘品評。」

李晏雲淡淡地道：「趙公子當真好品味。來人，給趙公子添酒。」

三人對飲數盞，趙慈景談了一陣各地名酒，又談到名畫、名硯，果然儒雅風流得很。韓峰和李晏雲都不大搭腔，只是靜靜地聽他高談闊論，默默地喝酒吃菜。

談了一陣，趙慈景忽然臉色發青，捧著肚子，苦笑道：「請五姑娘見諒，我的肚腹有點兒……有點兒不對勁。唉，我從小就有這個毛病兒，出不得門。一出遠門，吃喝不如家裡自在，便要發作。五姑娘，韓公子，兩位請慢用，慈景先告罪了。」說著便踉踉蹌蹌地站起身，走出門去，管家趙貴趕緊上前攙扶，送他去屋內躺下歇息。

趙慈景離開後，韓峰和李晏雲你望望我，我望望你，兩人都不約而同移開了目光。

李晏雲又斟了兩盞酒，對韓峰舉盞道：「良辰美景，佳餚滿席，豈可不盡興宴飲？來，師兄，我敬你一盞！」

韓峰原本不愛喝酒，這時在李晏雲的邀飲下，勉強喝了一盞石凍春，入口只覺一股熱線燒入腹中，似乎全身都灼燒了起來。

李晏雲自己也喝了，又斟了兩盞酒，對李家和趙家的家人道：「這些菜餚十分珍貴難得，剩下這許多也是可惜，你們這就拿下去吃吧。我跟韓公子對飲幾盞後，也要去休息了。」

眾人聽五姑娘體貼下人，都好生感激，趕忙將菜餚收走，拿去下人房中大啖起來，廳中便只剩韓峰和李晏雲二人。

李晏雲持盞在手，眼光望向遠方，神色悲鬱，輕輕嘆道：「你瞧遠處那座山，是不是很像我們終南山？」

韓峰知道她想念終南山上的時光，順著她的目光往遠處望去，沒有答腔。

李晏雲喃喃地道：「我當眞想念終南山得緊！我只盼能再次回到寶光寺，跟大夥兒一塊兒挑水砍柴，誦經練武。山上的生活多麼自在，多麼快活！我這一出嫁，就……就再也不能回去了。」

韓峰心中激動，在見過趙慈景之前，他自然無法猜知這位新郎是什麼樣的人物，還一廂情願地以爲李晏雲與世家子弟結褵，應是她最好的歸宿。然而在他親眼見到趙慈景的尊容後，便清楚知道此人遠遠配不上李晏雲；除了外貌俊美、家財萬貫之外，這人簡直一無是處，性情柔弱，胸無大志，懵懂無知。李晏雲嫁給這樣的人，想必一世都不會快活。

當此景況，他知道自己應當忍住，一句心底話也不該說出。然而他也知道這是自己說出心底話的最後機會，或許是那盞石凍春令他放下了警戒，他此時再也壓抑不住，衝口說道：「通雲師姊，我又何嘗不想跟妳一起回到終南山？能夠日日見到妳跟師弟們講故事，替他們縫衫褲，實是我最快活的時光。我……我……眞希望妳永遠都別離開。」一口氣說了這幾句話後，他忽然感到口唇乾燥，聲音沙啞，再也說不下去。

李晏雲抬眼直望著他，眼中已噙滿淚水，咬著嘴唇，緩緩說道：「韓大哥，這些話，你從來不曾說出口。爲什麼你沒有早一點對我說？當我爹爹開始幫我安排婚事時，我便一直想跟他說我心有所屬，但是你對我始終不假辭色，我只道你根本沒有此意，也只好死了這條心。如今……如今一切都已太遲了。」說完這幾句，她便哽咽難言，淚水涔涔而下。

韓峰呆在當地，更加做不得聲。他回想自己對李晏雲的情感，從第一眼見到她起，便對她滿懷欽慕；之後與她朝夕相處，戀慕日深，終至無法自拔。只是自認配不上她，因此始終克制壓抑，不敢對她透露半點情意。之後他在舊漢王府捨身相救李晏雲，李晏雲又冒險去瓦崗寨將他救出，兩人已是性命相託的交情，然而他卻更覺自慚形穢，生怕自己若透露出半點情意，李晏雲的反應會是驚訝嫌惡，甚至嗤之以鼻。若是如此，他知道自己定然無法承受面對。因此對她的情感越深刻，便越努力隱藏，一絲也不敢表露。小石頭勸過他不知多少回，他卻始終提不起勇氣，只因他深信李晏雲不會對自己有任何情意，自己當時又沒打算長久留在寶光寺，加上兩人年紀都小，這等事情，何須著急？

他又怎料想得到，李晏雲留在山上的時光竟會如此短暫，轉眼她便跟隨父親去了弘化，不多久便跟趙家訂下了婚約。如果他早些知道相聚的時候不長，早些知道李晏雲的心意，是否能鼓起勇氣，及早向她透露心意？若是如此，事情可能便完全不一樣。

韓峰雙拳緊握，心中滿是後悔自責，卻不知道此時能說什麼，能做什麼。他眞希望小石頭就在自己身邊，他一定知道該怎麼做，才能扭轉危機，才能讓李晏雲抹去淚水，重拾笑容。他一定知道自己該怎麼做，才能挽回李晏雲的芳心，改變唐國公的決定。

李晏雲彷彿能猜到他的心思，轉過頭去，說道：「韓大哥，小石頭是世上最明白你的人。有時我真羨慕小石頭，能與你如此親近，你什麼話都能對他說，什麼心事都不會瞞著他。你對待我，卻始終如外人一般，從來不曾眞正將我當成知心人。」

韓峰一呆，不知該如何回應。

李晏雲見他無言以對，伸手抹淚，吸了一口長氣，鎮定下來，緩緩站起身，語氣一轉，正色說道：「韓公子，我要去歇息了。」

韓峰見她語氣一變，冷然對己下了逐客令，不知如何是好，只能跟著站起身，說道：「是，師姊請早歇息。」

韓峰望著李晏雲走出廳外，心中一團混亂，走過門檻時，腳下一絆，險些跌倒。

他勉強定下神，回到自己房中，躺倒在舖上，想著方才的對話，想著李晏雲所說：「如今一切都已太遲了。」只覺心痛悔恨難已，思緒如波濤翻湧，徹夜無法入眠。

# 第十五章　哀別離

次日早晨，眾人用過早膳之後，便啓程上路，緩緩往大興城行去。

李晏雲坐在李家的大車中，趙慈景則乘坐另一輛大車，伴隨在旁，兩人說說笑笑，看來甚是融洽。

韓峰騎著追龍在前領隊，與兩輛大車離得遠遠地，儘量忍住不回頭去看。一陣陣笑聲隨風傳來，就如一根根針一般不斷刺在他的心上。

中午時分，一行人來到一個小鎮，在鎮中的驛館停下午膳。李晏雲並未邀請韓峰一同用膳，只跟趙慈景兩人對坐而食。韓峰知道她心中對自己十分不諒解，偏偏自己再無機會向她表明心跡，滿腔無可奈何，後悔自責。

吃過午膳後，趙慈景顯得有些睏倦，對李晏雲道：「五姑娘請見諒！我不慣出遠門跋涉，頭有點兒暈，需要休息一下。」

李晏雲知道他平時定然慣於午睡，這時吃飽喝足，怎能不睏？便道：「趙公子請便。此地離大興城不過兩日路程，我們也不急著趕路，請公子好好休息吧。」

趙慈景再次告罪，便跟著趙管家回到房中，抱頭大睡去了。

當日下午，忽有唐國公府的傳信官騎著快馬追上，向韓峰稟告道：「唐國公昨日收到皇帝詔書，命他立即啓程，回往大興。唐國公請五姑娘在此等候，他一二日內便會抵達，與五姑娘同行回京。」

韓峰心中一驚，說道：「我知道了。我這就去稟告五姑娘。」心想：「皇帝對唐國公畢竟不放心，才會如此突然地將他召回大興。或許他在弘化太有作爲，廣招人才，引起了皇帝的疑心。」當即將此事告知了李晏雲。

李晏雲聞言甚是擔憂，問道：「你瞧爹爹會有危險麼？」

韓峰道：「我想應當不會。令尊畢竟是皇帝的親表哥，皇帝應不會輕易對皇親國戚動手。我猜想皇帝只會暫時將令尊閒置在京，讓他無法有所作爲。」

李晏雲點點頭，說道：「希望如此。既然爹爹吩咐我們與他會合，那我們就留在此地等候吧。」

當晚李晏雲仍舊請了韓峰和趙慈景一起共進晚膳，但她憂心忡忡，沉默寡言，韓峰知道她擔憂父親，也不多言語。

趙慈景卻自顧滔滔不絕，高談闊論，韓峰和李晏雲各懷心事，自是一個字也沒聽進去。

晚間熄燈之後，韓峰翻來覆去，無法入睡，終於下定決心，悄悄來到李晏雲的屋外。他從紙門望去，隱約見到几上點著一盞油燈，李晏雲坐在几旁，尚未入睡。

韓峰伸手輕敲紙門，低聲喚道：「通雲師姊！」

長夜安靜無聲，韓峰站在窗外等候，直過了好似一年那麼長久，李晏雲才站起身，來到窗邊，隔著窗低聲道：「峰師兄，請問有什麼事？」

韓峰聽她相問，卻又靜默下來，不知該說什麼才好。

忽聽紙門後傳來一陣低低的啜泣之聲，韓峰心中一緊，低聲安慰道：「師姊請不要擔心，令尊不會有事的。」

李晏雲卻哭得更傷心了，韓峰著急起來，說道：「通雲師姊，請妳開門好麼？」過了好一會兒，李晏雲才開了門，只見她淚眼婆娑，臉上滿是哀痛幽怨。

韓峰從未見過女孩子當面哭泣，更別說是意中人哭得如此傷心，頓覺不知所措，傻了半晌，才道：「妳沒事麼？」

李晏雲搖搖頭，沒有言語。

韓峰鼓起勇氣，說道：「師姊，我是來向妳道歉的。」

李晏雲道：「你為什麼要向我道歉？」

韓峰道：「我不應該……不應該讓妳傷心。」

李晏雲聽了這話，心中更加難受，眼淚流得更急了。

韓峰實在不知道自己還能說什麼，只怔怔地站在當地，看著她不停落淚。

李晏雲哭了好一會兒，才終於收淚。她轉過頭去，不再望向韓峰，咬著嘴唇，低聲道：「峰師兄，你向我道歉，又有什麼用？事已至此，那是再也無法改變的了。你來找我，只會讓我更加傷心。我爹爹這兩日便會到來，他老人家的人馬一到，我便不需要你跟隨保護了。此地離大興城不遠，不如你儘早離去，快快回終南山去吧。」

韓峰聽她出言趕自己走，知道她不願再見到自己，心中一陣疼痛，只能道：「我明白了。唐國公一到，我便立即離去。我只希望妳……不要太過傷心。」說完便轉身離去。

韓峰回到房中，躺倒在榻上，心中鬱悶難解，又是徹夜無法入眠。他感到心中有千言萬語想對李晏雲說，卻偏偏沒有一句說得出口。他想告訴她自己對她有多麼欽仰愛慕；想告訴她他很慚愧自己的地位身分與她相差太遠，因此不曾早點對她表達心意，令她如此傷心難受，實在萬分對不起她；他想求她原諒自己的愚蠢魯鈍，也想向她道謝，感謝她對自己的一番關懷情義。然而這一切都是那麼難說出口，只要她的婚約仍在，這一切即使說了，也是白說。

他躺在榻上，夜色已深，四下一片寂靜。他隱約聽見隔壁有人低聲交談，一人道：「明日何時抵達？」另一人道：「應是午後。」

前一人道：「晚宴上的布置都準備好了麼？」後一人道：「都已安排妥當。」

前一人道：「聽我信號，三聲鳥鳴。」後一人道：「三聲鳥鳴，知道了。」

韓峰知道隔壁住的是趙家家人，雖不明白三聲鳥鳴是什麼意思，猜想他們當在為唐國公的到來做準備，便也沒有多想。

次日午後，唐國公的大隊人馬果然趕到。唐國公見女兒一切平安，趙家也已派人出來迎接，放下了心，客客氣氣地與趙慈景見禮敘話。

韓峰在旁侍立，直到傍晚，才找了個機會向唐國公稟告，言道自己任務已完成，終南山上另有他事，須向唐國公辭別。

唐國公突然被皇帝召回，心中甚感惶惑煩惱，見韓峰辭別，也沒有多想，只道：「如此甚好。這一路辛苦韓小兄弟了。小兄弟回到山上，請告知老和尚皇帝將我召回大興之事，我將另與老和尚通信請教。」

韓峰答應了，心中甚爲唐國公擔憂，忽然想起下山前小石頭曾對自己說的一番話：「李家雖貴爲王公國戚，但在桃李歌謠出現後，不免受到皇帝懷疑，地位岌岌可危。通雲師姊是唐國公的愛女，然而當此亂世，公爵重臣之女也好，公主皇子也好，都不是長遠必然的事。」

韓峰心中不禁震動，暗想：「小石頭那番話，實在說得再眞確不過。他小小年紀，便好似已看盡了人間繁華滄桑。如今唐國公果眞受到懷疑，一切權位富貴，轉眼便可能全數成空。」

他拜別了唐國公，心中極想去與李晏雲告別，但想起她前夜神態決絕，要自己儘快離去，暗想：「她就是因爲不願意再見我的面，才希望我及早離去。我此時又怎能再去見她？」因此也只能一咬牙，並未去向李晏雲告別，便離開了驛站。

韓峰獨自縱馬回往終南山，心中不知爲何感到有些不安，心想：「唐國公有數百名手下，武裝護衛也有數十名，應當不會有事。」

忽然想起自己離開之前，見到幾個趙家家人聚集在驛館門口，眼神閃爍，望向自己時頗有警戒之意，心想：「他們是否因為見我跟通雲太過親近，對我心生警戒？」又想：「不，不會的。趙家管家趙貴為人謹慎，對手下管束甚嚴，絕不會讓他們如此無禮。」隨即想起：「自昨日下午趙公子入屋歇息後，我便再未見到趙貴；今日從早上起，更連一次也沒有見到他。他平日最愛管事，總愛走進走出，對手下僕從呼喝指使，從不間斷，怎會忽然不見了人影？」

韓峰越想越感到不對，心想：「我該回去看看。」便掉轉馬頭，回到鎮上的驛館。他不願打草驚蛇，回到驛站後，並未向人通報，只從驛館後門潛入，繞到宴客廳旁，悄悄觀察。

這時趙慈景正設宴款待未來的家翁唐國公，在驛館中大擺筵席，極盡奢華。韓峰見唐國公和趙慈景互相敬酒，言笑甚歡，心中一酸，又往旁邊看去。但見唐國公將八名貼身護衛都遣到外廳喝酒去了，趙家僕從則垂手站在一旁伺候，唯獨沒見到管家趙貴。除此之外，韓峰並未看出任何異樣，心想：「或許是我太多疑了。」

正想離開，忽然見到一個趙家家人來到趙慈景身前，獻上一壺酒。趙慈景顯得有些不悅，說道：「趙貴呢？我不是吩咐了要喝劍南的燒春酒麼？快叫他來！」

那個家人唯唯諾諾，捧著酒壺，慢慢轉身退去。

便在此時，門外傳來三聲清脆的鳥鳴。此時已是傍晚，禽鳥歸巢鳴叫，原是再尋常不過之事，誰都沒有多加注意。然而韓峰想起昨夜聽見的對話，立即全神戒備，伸手推開側門，準備闖入。

果見三聲鳥鳴後，那端酒的趙家家人突然轉身，將那壺酒連壺帶盤擲向唐國公。唐國公一驚，趕緊側身閃避。

就在酒壺砸得粉碎的當兒，那趙家家人已飛身搶上，手中多出一柄明晃晃的寶劍，劍勢如虹，直刺向唐國公的胸口。趙慈景還沒來得及驚呼，眼看劍尖已離唐國公胸口不過數寸。

正巧李晏雲剛換好衣衫，從屏風後轉出，見到這一幕，大驚失色，立即縱身搶上，但她畢竟離父親所在太遠，身法再快，也來不及搶救。

唐國公只嚇得臉色發白，側身想避，卻如何躲得過這勁猛的一劍？

# 第十六章　欲何賞

就在這電光火石的一剎那間，一人飛快地閃到唐國公身前，雙手持棍，硬擋下了刺客的這一劍。

李晏雲看得親切，挺身相救的正是韓峰。她暗呼好險，卻見那刺客所持之劍極爲鋒利，韓峰的長棍被劍削成兩截，一截直飛了出去。刺客攻勢略一受阻，揮劍又往韓峰頭上斬去，喝道：「滾開！」

李晏雲驚叫道：「小心！」長劍出鞘，奔上前意圖攻向那刺客，卻覺身後勁風響動，另一名刺客從屋外縱入，揮劍攔住了她。李晏雲不得不回身接招，兩人在廳上交起手來，離唐國公仍有數丈之遙。

韓峰危急之中，將那被削去半截的木棍向前扔出，正中刺客的手腕，將對手的寶劍打偏了去。刺客怒哼一聲，隨即又迴劍往韓峰的手腕斬下。

這時韓峰已從腰間拔出匕首「天降大刃」，往來劍擊去，但聽噹的一聲，匕首和寶劍相交，停在半空中不動。

韓峰不禁驚訝，自己的「天降大刃」鋒快無比，天下少有兵器能攖其鋒；刺客手中這柄長劍顯然也是件寶物，雙刃竟然相持不下。

韓峰竭力擋住身前刺客，眼見已有兩名刺客陸續現身，不知還有多少埋伏在側，唐國公的護衛一時無法趕入廳內保護，情況危險之極，叫道：「趙公子，快帶唐國公離開此地！」

然而趙慈景早已嚇得癱倒在地，兩眼發直，口吐白沫，雙腿發軟，根本無法站起身來，更別說扶唐國公離開了。

倒是唐國公自幼嫻熟弓馬，見過大場面，頗爲鎮定，立即站起身，退到屏風之旁，叫道：「快來人，有刺客！」

門外侍衛早已聽見廳內打鬥聲響，匆匆奔入，見到廳內形勢，立即搶上圍住了與李晏雲對敵的刺客，舉兵刃攻上，將那刺客團團圍住。

李晏雲趁機脫身，施展輕功來到父親身邊，扶著父親的臂膀，說道：「爹，快到後面去！」

唐國公卻不移動，往趙慈景望了一眼，問道：「是他的手下？」

李晏雲見兩名刺客身上穿的都是趙家家人的服色，卻無法確知他們究竟是不是趙慈景的手下。她只知道趙慈景絕對沒有這個膽量刺殺父親，說道：「我也不知，我們先到安全處，再慢慢追查。」當下扶著父親，在侍衛環繞下，退入內廳。

李晏雲擔心韓峰仍在廳上與刺客周旋，吩咐侍衛道：「小心保護主公，一步也不要離開！」

她閃身繞過屏風，來到大廳上，但見韓峰和那刺客一劍一匕，鬥得正緊。

韓峰慣以木棍對敵，匕首使得並不趁手，但他武功顯然高過那刺客甚多，身法沉穩，出招快捷，總在對方長劍攻到身前數寸之前便已避開，趁隙出招還擊。

李晏雲已有一年沒有見到韓峰跟人動手，心中不禁驚嘆：「二哥說得一點沒錯，峰師兄的武功果然大有進境！」又想：「峰師兄初上山時，幾乎不會武功，被通海打得一敗塗地。豈知短短兩年之內，他的武功便有這麼大的進展，可知過去這段時日中，他定然日日勤修苦練，毫不懈怠。」

即使她看出韓峰武功勝過刺客一籌，但劍光匕影，攻防凶險，仍將她瞧得心驚肉跳，生怕韓峰一個失神疏忽，便會被長劍刺死刺傷。她想舉劍上前相助，又怕擾亂韓峰的心神，只能站在一旁觀戰，手心捏著一把冷汗。

轉眼數十招過去，韓峰匕首橫劃，在那刺客的臉頰上劃了長長的一道，怪的是竟然並無鮮血流出，李晏雲忍不住驚叫一聲。

韓峰也是一呆，心想：「他怎地不流血？」但在激鬥之下，無暇細思，立即上步施展「擒龍手」，左手扭住敵人右手手腕，右手肘撞上對方鼻梁。那人長劍脫手，仰天倒下。一旁的唐國公護衛登時搶上，將那刺客壓倒在地。

韓峰喘了一口氣，這時才看清，那人臉上戴著一張人皮面具之類的物事，自己的匕首劃只割破了面具，卻沒有傷到肌膚，這才沒有流血。

另外那名刺客眼見同伴被擒，猛然揮劍逼退圍攻的侍衛，拔步往外逃去。

李晏雲叫道：「別放過他！」施展輕功搶到大門邊，舉劍攔住。

那刺客被迫停步，心念一動，立即轉身往廳上衝去，直奔到趙慈景身前，一把拉起他，舉劍抵在他頸中，喝道：「誰敢上前，我便殺了唐國公的準女婿！」

趙慈景哪裡見到過這等刀劍廝殺的場面，本已嚇得傻了；此刻自身落入敵手，生死一線，更是驚駭得褲襠盡溼，原本英俊的臉龐扭曲變形，蒼白如鬼，口唇顫抖，卻連一點聲音也發不出來。

李晏雲臉色一變，喝道：「放開他！」

韓峰站在一旁，竟然出奇地冷靜。他眼中似乎並未見到趙慈景，也沒有想過趙慈景乃是李晏雲的未婚夫，迅速從從背後取下弓箭，彎弓搭箭，一箭疾射而出；那刺客還未想到有人會以弓箭攻擊自己，肩頭已然中箭，身子往後飛去，撞上屏風，這一箭竟將他釘在了屏風之上，長劍脫手飛出，遠遠落在一旁。

唐國公的侍衛立即一擁上前，擒住了那名刺客；趙家家人也趕緊衝上前，七手八腳地扶起趙慈景。

趙慈景口中不斷驚問：「我還活著麼？我還活著麼？」一摸頸子，竟然摸到一手鮮血，嚇得大叫：「我死了，我死了！」登時仰天倒在地上，僵直不動。

直到僕從告知他頸上並沒有傷口，鮮血是韓峰那一箭射中刺客的肩頭時濺出來的，他才放下心，虛弱地道：「趙貴呢？要趙貴來，快扶我進去……進去躺一躺。」

李晏雲回頭望向韓峰，但見他緩緩收起弓箭，神色平靜得猶如平時練習射靶一般。她素知韓峰箭術驚人，但剛才這一箭力道強勁，準頭精確，實比兩年前還要高明許多。她忍不住道：「峰師兄，你……你沒受傷吧？」

韓峰並未抬頭望她，只道：「我沒事。請保護好唐國公，我去找趙管家。」便帶領唐國公的數名侍衛在驛館中四處搜索，不多時，便在偏房的大木箱中找到了被綁縛起的趙貴。

侍衛趕緊將趙貴放開，詢問過後，才知這兩個刺客前日喬裝改扮成趙家家僕，混入車隊，但當晚便被精明的趙管家發現。刺客立即將趙管家打昏綁起，關在偏房中；次日唐國公車駕到來後，便趁晚宴出手行刺。

唐國公聽完了手下報告，皺眉道：「將兩個刺客押了下去，好好拷問，務必要問出背後指使者是誰！」眾侍衛答應而去。

唐國公讓趙慈景和韓峰來內廳相見。趙慈景此時已躺了一會兒，心神稍稍鎮定下來，一見到唐國公，立即跪倒痛哭，說道：「李世伯在上，都是小侄疏忽粗漏，才會讓這等亡命之徒混入隨從之中。這些人膽大包天，令世伯遇危受驚，懇請世伯大量原宥小侄！」

唐國公見趙慈景受驚甚重，心想他這等養尊處優的世家公子，平日連刀劍都很少見到，這回刺客冒充他的家人行刺自己，連他自己也險些遭難，自是嚇得狠了。當下溫言安慰道：「世侄不必自責，這等江湖刺客手段毒辣，無所不用其極，防不勝防，你又如何能預料？千萬別放在心上。倒是讓你無端受到了驚嚇，我很過意不去。」

趙慈景見唐國公並無怪責自己之意，這才放下心，噓了一口氣，忍不住又伸手去摸脖子一遍，確定自己脖子上確實沒有傷口。

唐國公望向韓峰，說道：「韓小兄弟，幸好你尚未離去，及時出手制止刺客！你怎會折返回來的？」

韓峰道：「晚輩早先拜別唐國公後，本已離開此鎮，路上忽然想起今日整日都沒有見到趙貴趙管家，心中起疑，這才折返回來，所幸在刺客出手之前趕到。」

唐國公點頭道：「多虧得你機警返回，出手擋下刺客那一劍，救了我的性命。大恩不言謝，你想要什麼報答，儘管說出，我一定盡力讓你如願以償。」

韓峰心中一動，忍不住想：「倘若我說想娶通雲師姊爲妻，難道你也會答應麼？」但見趙慈景坐在一旁，這話自然不能說出口，心中頓覺萬念俱灰，定了定神，躬身說道：「唐國公何出此言？您身邊護衛眾多，又有五姑娘守護，原可化危爲安，並不需晚輩出手。再說，老和尚派晚輩來此，便是希望能爲唐國公盡一分力，晚輩不過是遵照老和尚之命而行罷了，又怎會希求什麼報答？」

唐國公見他謙退自抑，毫不居功，心中甚是喜歡，摸著鬍鬚，不斷點頭，說道：「很好，很好！」

韓峰當即再度向唐國公拜辭，這回仍舊沒有去向李晏雲道別，便自離去。

然而他擔憂途中會再有刺客出現，即使辭別了唐國公，其實仍在暗中跟隨，小心守護。直到唐國公一行人回入大興城，平安抵達了通義里西南隅唐國公宅，途中並無其他刺客再度出現。

# 第十七章　遇舊仇

韓峰望著李晏雲隨著家人進入唐國公府，心知自己此後多半再也見不到她的面了，內心的苦痛悲傷有如狂風巨浪一般，拍擊翻騰不已，眞想找個地方蒙頭大哭一場。他勉強忍著眼淚，心中不禁好生想念小石頭，只盼能立即見到他，向他述說山下發生的事情。

他正打算回往終南山，又想：「唐國公被皇帝召回，路上受刺客襲擊，現已平安回到大興城，這許多事情發生得太快，我需儘快向老和尚稟告，飛鴿傳信當是最快的方法。」當下強打起精神，來到小鐘寺。

開門的正是通木，他見到韓峰，立即道：「峰師兄，你來得正好！我今早剛剛收到一封信，是給你的。」

他讓韓峰進來，拿出一封短信給他看，但見上面寫道：

「小石頭性命在我手中，欲保其命，今日午時赴城西北休祥里慈和尼寺」

韓峰大驚，說道：「這是誰送來的？他當眞捉住了小石頭？」

通木道：「你先別急，這封信不知是什麼人送來的，就這麼留在寺門外，信上也無署名，很有點兒古怪。小石頭師兄怎會無端下山？又怎會被人捉去？等我寫信回去山上，確認一下再說。」

然而韓峰如何放得下心？他皺眉道：「鴿信一去一回，總要大半日的功夫。小石頭若真被人捉去，身陷險境，我怎能在這兒等上這許多時候？就算是陷阱，我也得去城西看看。」

通木道：「我立即寫信送去，明日清晨一定能有回信。你別亂跑，還是先留在這兒等回信吧。」

韓峰卻因剛剛與李晏雲分別，心中異常激動難受，突然接到這樣一封信，更無法靜心細思，說道：「我一定得去城西看一看，確定小石頭平安無事！」

通木見他情緒衝動，難以勸阻，嘆了口氣，說道：「峰師兄可需千萬小心，別落入了對頭的陷阱！你欲帶什麼武器去？」

韓峰慣用的木棍在替唐國公抵擋刺客時被寶劍削斷，這時便去小鐘寺的倉庫另挑了一根木棍，當做隨身武器。他匆匆將唐國公被皇帝召回大興、途中遇到刺客等情告訴了通木，請他儘快稟告老和尚，自己便趕著出門，往城西奔去。不到午時，韓峰便已來到城西北休祥里慈和尼寺外。

慈和尼寺並不大，外觀十分簡單樸素，東方緊鄰著一座占地極廣的寺院，樓閣凌雲，金碧輝煌，十分壯觀，跟慈和尼寺的衰敗沒落恰成對比。尼寺門口有碑，寫道：「大業元

年元德太子　尼善惠玄懿立」。

慈和尼寺門口坐了一個老尼，見韓峰停下讀碑，開口問道：「少年郎，你是來上香的麼？」

韓峰搖了搖頭，說道：「不，師太，我是來這兒等人的。」

老尼指著那石碑，說道：「我們這間慈和尼寺，是元德太子在大業元年被封爲皇太子後，替兩位曾經照顧過他的尼師善惠師和玄懿師所建。第二年，元德太子不過二十二歲，便不幸一病去世，慈和尼寺也就逐漸沒落了。如今兩位老尼師都已圓寂，這兒只有老尼我一人看管著。裡面的觀音菩薩很靈的，你去上個香吧。」

韓峰心想：「太子在建寺次年便病逝，可見太子功德仍然不足，業力深重。」舉目望向隔壁的那座華麗的寺院，問道：「那又是什麼寺院？」

老尼道：「那是萬善尼寺，乃是皇家御用尼寺。許多不得寵的妃嬪，年老的宮女，都被送到這兒來出家修行。皇后、公主、妃嬪等，也不時來此誦經拜佛，上香祈福。」又道：「少年郎，我看你心中有事，不如來我寺裡上枝香，求個籤，解疑破難，求福改運吧。」

韓峰所居的寶光寺乃是一間禪寺，講究禪坐修行、明心見性，對於禮拜菩薩、祈福改運、求籤解疑等，向來並不追求，但想敵人約己在此相見，這老尼不知是否敵人安排下的，不如先入寺探查一番，當下合十道：「謹遵師太之命。」

韓峰隨著老尼進入寺中，但見老尼腳步老邁遲緩，不似身負武功的模樣。寺中安靜簡樸，空寂無人，佛堂中供著一尊觀音菩薩，雖是乾乾淨淨，卻顯得十分陳舊蒼涼。

老尼讓韓峰在菩薩前上香頂禮，替他求了一籤，籤上寫道：

「情義世間存，良緣心中住。」

老尼也不讓他細讀，一把搶了過來，解釋道：「讓我替你解籤。這籤是說，你要多做善事，多禮敬佛祖，就會有很大的福氣。你懂不懂？多做善事，就是要做好事……」

韓峰常居寶光寺，日日挑水砍柴、練武打禪，心思清明，雖不曾鑽研佛經，卻也知道老尼所說只是世間常法，與這籤文完全無關，並未聽進去，卻對「情義世間存」一句頗有感觸，心想：「世間情義自當珍惜，然而良緣卻該如何尋求？」

老尼逕自說了一會兒行善積德的道理，便轉到後面去了。

韓峰收起那籤，獨自在寺中緩步走了一圈，寺中傳來他腳步的回音，他心想：「這尼寺實在寂靜得很，一點生氣也沒有。究竟是誰約我在此相見？小石頭眞的在他手中麼？」

他忽覺身周氣氛有些不對，一股殺氣從後方傳來。他平日在山上清淨慣了，知覺十分敏銳，周圍一有動靜，便立即感受得到。這時他感覺到兩股殺氣來到寺中，分左右跟隨在自己身後。

他假做不知，一手握住木棍，一手扶住匕首。但覺殺氣越來越濃厚，接著便聽到輕微的腳步聲響，身後二人雙雙持兵刃攻上。

韓峰不等敵人攻到，便一躍而起，雙手攀住大樑，低頭一看，但見身下是兩個黑衣人，一持刀，一持鞭，刀鞭正攻向他剛才所在之處，雙雙落空，定睛一看，那兩人竟是三師兄通山和四師兄通海。

韓峰輕巧落地，橫持長棍，望著二人，但見他們都已留起頭髮，身穿在家服飾，不再是當年在寶光寺時的沙彌模樣。通山臉上多了幾分暴戾之氣，通海面上的陰險狠辣則更爲明顯。

韓峰望著通海，即使事隔多年，他仍不曾忘記自己初上山之時，日日被通海毒打欺侮的慘況。那時自己才十二歲，通海仗著年長力大，武功高過自己，每次比試武功時，都對他毫不留情，痛打狠揍，引以爲樂；之後通海更趁著自己被瓦崗眾人擒住之時，對自己拳打腳踢，肆意毒打；自己回瓦崗地牢解救他時，他更恩將仇報，用彎鉤在自己腿上劃出一道長長的傷口，傷及筋骨，休養了好幾個月才慢慢恢復。此刻自己武功已遠勝從前，當年的種種仇恨不想起則已，一想起來，一股怒火便在心頭熊熊燃燒起來。

韓峰勉強克制胸中怒火，望著二人，說道：「原來是兩位師兄。你們騙我來此，有何意圖？」

通山面無表情，沒有言語。通海冷笑一聲，說道：「誰是你的師兄？我本名楊觀海，這是我手下徐山。你以後再也別跟我稱兄道弟，讓人倒盡胃口！」又道：「我們並非騙你來此，小石頭的性命，確實掌握在我們手中。你要他的命，便乖乖跟我們走！」

韓峰冷然說道：「楊觀海，你對我了解得很，知道憑武力捉不住我，只能用我關心之人做爲要脅。一年前如此，今日使的還是同一招數。」他想起那年在舊漢王府中，蓮池泥潭之畔，楊觀海曾使擒龍手扣住李晏雲咽喉，逼迫自己就範，心中一陣惱恨；繼而想起自己與李晏雲緣分已盡，此後再也不得相見，不禁又感到一陣苦楚。

楊觀海哈哈一笑，說道：「這招既然有效，自當一用再用！」銀光閃處，長鞭出手，鞭尖直指向韓峰眉心。

韓峰倒躍出一丈，長棍橫掃，將楊觀海的鞭子打得往旁飛去。徐山手持大刀，猛喝一聲，衝上前橫劈一刀，勢道勁猛。

韓峰叫道：「好！」木棍疾出，打上徐山的手腕，徐山吃痛，大刀脫手。

韓峰見自己一出手便打中徐山的手腕，不禁暗自驚訝，他記憶中三師兄和四師兄武功都高出自己甚多，自己向來只有挨打的份兒。沒想到一年多不見，二人武功並無長進，自己在二師兄通地的嚴厲訓練下，武功竟已遠遠超過了兩位師兄，舉手便擊落了對手的兵刃。

徐山和楊觀海似乎也頗爲驚訝，對望一眼，徐山俯身撿起大刀，怒吼一聲，又待攻上。

韓峰橫棍攔在身前，冷然道：「我念在同門一場，手下多有留情。是誰派你們來的？李密麼？」

楊觀海哼了一聲，罵道：「李密那奸險渾蛋，我怎麼可能替他辦事？你倒是無情無義得很，連小石頭的命都不要了麼？」

韓峰搖頭道：「小石頭若真在你們手中，你們便不必匿名投信，騙我出來了。」

楊觀海陰惻惻地一笑，說道：「不錯，他並不在我手中，但我手中握有制他死命的祕密。我只要洩漏了這個祕密，他就必死無疑！」

韓峰心中微微一驚，暗想：「什麼必死之祕？莫非小石頭當真有不可告人的祕密？」臉上不動聲色，說道：「什麼致命祕密，誰相信你的鬼話？」

楊觀海嘿了一聲，說道：「我這可不是鬼話。說起鬼，你聽說過『鮮卑之鬼』麼？」

韓峰搖頭道：「沒聽說過。」

楊觀海道：「讓我告訴你吧！鮮卑之鬼是個武功奇高的神祕人物，連神武上人都對他甚是忌憚，說他的邪門武功天下第一。我得知消息，他正到處尋找小石頭，一心要取他的性命！」

韓峰原本不信任楊觀海，也從未聽說過什麼「鮮卑之鬼」，聽了他這番似是而非的言語，誰知道能相信幾分，當下只冷冷地道：「我若這麼輕易就被你嚇唬，你也未免太小看我了。」

楊觀海哼道：「我說的乃是實話。你若不相信我，令小石頭陷入危險，可是世間最無情無義之人了！我告訴你吧，我最近見到了這位鮮卑之鬼。他親口跟我說了，他確實在尋找小石頭。」

韓峰道：「小石頭不過是我兄弟的外號，並非眞名，你又怎知道那什麼鬼是在找他？」

楊觀海嘿嘿冷笑，說道：「我當然知道小石頭的眞名。他姓宇文，名峘，是也不是？」

韓峰聽了，不禁甚感震驚，暗想：「連我都不知道小石頭姓什麼，他怎會知道？小石頭當眞姓宇文麼？」他勉強鎮定，說道：「什麼宇文峘？我認識小石頭這麼久，從來不知道他姓宇文。我只知道他姓石，至於他叫什麼名字，連他自己也不清楚。」

楊觀海冷笑道：「你要扯謊替他隱瞞，那也由得你。我告訴你，我隨時能找到鮮卑之鬼，告知他要找的宇文峘便躲在終南山寶光寺中。你想想，憑鮮卑之鬼的武功，他若要上寶光寺去取小石頭性命，世間哪有人能攔得住他？」

韓峰忍不住問道：「他爲何要取小石頭的性命？」

楊觀海洋洋得意，說道：「嘿嘿，現在你可相信我了吧？鮮卑之鬼爲何要殺死小石頭，我並不知，那可不關我的事。我只知道如果我透露了小石頭的所在，他那條小命就別想保住了。」

韓峰心中惱怒，說道：「你對我編出這番胡言亂語，究竟有何意圖？」

楊觀海道：「我的意圖很簡單。你若要保住小石頭的命，便聽我的話，乖乖跟我去。有人要見你。」

韓峰道：「什麼人要見我？」

楊觀海道：「你跟我來便知道了。」

韓峰道：「如果我不跟你去呢？」

楊觀海揚眉道：「那麼小石頭便會沒命！」

韓峰搖了搖頭，說道：「楊觀海，我已不是兩年前的韓峰了。你想捉我，便動手試試，不必用這些鬼話來騙人，我是不會上你的當的。」

楊觀海一對細細的眉毛高高豎起，怒道：「你也未免太過托大，你眞以爲自己能打得過我二人？」

韓峰舉起木棍，直瞪著他，冷冷地道：「不妨試試。」

# 第十八章　地底墓

楊觀海望了徐山一眼，說道：「上！」兩人一揮鞭，一舉刀，再次攻上。

韓峰舉棍抵擋，封住了二人的攻勢。長棍雖無鋒無刃，無法傷敵，但在韓峰手中，卻不但足以自保，更能重傷敵人。三人交起手來，這回徐山手中大刀更加猛烈，楊觀海長鞭愈發陰狠，兩人顯然有意取他性命。

韓峰心想：「他們用那封信誘我出來，看來是想先騙我去某處，欺騙不成，便欲取我性命。楊觀海剛才說的那番話，不知有幾分眞假，看來最終目標仍是要我的命。」

他想起二師兄通地曾藉由痛毆小石頭來發洩對自己的嫉妒憤恨，心中一陣惱怒。「楊觀海和徐山這兩個賊廝，他們知道我關心小石頭，竟也企圖藉以危害小石頭的性命來騙我束手就擒。哼！我絕不會讓這兩人得逞！」出招更加狠猛，忽然找著一個空隙，長棍急速揮出，正打在徐山的刀背上。徐山的刀鋒被這一棍打偏了去，正正斬上楊觀海的肩頭，砍入甚深，登時鮮血迸流。

徐山大驚失色，趕緊衝上扶住楊觀海，急問：「少爺，你沒事麼？」

楊觀海咬牙道：「你這蠢貨！還不快走！」他轉身奔去，回頭對韓峰叫道：「你若要小石頭的命，便跟我來！」踴身躍上牆頭，消失在牆後，徐山也趕緊跟了上去。

韓峰在後緊隨，躍上牆頭，但見楊觀海和徐山的身影一齊沒入了隔壁的萬善尼寺中。

韓峰飛身下牆，快步追上，遠遠見到楊觀海的黑衣在牆角一閃，便不見了蹤影。

韓峰追過牆角，四下一望，並未見到徐山和楊觀海的人影，一側頭，見到不遠處的地上有塊數尺見方的木板，板上灰塵飛散，似乎剛剛開啓過，心中一動：「洛陽城地下布滿了乞流挖掘的地道，供乞流往來聚居；杜灰鼠說大興城的地下也有這樣的地道，莫非楊觀海便是鑽入了乞流的地道之中？」

他提高警戒，上前用木棍掀開木板，退後幾步。但見板下果然有個洞穴，洞穴下便是一條斜斜往下的夯土階梯，黑沉沉地，並無動靜，也無人影。

韓峰拔出腰間匕首，打起火摺，跨入洞穴，緩步走下階梯，二十來階後，便到了盡頭，面前是一條長長的甬道。韓峰靠牆而立，側頭望去，但見甬道黑摸摸地看不到盡頭，只聽見微微的喘息之聲，並飄來一陣血腥氣味。

韓峰知道二人定然藏在地道之中，喝道：「楊觀海！不要再躲躲藏藏了。有膽量的便給我出來！我們正面交手，也不枉了當年師兄弟一場！」

但聽一聲冷笑，接著寒風襲人，一柄長劍陡然從右方伸出，向他臉上斬來。

韓峰反應極快，立即往旁一讓，身子重重地撞上旁邊的土壁。那劍復又斬來，韓峰矮身避開，匕首遞出，刺中了一人。對手悶哼一聲，但聽楊觀海罵道：「沒用的東西，快讓開！」

韓峰心知自己的匕首定是刺中了徐山，他知道徐山不過是楊觀海的家僕，一切奉楊觀海之命行事，並無自己的主張，因此對徐山一直不存太大的敵意；這時匕首在黑暗中刺傷了他，心中頗覺過意不去，迴過匕首，向旁邊那個黑影刺去。那黑影往後一縮，忽然一物快速飛出，竟是楊觀海的長鞭。

韓峰只道他在狹窄的甬道中無法施展長鞭，不想楊觀海鞭法精妙，鞭頭疾飛而來，已捲住了木棍的一端。韓峰用力往後一扯，背脊再次撞上土牆，忽覺背後一鬆，那塊土牆不知如何竟塌陷了下去。原來他方才避讓長劍時，已撞過這面土牆一次；這次他使勁扯回木棍，力道甚強，竟將土牆撞倒，身子往後跌倒。

韓峰氣沉下盤，想穩住腳下，不料土牆後竟出現一個深不見底的大洞，他只覺腳下空虛，更無可借力之處。他心中大驚，危急之中伸出雙手想抓住什麼，抓到的卻都只是些碎泥石塊，無法藉力，只能身不由主地往下跌去。

楊觀海見韓峰跌入地底深處，大喜過望，高興得手舞足蹈，大笑道：「死了！姓韓的小子終於死了！」

他湊到坑口，往下望去，只見一片黑暗，說道：「這地洞如此之深，小子即時沒立即跌死，也去掉半條命，不可能再爬出來了。爲謹愼起見，還是將這洞口封起來好。」對徐山道：「去取些土石，將這洞口封了起來。」

徐山低頭往那深坑望了望，神色顯得有些不忍，低聲念了幾聲佛號。

楊觀海怒道：「還不快動手？」

徐山答應了，楊觀海便自離開了地道。

徐山依言用土石掩蓋住了地洞，但他心想：「韓峰跌下這深不可見的地洞之中，自然早已沒命了。他若大難不死，還能爬將出來，那也是他命不該絕，我封住洞口又有什麼用？」因此未曾封得十分牢實。

徐山出了地道後，但見楊觀海滿面春風，神色得意已極，說道：「本少爺一出手，便收拾了韓峰這驕傲無用的小子，真是大快人心！主公交代的任務，我已經完成了第一步，下一步就好辦啦。」

徐山臉上露出掩不住的憂慮之色，低聲說道：「少爺，我們投靠宇文化及，原是不得已之舉。如今主公派我們來辦的第一件事便如此危險，我瞧……我瞧他對我們未必安著好心。」

楊觀海哼了一聲，說道：「只要能辦成刺殺唐國公這件大事，主公又怎會不對我另眼相看？你少廢話！」

徐山道：「是，是。」

楊觀海越想越得意，笑了起來，說道：「主公消息靈通，我一說出小石頭的姓名身世，果然便將韓峰那小子嚇壞了。只是那個關於鮮卑之鬼的傳說也未免太荒誕了些。一個年過百歲的傳奇人物，怎麼可能還活在世間？然而韓峰那小子關心情切，照樣被我騙倒啦，哈哈，哈哈！」

而韓峰這一跌，直跌下了十多丈才觸到地面。

著地之後，他在地上滾了好幾圈，眼前一片漆黑，不知身在何處。他定了定神，慢慢站起身來，伸手往前摸去，只摸到一片冷冰冰的石壁。

韓峰喘了幾口氣，伸手入懷，摸出火摺燃起，抬頭四望，但見身處一間小小的方形石室，四面都是光滑的石壁，石壁上刻劃了許多文字和浮雕。細看之下，只見畫的都是阿彌陀佛像和西方極樂世界圖，韓峰心中動念：「莫非這是一間墓室？」

他見身處的應是墓穴的外室，抬頭望去，但見自己跌落的洞口離地甚遠，甚難爬上。他舉起火摺，在外室中繞了一圈，並未見到其他出口，只有北方有個開口，通往一條長長的甬道。

韓峰心想：「要從剛才跌落的洞口爬出，著實不易，而且楊觀海他們很可能正守在洞口等我出去，欲致我於死地。這座墓室深入地底，或許棺房中會有其他的通風口道，可以設法攀出。」

當下舉起火摺，跨入甬道。那甬道甚是寬敞，足可讓一人橫臥；斜斜往下，行出約莫十餘步，左右各有一個開口，連接兩條橫出的甬道；再往前十餘步，便是一間長方形的墓室。

韓峰跨入墓室，但見室正中圍著一道石墈，石墈中置著一具石棺。那石棺的形制有如一座小小的宮殿，雖是石製，但精雕細琢，十分講究；石棺的殿頂上並以覆瓦裝飾，韓峰見瓦上刻著「開者即死」四字。

韓峰心想：「別人的棺木，我怎會想要打開？」

又見石棺前放著一方墓誌，上面刻道：「隋左光祿大夫岐州刺史李公第四女靜訓石志銘並序」。墓誌銘洋洋三百餘字，韓峰瀏覽一遍，見其中寫道：「幼　外祖母周皇太后所養，訓成長樂，獨見慈撫之恩；教習深宮，彌遵柔順之德。繁霜晝下，英苕春落，未登弄玉之臺，便悲澤蘭之天。大業四年六月一日遘疾，終於汾源之宮，時年九歲。以其年十二月，瘞於京兆長安縣休祥里萬善道場之內，即於墳上構造重閣。遙追寶塔，欲髣邏於花童；永藏金地，庶留連於法子。」

韓峰心想：「原來這個墓的主人，是個九歲時生病死去的皇家小姐。她的外祖母是周皇太后，父親是光祿大夫，官位甚高，才能爲她建造這麼華麗的墳墓。是了，此地在萬善尼寺之下，那老尼說萬善乃是皇家御用尼寺，難怪會將她葬在此地。嗯，這女孩兒名叫李靜訓。」

他在墓前合十爲禮，走出墓室，來到方才經過的橫出甬道。他往左首的甬道走去，來到一間甚大的石室，才一走進，便不禁眼前一亮。

火光照耀下，但見這石室四壁滿滿的都是櫥櫃，櫃中每一格都呈放著罕見的奇寶異物，爭奇鬥艷，琳琅滿目。左首第一格放著一副純金手鐲，鐲上鑲有綠松石和琉璃珠，並刻著彎彎曲曲的梵文，似乎來自天竺；其旁的格中掛著一條金項鍊，由二十八粒多面金珠穿成，每粒珠子都雕刻了花鳥蟲魚、吉祥符號，工藝精緻；其下一格放的是一對凹雕的大角鹿；左右格中各有數對色彩繽紛的琉璃瓶、杯、盒等器具，器壁最薄者有如紙張一般，顯然出自高明匠師之手。右首的櫥櫃中則放滿了各式各樣的陶俑，有武士俑、鎮墓獸、文官俑、鳳帽俑、女侍俑、執箕俑等，還有陶馬、牛、狗、豬、雞、鴨俑等十餘件，另有陶屋、磨、碓、灶、井等。

韓峰瀏覽了一陣，甚感稀奇，許多珍奇寶貝連他往年在家中都未曾見過，心想：「墓主的父親身任光祿大夫，也唯有這等大富大貴之家，才能給自己的女兒備下如此珍貴的陪葬品。」

他看了一會兒，忽然感到有些不對，仔細一想，才發現不對在何處。「這些器物怎地如此乾淨，一點灰塵也沒有？現在是大業十一年了，墓主人死於大業四年六月，當年十二月便下葬，這些珍寶放在此地也至少有六七年了，怎麼可能連一點兒塵土也沒有，倒似有人日日清掃抹灰一般？」

他又走了一圈，但見每件首飾、器皿、陶俑都乾乾淨淨，整整齊齊，越看越覺得奇怪，心想：「或許在密封的地底之下，原本便沒有灰塵，此室才能保持得如此一塵不染。」

他走出石室，穿過甬道，走入對面的甬道，來到另一間石室。

只見石室當中放著一張檀木矮几，旁邊有兩個圓形織錦坐墊，桌上鋪著一方潔淨的織錦桌巾，桌巾上放著銀碗、銀盤、高足杯和小杯，旁邊擺著一雙銀箸，好似有人正要在此用膳一般。

几角落放著一只雙身龍耳白瓷瓶，一隻鑲金邊白玉杯，兩件都是極爲精緻的珍品。几旁有個石製的櫥櫃，裡面放著鍋瓢碗碟等物，有長柄勺、小盒和小銀爐等。

韓峰心中大爲疑惑：「既是墓室，何須擺放如此實用的房舍和桌椅器具？而這些桌椅乾乾淨淨，並無灰塵，顯然有人時時使用。難道是因爲這墓室造得太好，竟然有人偷偷潛入，就此住了下來？」

但見隔壁還有一室，門上掛著串琉璃門帘，似乎是間臥室。他好奇心大起：「墓室之中，怎會有臥室？」忍不住掀開琉璃帘子，走了進去。

帘後果然是一間臥室，正中放著一張巨大的木雕鳳床，床邊掛著一幅薄沙繡花床帷，以紅絲條繫住，露出床上整整齊齊的一隻繡花枕頭；一床紫色錦被，被上繡著福祿壽三星，旁邊圍繞著蝙蝠、元寶和仙鶴，極爲精緻華麗；枕頭和被子都整理得有條不紊。

韓峰看到床上的繡枕錦被，立即知道眞的有人住在此地，而且極可能是名女子！

他忽然感到後頸一涼，似乎有人從暗處凝望著自己。他立即轉身，掀開珠帘，回到放著檀木矮几的膳房，見室中空無一人。他走上前，望向通往膳房的甬道，也同樣空蕩蕩地，杳無人跡。

韓峰全身寒毛倒豎，感到這地方陰氣極重，似乎隨時能有鬼魂跳出來。他吸了一口氣，勉力定下神來，高聲問道：「有人麼？」

他的聲音在甬道間迴盪了一陣子，墓室中又恢復一片死寂。

韓峰突地手上一痛，卻是火摺燒盡，四周登時暗了下來。他心中驚慌，趕緊伸手入懷，想取出另一片火摺點燃，卻驚見眼前出現了一點幽幽的青光。

他定睛瞧去，見甬道交叉處的石板地上放了一盞小小的油燈，燈芯閃耀著微弱的火光。

韓峰額頭冒出冷汗，心中怦怦亂跳。他方才經過那交叉口至少三次，確知地上絕對沒有這樣一盞油燈，油燈定是有人剛剛才放置的。墓道中寂靜如此，自己竟更未聽見任何腳步聲或呼吸聲，那人的手腳怎能如此輕巧無聲？

韓峰屏住氣息，鼓起勇氣，緩緩往那盞油燈走去。他每跨出一步，墓道中便傳來自己腳步的迴音，他心中更加驚悚，暗想：「那放置油燈的人，怎能走在這墓道中卻不發出任何聲響？」

他來到墓道交叉口，離油燈兩步之處，拔出匕首「天降大刃」，持在手中，喝道：「什麼人？別再裝神弄鬼了，快出來！」

甬道寂靜已極，無人回答。

他往甬道左右望去，但見不遠處又有一盞油燈，也和這一盞一般，發出幽幽青光。

韓峰此時已確知這墓中一定有人，而這人武功極可能比自己高上許多。這人並不現身，卻用油燈引誘自己跟去，他是該乖乖跟上，還是該趕緊避開，甚至逃走？

他尋思：「我跌入這地底墓室，不知出路在何處；這人既然用油燈指引，可能意圖引誘我進入陷阱，也可能是指引我出墓的道路。」

他遲疑一陣，別無旁策，便又舉步往那盞油燈走去。

他來到油燈前的五步之外，忽覺腳下一鬆，原來這兒地上果然設有陷阱，一整塊石板毫無徵兆，倏忽往下翻開。

韓峰驚呼一聲，身子直往下落。他立即伸手，試圖勾住陷阱的邊緣，卻已不及，往下跌了一兩丈才著地。

## 第十九章　唱歌謠

韓峰感到雙足踏上實地，趕緊一個打滾，卸去落下的力道，翻身站起，抬頭望去，只見洞口仍籠罩著油燈的青光，此外毫無動靜。

過了一會兒，一團雪白的身影緩緩出現在陷阱邊緣，即使光線幽暗，韓峰仍能看出那是個美艷絕倫的少女，若非面色蒼白如鬼，容顏簡直可比天仙。她身穿一襲雪白的綢緞衫裙，黑亮的長髮用一條白色絲帶束起，披散在胸前，整個人好似包裹在一層薄薄的煙霧之中，不知是眞是幻。

韓峰看不出這絕美少女究竟是人是鬼，伸手揉揉眼睛，再往上看去，但見那少女仍舊站在陷阱邊緣，動也不動，這才確知她是個人。

他高聲叫道：「這位姑娘，請妳放我出去！」

那少女臉上毫無表情，靜了許久，才緩緩開口，聲音清冷無波，說道：「我在墓中住了七年，從來沒有人敢闖入我的墓室。現在有壞人想進來害我，我一定不會讓他活著出去的。」語調寒冷如冰，也不知是在對韓峰說話，還是在自言自語。

韓峰見她眼神空虛，雖低著頭，卻似乎並未望向自己，連忙道：「這位姑娘，我不是壞人，更不是來害妳的。請妳放我出去！」

少女搖搖頭，說道：「闖進我墓室的，一定是壞人。是人就會肚子餓。我也不用殺他，只要把他留在陷阱裡，他就會自己慢慢餓死。」

韓峰只聽得背脊發涼，仰頭大叫道：「慢著！姑娘，我不慎跌入墓中，絕無惡意，更不是來害妳的。我有急事需要去辦，請妳放我出去！」

那少女對他的言語充耳不聞，逕自離開了陷阱邊緣。

韓峰大聲呼叫，那少女卻始終沒有回來。忽然之間，周遭陷入一片漆黑，想是那少女熄滅了油燈。

韓峰感到身周被一陣難言的寒冷包圍，這地底墓室原本陰寒，陷阱又在地底更深之處，更是陰寒無比。他伸手摸索四壁，試圖爬將出去，但摸了一圈後，發現陷阱底部約有一丈半方圓，並不很大，但是雙手伸開時，並無法碰到兩邊的牆壁。他想起自己曾被關在小鐘寺的地窖中，靠著堆積木箱爬了出去，但這陷阱底下什麼也沒有，四周全是光滑的石壁，更無可借力之處。

他試著往上爬了幾回，爬到半丈高處，便無法再往上爬，只好落下地來。

他喘了口氣，拿出小石頭的牛皮水袋喝了一口水，坐了一會，又站起身在陷阱底部來回走動。他眼前一片漆黑，耳中因周圍一片死寂，竟開始聽見嗡嗡聲響，心中忽想：「人死之後，是否就是如此？看不見，聽不到，處身地底深穴之中，什麼覺受都沒有了，只剩下無邊無際的黑暗和寒冷？」

他越想越毛骨悚然，知道自己很有可能將餓死在這個陷阱之中，不禁驚慌起來，心想：「我若死在這兒，定是慢慢餓冷而死，情狀悲慘。更糟的是，誰也不會知道我死在這兒。爹爹去寶光寺找不到我，小石頭也不會知道我的下落。若是楊觀海所說為眞，那個什麼『鮮卑之鬼』跑去山上傷害小石頭，那可如何是好？通雲……通雲更加不會知道我就在大興城中，困處地底。唉，她就要跟趙家公子成婚了，或許根本不會再想到我這個人！」

他一想起李晏雲，心中便是一陣揪痛，後悔苦惱、傷心自責，種種情緒湧上心頭，忍不住坐倒在地，雙手抱頭，一時傷痛得難以自已。

他勉強專注於呼吸，將自己從苦惱的深淵中拉出來，心思轉到了小石頭身上。「剛才楊觀海說小石頭姓宇文名峘，究竟是不是眞的？鮮卑族姓宇文之人甚多，左衛大將軍宇文述，之前奉皇帝之命修建大興城、挖通運河的宇文愷，都姓宇文。小石頭若姓宇文，也並非如何稀奇特異之事，爲何需要蓄意隱瞞？莫非……莫非他是出身周朝皇室的宇文氏？」

想到此處，他又覺得不對：「不，通木師兄說過，文帝篡周之後，便下手殺盡宇文皇族，只要是太祖宇文泰的子孫親族，便一律處死，一個不留。他不可能會是周朝皇室的後裔。」

他隨即又想起：「小石頭身懷貴重的白狐裘，絕非尋常人家所能擁有，甚至連貴宦之家都不一定見過這等寶物。或許他確實出身皇室，身上才會帶著那件白狐裘。」

他不禁擔心起來：「小石頭的身世倘若果眞如此隱密，或許他確實身處險境也未可知。那鮮卑之鬼究竟是什麼人，楊觀海的話到底有幾分可信？」

他想不出個頭緒，暗想：「等我回到山上，再向小石頭好好詢問一番便是。」隨即感到一陣心驚：「誰知道我能不能離開這個地底陷阱！或許我永遠都不能回到山上，永遠都見不到我兄弟了！」心中陡然悲恐交集，只能趕緊逼迫自己盤膝而坐，雙手交疊，勉強修習止觀，好讓自己冷靜下來，不致於陷入無止無盡的恐懼慌亂之中。

韓峰在山上時，每日早晚課後都跟隨老和尚禪修，因此對禪修已頗有體會。此時他雖身處絕境，但在陷阱底盤膝靜坐一會兒，竟也能夠息心摒慮，進入定境。

過了不知多久，韓峰吐出一口氣，出定睜眼，忽然感到飢腸轆轆。他摸黑打開包袱，吃了一些乾糧，喝了幾口水，心想：「我需盡量少吃少喝，能在這兒撐多久便撐多久。如果眞的得死在這兒，那也是命了。」又禪坐了一會兒，便沉沉睡去。

他在陷阱中餓了就吃，渴了就喝，偶爾沉睡，其餘時候都在禪修中度過。陷阱中一片漆黑，他也不再點起火摺，反正禪修時閉著眼睛，也不需要光亮。

如此過了總有兩三日，這日他出定時，見到眼前出現些許光明，心中一跳，趕緊抬頭望去，但見幽微的光線緩緩靠近，之前那個白衣少女又出現在陷阱邊上。

韓峰仰頭道：「姑娘！請妳放我出去。我不會傷害妳的，我一定立即出墓，再也不來煩擾妳。我有個好朋友陷入危難，來此原是爲了救他，卻不小心落入妳的墓室。若我被困在此地，便無法去幫助我的好友了。懇請妳放我出去！」

那少女對他的言語有若未聞，逕自在陷阱邊緣坐下了，口中喃喃自語，似乎在誦念什麼經文咒語，卻聽不出她是在誦念哪一段經咒。

韓峰心想：「這姑娘說她已在這墓室中住了七年，腦子只怕已經壞了。」只得頹喪放棄，靠著牆壁坐倒，不再出聲求救。

但聽那少女斷斷續續的誦念聲從頭上傳來，忽然轉爲一首童謠，隱約聽見她唱的是：「獨個兒，個兒獨，靜訓獨個兒住墓中。墓中好，墓中妙，墓中平安活到老。」

韓峰心中一動：「靜訓！不就是墓誌銘上刻的人名麼？難道她便是這墓室的主人？莫非她並沒有死，卻被她父母送入墓中生活？是了，定是因爲如此，墓中才有那些供她起居飲食的桌椅床舖。這兒想必也有儲藏糧食的倉房，讓她長時間都有清水食物可食用。

她的父母也眞狠心，小小年紀便讓她獨自住在這地底墓室之中，過著與世隔絕的生活。就算這兒可以保證她平安活到老，但一個人活在地底這等枯寂陰暗的地方，可有多麼孤獨恐怖？」

但聽她調子一變，換成了另一首歌，唱道：

「小石頭，石頭小，石頭是我的好寶寶。小石頭，你別鬧，姊姊給你吃喜糖，姊姊請你坐花轎。小石頭，你別逃，留在墓裡最安好，伴我一生一世直到老。」

韓峰聽她歌中竟然有小石頭，越聽越奇，忍不住仰頭問道：「李姑娘，小石頭是一個人麼？妳認識小石頭麼？」

李靜訓忽然停口不唱，從陷阱邊露出半張臉，望向韓峰，神色滿是戒備，抿嘴不答。

韓峰又道：「我有個好朋友，小名就是小石頭。妳的歌裡也有小石頭，眞是巧極了。」

李靜訓仍舊沒回答，靜了一陣，忽道：「我唱了好幾首歌，現在該你唱了。」

韓峰一呆，想說自己不會唱歌，轉念又想：「這姑娘心智古怪，我若能討得她的歡心，或許她便會放我出去。而且她一個人在墓裡住了七年，沒人跟她說話，沒人唱歌給她聽，也實在可憐得很。」當下想了想，說道：「這是我最近聽到的一首歌謠，我唱給妳聽聽。」

回想在洛陽城中聽見的那首童謠，輕輕唱道：

「桃李子，得天下。皇后繞揚州，宛轉花園裡。勿浪語，誰道許？」

李靜訓專注而聽，聽完之後，問道：「這首歌謠，是什麼意思？」

韓峰道：「這是我在洛陽城聽見市集上的孩子們唱的。這首童謠是說，姓李的人將會取代姓楊的，成爲皇帝。皇帝和皇后去了揚州，回不來了。還說這些話關係重大，不可以到處亂說。」

李靜訓聽了，臉上沒有什麼表情，忽然站起身，悄沒聲息地走了開去。她離開後，四周又陷入一片黑暗寂靜。

韓峰不知道自己說錯了什麼，暗想：「或許我不該唱那首〈桃李子〉歌謠，她定是覺得不好聽，因此走了。」

他坐在陷阱底下，只覺身子一陣陣發冷，心中也一陣陣發冷，暗想：「我若得一輩子住在這陰暗潮溼、寒冷死寂的地方，可能不出幾天，便會發瘋。」

爲了讓身子暖和一點，他跳起身，在小小的陷阱底部來回走動。走了幾圈，忽然感到身邊似乎多出了一個人。

韓峰立即止步，但覺臉上一涼，竟似有一隻冰涼的手摸上他的臉頰。

他忍不住驚叫出聲，立即伸手去格擋，卻沒有碰到任何事物，腳下同時往後急退，背心重重地撞上石壁，驚喝道：「誰？是誰？」

他清楚知道這陷阱中只有他獨自一人，不可能有別人，就算有人跳下來，他又不是睡著了，定會聽見，怎能有人無聲無息地突然出現在陷阱之中？剛才碰觸他臉頰的又是什麼？

他喘息一陣，一顆心跳得彷彿要蹦出胸口一般，心想：「一定是幻覺。我在這陷阱中太久，開始產生幻覺了。」

便在這時，忽聽面前黑暗之中，傳來一聲輕輕的嘆息。

這一聲嘆息，幾乎將他嚇得跳起數尺，原來陷阱中真的有另一個人！這怎麼可能？韓峰拔出「天降大刃」匕首，護在身前，但見眼前一亮，半空中出現一盞青綠色的油燈，一隻雪白的纖手持著油燈，油燈光芒照射下，剛才那名白衣少女，正站在自己面前三尺之處。

韓峰只覺全身冰冷，動彈不得，不敢相信自己的眼睛。這少女究竟是如何進入陷阱的？自己怎能毫無知覺？

他此時就近望見那少女的臉容，但見她豔美絕倫，比之遠觀時更加令人不敢逼視。她的膚色嫩白如雪，神情嚴寒如霜，整個人好似用白玉雕成的一般，令人懷疑這個冰一般的美人是否能夠言語或哭笑。

韓峰心中動念：「我從未見過如此容顏美貌的姑娘！她甚至比通雲還要美貌得多。」又想：「但是通雲溫暖友善，可比這個冰冷的姑娘可愛可親多了。」

那少女李靜訓睜著一雙黑白分明的美目，定定地凝望著他，過了好一會兒，才開口道：「你去過大興城麼？」

韓峰沒想到她會有此一問，心想：「我們這不就在大興城中麼？」定下神來，答道：「去過。」

李靜訓道：「你帶我去大興城。」

韓峰微微一呆，說道：「妳要去大興城中的什麼地方？」

李靜訓伸出左手，手上持著一張發黃的紙條，韓峰見上面寫著：「大興城太平里李宅」。

李靜訓道：「我要去這兒。你帶我去，我就放你出去。」

韓峰對大興城並不很熟，隱約知道太平里應當位在皇城和通義里的附近。他第一個想到的就是去找通木，向他詢問如何去太平里，但見李靜訓手一翻，將紙條收了起來，轉身欲走。

韓峰忙道：「好，我帶妳去。妳是想要回家，去見妳的家人麼？」

李靜訓點點頭，又搖了搖頭，說道：「我要去見我爹娘，但是他們並不知道我還活著。」

韓峰大覺奇怪，心想：「她的墓室分明是爲活人準備的，她的父母怎會不知她還活著？」正想詢問，李靜訓卻忽然熄滅油燈，整個人便消失在黑暗之中。

過了一會兒，但見一團雪白的身影緩緩出現在陷阱邊緣，即使光線幽暗，韓峰仍能看出那是個美艷絕倫的少女，若非臉色蒼白如鬼，臉容簡直可比天仙。她身穿一襲雪白的綢緞衫裙，黑亮的長髮用一條白色絲帶束起，披散在胸前，整個人好似包裹在一層薄薄的煙霧之中，不知是眞是幻。

# 第二十章　懼光明

韓峰生怕她就此消失，立即撲上前伸手去捉，卻砰的一聲，一頭撞上石牆。

他伸手摸著堅硬的石壁，又將整個陷阱裡面都摸了一圈，不但沒有那少女的身影，也摸不到任何出入口，心中驚疑不定：「她怎能說出現便出現，說消失便消失？她究竟是人是鬼？」又想：「我答應了帶她去太平里，不知她是否相信我？」

他靠著牆坐下，在黑暗中等待了許久，忽聽頭上發出嗦嗦聲響，抬頭望去，但見陷阱邊上又出現一抹青光，一條繩索慢慢垂了下來，繩索的一端正落在自己面前。

他心中大喜：「她說話算話，當眞要放我出去了。」伸手拉了拉繩索，感覺上面甚是牢實，便抓緊繩索，攀爬上去，終於脫離了陷阱。

出得陷阱後，韓峰舉目四望，見那少女並不在甬道中，不知已去了何處。

他在甬道中等候一陣，盡頭忽然出現一個白影。李靜訓無聲無息地站在甬道盡頭，睜眼凝望著他，似乎在等他過去。

韓峰甚是驚異，暗想：「這位姑娘走路時一點聲響也沒有，來去無聲，輕功似乎比通雲還要高上許多。」生怕腳下又有陷阱，當下緩步向她走去，問道：「這墓室有出口麼？」

李靜訓搖了搖頭。

韓峰道：「那麼我跌入的那個洞口，應當便是唯一的出路。洞口在外面那間墓室中。」

李靜訓點了點頭，示意他繼續往前走。

韓峰沿著甬道走回外室，抬頭望去，但見自己跌入的洞口離地約有五六丈高，說道：「我就是從那兒跌下來的。姑娘可以跟我一起攀出去。」

李靜訓抬頭望望，搖了搖頭，說道：「太高了，我攀不出去。」

韓峰一呆，脫口問道：「姑娘輕功高絕，如何會攀不出去？」

李靜訓望向他，說道：「什麼是輕功高絕？」

韓峰又是一呆，說道：「姑娘行走無聲，想必身負高深武功。」

李靜訓搖頭道：「我沒有學過武功。」

韓峰先是不信，接著又想：「她出身貴宦之家，九歲便獨自住在地底墓中，很可能當眞未曾學過任何武功。只是由於她長年居住在這滿是機關的地底墓穴中，慣於行走無聲，才自然練成了如此輕盈的身法。」

他想了想，說道：「這樣吧，我先試著爬出去，再墜一條繩索下來，姑娘可以將繩索綁在身上，讓我拉妳上來。」

李靜訓冷冷地望著他，說道：「你出去後，若不墜下繩子，卻又如何？」

韓峰一怔，他從來沒想到要欺騙她，說道：「我答應了要帶妳出去，就一定會帶妳出去。我爲什麼要騙妳？」

李靜訓臉上仍舊冷冰冰地，睜著一雙黑亮清澈的妙目，直望著韓峰，靜了好一陣子，才道：「快去吧。」

韓峰從包袱中摸出繩索，心想：「每回出門小石頭都替我準備出外物事，每回都派上用場。」將繩索掛在身上，手腳並用，在石壁上的雕刻藉力使力，向那洞口攀去。將近洞口時，他伸手搆著洞口邊緣，雙臂一用力，便鑽入了洞中。

但見洞穴深處隱隱透出微光，傾斜向上，看來離地面甚遠。韓峰用手撐著洞穴兩邊的土壁，緩緩往上爬去，數度險些失足滑下，他趕緊用腳跟撐住，穩住身子，再往上攀爬。如此爬了有一段香時分，才來到洞口。

洞口正在他跌下時那面崩壞的土道牆壁之後，當時楊觀海曾命徐山將洞口封住，但徐山只用土石稍稍遮掩了一下，並未封實，仍留了不少縫隙。韓峰小心翼翼地移開洞口的土石，察覺洞口附近的黃土甚是鬆軟，生怕再次土崩，將整個洞口都掩蓋住，於是輕手拓出一個足可容身的開口，確定周圍的土地都頗爲堅實後，才竄出洞外，回到甬道之中。

韓峰側耳傾聽，甬道中並無聲響。他算算自己那日午後跌入洞穴，到此時爬出，至少已過了好幾日的時光，楊觀海和徐山早已不在當地了。

他找到當時走下的夯土階梯，往上走去，推開木板，但見自己身處萬善尼寺的後院之中，天色微明，應是清晨時分。佛堂中傳來梵唱之聲，眾尼正在做早課。

韓峰心想：「時機正好，我得趕緊將李姑娘拉上來。」

當即回到洞邊，垂下繩索，一直到繩索垂盡，感到繩索緊了緊，想是李靜訓已抓住了繩索的另一端。他又等了一會，估計李靜訓已將繩索綁在身上，才開始將繩索往上拉。

他雙手交錯，不斷收回繩索，李靜訓身子甚輕，甬道又沒有很多曲折，因此韓峰並不需費很大的力氣，便將她拉上了甬道。不多時，李靜訓的白衣便已出現在洞口，韓峰伸手握住她的手，將她接入甬道之中。

韓峰指著甬道一端的夯土階梯，說道：「從這兒出去。」領著她走上階梯，掀開木板，來到庭院之中。

李靜訓七年未曾離開地墓，這時陡然回到地面，一時無法適應外頭強烈的光線，低呼一聲：「好亮！」

韓峰回頭望向她，見她瞇起眼睛，用手遮眼，身子微微顫抖。

韓峰不禁有些擔心，問道：「妳還好麼？」

李靜訓臉色蒼白，閉了閉眼，點點頭，說道：「我沒事。」

韓峰傾聽佛堂中的誦念，知道早課就將結束，他生怕眾尼出來見到二人，難以解釋他們為何闖入尼寺，趕緊取過一些樹枝樹葉將木板掩蓋住，對李靜訓道：「我們快離開這兒，別讓人見到了。」

他躍上圍牆牆頭，低頭一望，但見李靜訓仍站在當地不動，全身似已僵住，口中仍在喃喃說道：「太亮了，太亮了。」

韓峰心想：「我眞糊塗，忘了她並不會武功，無法跳上這高牆。」當即跳下來，說了聲：「得罪。」便攬著她的腰，再次躍上牆頭，竄出牆外，落入一條小巷中。

韓峰辨別方向，說道：「太平里應當在城西北，接近皇城處。跟我來。」

他放開李靜訓，游目往前走出，李靜訓原本還跟在他身後，後來越走越慢，最後終於停下腳步，站在當地，身子不斷發抖。

韓峰回過頭，問道：「李姑娘，妳怎麼了？」

李靜訓臉色白得可怕，面上雖仍冷冰冰地沒有表情，眼神中卻透露出強烈的恐懼不安，忽道：「我不應該出來。外面不好，我要回去我的墓裡，你立刻送我回去！」

韓峰心中明白：「她住在地底太久了，出了墓外，便感到不慣。」當下回過身，來到她身前，柔聲道：「妳別害怕，妳只是在地底墓室裡待得久了，無法適應地面上的世界。妳休息一下，就會感覺好一些了。」

李靜訓全身抖得更加厲害，嘴唇泛白，眼神空虛。

韓峰見她情狀有異，立即伸手扶住她的手臂，但覺她手臂冰冷僵硬，忽然想起通平被二師兄通地打昏那時，也是這般的情狀，料知她隨時會昏倒，心想：「她若在這兒昏倒，定會引起路人注意，惹出麻煩。是了，我先帶她去小鐘寺找通木吧。」

打定主意，立即伸手攬著李靜訓的肩，辨別路徑，快步往南行去。好在此時天剛剛亮起，路上行人不多，韓峰半扶半抱著李靜訓，往南經過了金城里、醴泉里，來到了利人市，左轉從延壽里和光德里之間行過，直來到興化里小鐘寺前，才終於能停下喘口氣，伸手敲門。

不多時，通木拄著拐杖過來開了門，但見韓峰扶著一個豔美如仙、蒼白如鬼的少女，不禁一呆，說道：「峰師兄，你數日未歸，可沒事麼？這位施主是……」

韓峰也不知該如何跟通木解釋，說道：「我沒事。她是我的朋友，身子有些不適，可以讓她在這兒歇息一會麼？」

通木忙道：「當然可以，兩位快請進來。峰師兄，你扶女施主到單房中歇息吧。」

韓峰道：「可以去後面最安靜昏暗的那間麼？」

通木聽了這話，回過頭望向韓峰，向他投去懷疑的目光。

韓峰見了，頓時醒悟，忙解釋道：「這位姑娘怕吵怕光，需要找間安靜昏暗的房室，免得她病況加重。」

通木嗯了一聲，說道：「請跟我來。」引二人來到寺後一間陰暗隱密的單房。韓峰扶著李靜訓進入房中，讓她躺在竹榻上，替她蓋上被子。通木則過去拉起竹簾，讓室中更昏暗一些。

韓峰和通木站在李靜訓的竹榻身畔，但見她眉心蹙起，雙目緊閉，呼吸急促，臉色慘白如紙。

韓峰心中甚感惶惑，不知該如何處置這個從地底墓室中跑出來的姑娘。據她自己所說，她的父母都以爲她已死去多年，世間只有自己知道她還活著。她想去太平里見父母，但是他們會相信她沒死麼？自己領她離開地底墓室，究竟是對是錯？

通木望了望李靜訓，又望了望韓峰，低聲問道：「峰師兄，幾日前，你不是去城西北尋找小石頭師兄了麼？」言下之意，自是你怎會失蹤數日，之後突然帶著一個來歷不明的美貌少女回到此地？

韓峰道：「如木師兄所料，那是通海設下的陷阱。」

通木道：「果然如此。你也眞是太過衝動莽撞了。一收到那封威脅信，便傻傻地跑去，自願踏入陷阱，沒送掉一條性命，眞是菩薩保佑！我早跟你說過，多等一日，山上便會有回音。你離去之後，小石頭師兄很快便傳信回來了，他說他從沒離開山上，更沒被人捉走。」

韓峰早知小石頭並沒離開寶光寺，這時聽通木確認此事，仍鬆了一口氣，合十說道：「多謝木師兄！我去赴約時，通海通山都出現了。他們都已還俗，改用俗家姓名楊觀海和徐山。」

通木揚起眉毛，說道：「他們還敢回來，膽子可當眞不小。你跟他們交手了麼？」

韓峰道：「自然打起來了。他們逃入萬善尼寺，我跟著追上，就……就遇見了這位姑娘。」他不願透露李靜訓假死而獨居地底墓室之事，便略過了不說。

通木知道他有話藏著沒說，也沒交代他失蹤的這幾日究竟身在何處，只嗯了一聲，也不多問，抱著雙臂，側頭望向韓峰，臉上神情饒有趣味。

韓峰甚感尷尬，不久之前，他才為了李晏雲即將下嫁趙慈景之事傷透了心，後悔自責不已；之後收到楊觀海的信，自稱綁架了小石頭，更令他擔心如焚；豈知陰錯陽差，身邊竟然又多出了一個絕美神祕、虛弱似病的少女，當眞棘手得很，當下也抱起手臂，皺眉望著李靜訓，抿嘴不語。

通木見韓峰神色複雜，又是傷神，又是憂慮，又是困惑，當即舉起手，表示他不會在此時此刻多問什麼，起身走出單房。

# 第二十一章　鮮卑鬼

韓峰卻想起一事，連忙跟了出去，問道：「木師兄且慢走，我有一事想請問。你聽說過『鮮卑之鬼』麼？」

通木微微一愣，反問道：「是誰提起此人的？」

韓峰道：「是楊觀海。」

通木沉吟一陣，說道：「我聽說過此人的事蹟，但那該是七八十年前的事了。據說鮮卑宇文氏得到天下，全靠了一個名叫『鮮卑之鬼』的傳奇人物。此人武勇多才，足智多謀，乃是宇文泰身邊最親信重要的謀臣。後來宇文泰的兒子宇文覺登基為皇帝，創建周朝，也全靠此人相助輔佐。後因此人已入仙道，不願露面出名，是以他始終拒受宇文皇室的封賞，只在暗中護衛維持由宇文氏建立的周王朝，因而被人稱為『鮮卑之鬼』。」

韓峰甚感驚奇，屈指算算，說道：「這人若是宇文泰時代的人，宇文泰掌控西魏大權，該是八十多年前的事；此人當時若有二十多歲，如今也該超過一百歲了。」

通木點頭道：「確是如此。這鮮卑之鬼始終是個似有似無的傳奇人物，也沒人知道他究竟是真是假，是生是死。但依我猜想，凡人鮮能活過百歲，而且宇文氏的周室被楊氏隋朝滅亡，也有三十多年了，都沒聽說鮮卑之鬼要替周皇室復仇。很多人都相信鮮卑之鬼早已死去，周室才會滅於隋文帝楊堅之手。」

韓峰聽了，略略放心，暗想：「這『鮮卑之鬼』若是早已死去，那麼楊觀海那番話應當全是胡言亂語，不可相信。」說道：「多謝告知！木師兄博學多聞，通古知今，委實令人佩服。」

通木道：「不必客氣。楊觀海為何提起此人？」

韓峰想將楊觀海所說鮮卑之鬼在尋找小石頭、欲取其性命之事告訴通木，隨即感到不妥：「倘若小石頭確是周朝皇室的後裔，那鮮卑之鬼或許真的在尋找他也說不定。但他又爲什麼要取小石頭的性命？鮮卑之鬼不是應當保護宇文皇室的後裔麼？」又想：「小石頭究竟是否宇文氏後裔，我並不確知，不應信口臆測。」當下並未說出楊觀海的言語，只道：「他提到鮮卑之鬼武功高強，說神武上人往年對他甚是忌憚，稱他的邪門武功乃是天下第一云云。」

通木道：「楊觀海之言多爲虛妄，大半不可相信。但是鮮卑之鬼的武功確實極高，往年老和尚和神武上人談起時，都對鮮卑之鬼的武功十分敬畏。」

韓峰道：「原來如此。多謝師兄指點。」

通木離去後，韓峰又將此事的前後想了一遍，暗自決定：「楊觀海說鮮卑之鬼在尋找小石頭，有意取他性命，此事應不可信。但我仍該向老和尚稟告，請他留意小石頭的安全。這件事卻最好別讓小石頭知道，徒令他恐懼擔憂。」

便在此時，屋內傳來李靜訓急促的呼吸聲，韓峰趕緊奔入，來到她身邊，問道：「李姑娘，妳還好麼？」

李靜訓皺眉喘息，過了好一陣子，呼吸才漸漸平穩，但額頭仍冒著冷汗。

韓峰見她穩定下來，略略放心，說道：「李姑娘，妳請放心，這裡安靜隱密，又離妳住處相去不遠。我在這兒保護妳，不會讓任何人傷害妳的。」

李靜訓微微睜眼，低聲道：「這裡人聲太吵，又太亮了。我不熟悉這兒，不知道哪裡有陷阱。這是什麼地方？」

韓峰道：「這裡是小鐘寺，在大興城興化里。」

李靜訓道：「小鐘寺，是一間佛寺麼？」

韓峰道：「正是。」

李靜訓似乎略略放心，念了幾聲佛號，說道：「我的墳墓之上，便是一座萬善尼寺。」忽然問道：「你叫什麼名字？」

韓峰答道：「我叫韓峰。」

李靜訓點點頭，咳嗽數聲，又皺起眉頭，神色顯得甚是痛苦。

韓峰見她在墓室中時好端端地，絕無病容，出墓後不知是何原因，突然變得虛弱不堪，不知該怎麼辦才好，只能問道：「李姑娘，妳要不要喝點什麼，吃點什麼？」

李靜訓搖搖頭，說道：「我不餓。」靜了一會兒，又道：「我在墓裡，只吃小米糊，只喝井水。這兒有小米糊麼？有井水麼？」

韓峰道：「當然有的，我這就去幫妳取。」心中不禁對她好生憐憫，自己年幼時家中富貴，餐餐山珍海味，從來不必爲吃穿發愁；然而在父親起義失敗，家道中落後，他獨自在外流浪，又在寶光寺受盡挨餓之苦，深深體會到由奢入儉之不易。這少女出身皇親國戚之家，九歲之前受盡榮寵，錦衣玉食；九歲之後陡然獨居地底墓室，身邊雖有稀世寶物圍繞，但地底封閉，只能儲藏乾糧，自不可能吃到任何新鮮的魚肉瓜果，因此過去六七年之中，她的飲食只限於小米糊和井水，思之實爲可悲。

韓峰當下去佛堂找到了通木，請他幫忙準備小米粥和清水。

通木道：「女施主臉色蒼白，最好吃些補身的紅棗、甜豆等物。」

韓峰道：「我怕她吃不慣。她身子虛弱，還是吃些清淡的東西比較好。」

通木道：「那也無妨。我這就去廚下替她煮碗粥。」

韓峰先取了一壺清水和一只杯子，回到單房中，對李靜訓道：「妳先喝些水，粥很快就煮好了。」

李靜訓勉強坐起身，喝了一口水，皺眉道：「這水怎地這麼甜？」

韓峰心想：「這也就是一般的水，難道地底的水是苦的？」

李靜訓沒有再言語，只默默喝著水，側頭望向韓峰，心想：「這人待我甚好。他答應要帶我出墓，便真的垂下繩子，將我接了出來。我身子不適，他又帶我來這地方歇息，還給我準備吃的喝的。我也不知能不能撐到見到爹媽那一刻，不如便將事情跟他說明白了，或許他能夠幫助我。」

韓峰正要起身出去，李靜訓忽道：「韓公子，你別走，請留下來聽我說說我的身世，好麼？」

韓峰見她面無血色，聲音細若游絲，心知她虛弱非常，也不知能否平安回到墓中，便在她榻邊坐下，說道：「當然好。姑娘請說吧。」

李靜訓眼望屋頂，緩緩說道：「我姓李，名叫李靜訓。我從小跟著外祖母長大。我外祖母曾做過大周皇后，後來又被封爲大隋公主。」

韓峰心想：「墓誌銘上說她『幼　外祖母周皇太后所養，訓成長樂，獨見慈撫之恩；教習深宮，彌遵柔順之德』，原來都是眞的！如此說來，她的外祖母便是隋文帝楊堅的女兒樂平公主楊麗華，也就是當今皇帝楊廣的親姊姊。是了，在楊堅篡周之前，楊麗華曾做過周宣帝的皇后。」

但聽李靜訓續道：「我母親名叫宇文娥英，她是外祖母唯一的女兒，極受外祖母的寵愛。我母親十六歲時，外祖母爲了替我母親選個好夫婿，下令讓大興城所有的貴宦公子都聚集在弘聖宮，每日都有幾百人。我外祖母親自坐在帷簾之後，讓每位公子自報身世，陳述性情所長，並且試探他們的技藝。不待見的，就讓宮人立即請他們出去。後來她見到我的父親李敏，他是大將軍李崇的孫兒，從小在宮中長大，姿儀俊好，擅長騎射，歌舞管弦，無不通解。外祖母和我母親都看中了我父親，我外祖母便作主，讓我母親跟我父親成婚。」

她頓了頓，續道：「我是家中第四個女兒，出生後便一直跟著外祖母住在皇宮裡。我五歲時，高祖父駕崩，舅祖父登基爲皇帝。後來外祖母聽卜算者說，我若留在李家，一定不能活過十六歲，而她自己也命不長久，無法永久保護我，便決定瞞著所有的人，包括我的父母，讓我假死，將我隱藏起來。那時我剛滿九歲，外祖母對我父母說我在宮中得了急病而死，卻是早已替我在大興城中建造了隱密的地宮墓室，裡面藏滿珍奇寶貝，盡備各種生活用品，好讓我長居墓中，平平穩穩地過一輩子。」

韓峰心想：「這樂平公主也真是異想天開，竟讓自己的外孫女假死並住在地底墓室之中。」問道：「妳當時年紀還小，怎能單獨一人住在地宮中？」

李靜訓道：「我並不是單獨一人。外祖母原先派了兩個老嫗來服侍我，她自己也不時來墓中探望。但是一年之後，外祖母便再也沒有來看我，我也不知道發生了什麼事，猜想她可能已在外面薨逝了。服侍我的兩個老嫗，後來一個病死，一個受不了墓中的陰暗寂靜，試圖逃出墓去，卻跌入陷阱而死。我便獨自在墓中過日子，直到你闖了進來。」

韓峰點了點頭，心想：「如果我未曾跟楊觀海動手，不慎撞破土壁，跌入墓室，她很可能便一輩子活在地底，老死於斯了。」

李靜訓忽然轉過頭，伸出雪白纖弱的手，緊緊握住了韓峰的手，說道：「韓公子，我很擔心我爹娘。當時卜算者說我若留在李家，一定不能活過十六歲。我小時候不懂，這幾年我常常想著這件事，算命師的意思可能是說，當我十六歲時，李家將會遭遇大難。我今年剛好十六歲，而你無端闖入墓中，又唱了那首〈桃李子〉歌謠給我聽，我就猜想這件事情一定跟我們李家的大難有關。我很久沒有見到我爹爹媽媽了，我外祖母死後，我在這世上最親的就是我爹爹媽媽了。韓公子，你帶我去見我娘，好麼？我要跟她說，李家就要出事了，他們一定得非常小心謹慎，才能逃過這一劫。」

韓峰點點頭，心想：「李姑娘已有七年未曾出墓，心中卻仍如此關心記掛著父母。」

不禁想起自身的經歷，「當年宇文述率領官兵包圍李家莊園，搜捕我爹爹和他的義士朋友，我當時只有十二歲，不也是奮不顧身去設法搶救麼？」當下說道：「我明白了。妳休息一會兒，我便帶妳去太平里找妳的母親。但是，妳父母以爲妳早已死去，他們會相信妳的話麼？」

李靜訓臉上恢復平靜，看不出喜怒哀樂，靜默一陣，才道：「我娘一定會認出我的。」

就在這時，通木端了粥來，替李靜訓在竹榻上擺了一張小几，讓她坐起身喝粥。

李靜訓望著那碗粥，微微皺眉，說道：「這粥是熱的。」

韓峰這才想起：「她在墓中無法生火，只能吃冷的米糊。」說道：「熱的才好吃，能讓妳暖暖身子。」

李靜訓滿面懷疑，慢慢地拿起湯匙，喝了一匙粥，皺眉半晌，才又喝了一匙。

通木充滿好奇地望著她，卻忍住了沒有多問。

李靜訓喝了半碗粥之後，便對韓峰道：「我們走吧。」

# 第二十二章 豺狼言

韓峰向通木問清楚了太平里的方位，通木甚是細心，知道李靜訓不喜光亮，便替她找出一頂寬寬的斗笠，能夠遮住整張臉。李靜訓道謝戴上了，韓峰便領著李靜訓出了小鐘寺，往太平里行去。太平里是離皇城最近的一個里，就在唐國公李淵宅所在的通義里以北。

此時已近午時，日頭甚烈，李靜訓臉色仍舊十分蒼白，行走甚是緩慢。

兩人來到太平里李家大宅外，韓峰問道：「李姑娘，妳打算就這麼敲門進去麼？」

李靜訓微一猶疑，顯然也知道自己已「死去」七年，突然出現在家門口，定會被人當成瘋子或鬼怪趕走，當下說道：「不，我們翻牆進去吧。」

於是她讓韓峰托著她的腰，助她躍過圍牆，來到李家大院之中。

李靜訓望著宅中的屋舍庭園，東望望，西瞧瞧，似乎在試圖喚回童年時的記憶。她看了一會兒，往西指去，說道：「我記得了，我娘的廂房就在這邊。」領著韓峰往西首走去。

李靜訓落足無聲，身法輕盈如風，即使在大白天之下，也能輕易避開宅中的僕從家人。韓峰並不擅長輕功，但他武功已頗有造詣，緊緊跟在李靜訓身後，總能及時躲入暗處，不被人見到。

李靜訓領著韓峰，一路鑽過月洞門，穿過雕花廊，來到一間偏廳之外，但聽廳中傳來人聲，似乎有人在爭吵。

李靜訓走到窗外，屏息傾聽。韓峰也來到窗旁，透過窗櫺向廳中偷望。

但見廳中三人正自大聲爭辯，其中兩個是婦人，一個年紀長些，一個年紀少些，二婦衣著華麗，珠翠環繞，貴氣逼人，顯然都是世家大族的貴婦；第三人則是個滿面鬍子的高大男子，韓峰看清了他的面目，不禁一怔，這人竟然便是左衛大將軍宇文述！

只見那年長的婦人一邊哭泣，一邊指著那宇文述罵道：「渾帳，渾帳！你這大舅子，連自己的妹婿也敢害！你去皇帝那兒告狀，說李家就是歌謠中說的桃李子，你這不是想害死我們一家麼？」

宇文述滿面不耐煩之色，擺手說道：「妹子，我老早說過了，那歌謠又不是我去傳唱的，大街小巷都有人唱，聖上聽在耳中，自然心中很不舒坦。妳也知道，先帝曾夢見都城淹水，才另行建造大興城。妳夫婿姓李，名字中又帶水，聖上對他起疑心，將他抓起，也是很自然的事啊。」

那年長婦人怒道：「你少假意撇清了！我公公乃是隋朝開國重臣，官封太師；你妹夫現任右驍衛大將軍，堂堂正三品的官，李家一門位高權重，若不是你從中挑撥，皇帝怎敢對你妹夫下手？」

宇文述哼了一聲，說道：「妳知道些什麼？這等事情，哪是我一個人說了算？我告訴妳，我隨聖上討伐遼東時，有個叫做安伽陀的方士來覲見聖上，自稱通曉圖讖。他對聖上說道：『我觀察圖讖，當有李氏應爲天子。』還勸聖上將海內所有姓李的人全數殺盡，一個不留，以免讖語成眞。幸好聖上英明仁慈，未曾聽信他的言語。不然不但你公公李穆、夫君李渾一家，天下姓李的全要殺頭！」

兩個婦人聽了，對望一眼，臉色都極爲蒼白。

那年輕的婦人忽然開口，悻悻地道：「隋朝楊家的天下，還不是從我宇文家奪去的，如今卻也開始害怕被姓李的奪去了！這就是風水輪流轉，因果報應啊！」

年長婦人連忙揮手道：「嘻！這等言語，姪媳婦千萬不可胡說！」

那年輕婦人面容姸麗，神態中帶著幾分天眞純稚，她傲然道：「我父親曾是大周皇帝，我外祖父則是大隋開國皇帝。兩朝的皇帝都是我的至親長輩，我怕什麼？」

韓峰聽到此處，已知道這少婦定然便是宇文娥英，樂平公主之女，李靜訓之母。他側頭望向李靜訓，但見她容貌果然與母親頗爲相似，這時她凝神望向屋內，微微皺眉，顯然極想探知家中究竟發生了什麼事。

但見宇文述轉頭面對宇文娥英，頓時換了一副面孔，顯得十分關切，說道：「我說姪女，倘若先慈樂平公主還在世，公主身爲聖上的親姊姊，姪女當然什麼也不怕了。然而樂平公主已然仙逝多年，姪女妳冠著前朝的國姓，體內流著前朝皇室的血，聖上是否仍願意給姪女面子，那可難說得很。至於姪女婿，就更加危險了。」

宇文娥英聽他提起自己的夫婿，關心情切，驚問道：「什麼更加危險？」

宇文述壓低聲音，說道：「他姓李，應了〈桃李子〉李氏將得天下的歌謠，這是第一大罪；他小名『洪兒』，不但帶了水字邊，還應了先帝所做洪水淹沒都城的夢，這是第二大罪；他娶了前朝宇文皇族的公主，內心懷藏著替周朝宇文氏報仇復國的陰謀，這是第三大罪。」

宇文娥英臉色慘白，嘴唇發抖，怒斥道：「胡說，胡說！我夫君怎麼可能……怎麼可能懷藏異心？他溫文平和，性情瀟灑，怎會……怎會有半點謀反的心思？」

宇文述見她著急，臉上露出一絲幸災樂禍之色，笑了笑，說道：「姪女不必驚慌，這件事讓叔叔為妳作主。」

那年長婦人插口道：「你連自己的親妹妹都不顧了，又怎會幫跟你沒半點血緣關係的姪女的忙？少在這兒假意作態了！你到底想如何，明白說出來吧！」

宇文述哼了一聲，轉頭望向年長婦人，又換了一副陰沉的臉色，冷冷地道：「妹子，妳夫君李渾這場災難，全是他自找的！當年他陰謀害死了姪兒李筠，全靠我向聖上說情，才讓他這個叔叔繼承了太師的爵位。那時他答應分給我一半的采邑田賦，後來卻反臉不認帳，一分錢也沒給我。自己倒是吃喝玩樂，買了一百多個小妾，個個穿金戴銀。我若不給他點顏色瞧瞧，還能做人麼？李渾這渾帳竟敢出賣我，我當時就立下毒誓，至死不忘李渾欺我之仇！」

年長婦人戳指大罵：「你這渾帳！你不是人！說穿了，你陷害我夫君不過是爲了幾個錢！自己親戚，錢的事哪有什麼不好談的？你竟然跑去皇帝面前告狀，害死我們全家，這可不是小事哪！讓你親妹子守寡，你臉上便很好看麼？」

宇文述滿面不屑之色，說道：「妳一個婦道人家，懂得什麼？我倘若允許李渾搞鬼，以後誰還會怕我？要是人人都以爲我宇文述是好欺負的，我以後還能向誰立威哪？每個人都跟我賴帳，我還要不要名號哪？」

那年長婦人正是宇文述的親妹妹，也是世襲太師李渾的妻子。她聽了宇文述這話番，只氣得全身發抖，怒罵道：「我可不認你這個渾帳哥哥！」語畢拂袖而出。

宇文述嘿了一聲，說道：「婦道人家，愚蠢！」

他轉過身，面對著宇文娥英，臉上又掛起關懷的笑容，說道：「姪女，妳那嬸嬸不明事理，妳可是個知書達禮的。眼下情勢十分嚴峻，妳一定得聽信我的話，才能保住妳自己的命。我這兒有個辦法，妳要不要聽聽？」

宇文娥英早已慌得六神無主，說道：「我一心想救出我的敏郎，有什麼辦法，叔叔快說出來吧！」

宇文述壓低聲音，說道：「姪女，妳是皇帝的外甥女，哪怕找不到好的丈夫！還管那李敏幹麼呢？」

宇文娥英一呆，說道：「你要我見死不救，讓敏郎就此送命？不成的！我和敏郎結褵二十年，夫妻情深，我一定得救他！」

宇文述從沒想過世間還有夫妻情深這回事，微微一呆，搖頭說道：「話也不是這麼說。李敏和李渾這對叔侄，名字應了妖邪讖語，聖上不得不殺他們，那是沒得救的。妳也清楚，讖語這事兒鬧得很大。李家成爲箭靶，並不是我去向聖上告的狀，而是聖上自己疑心甚重，對李渾很不放心，經過一番查證之後，發現李渾罪證確鑿，才會毅然下手，將李氏一門全數捉起。事情會牽連到妳的夫君李敏，並非聖上本意。如今解決之法只有一個，而且非常簡單。妳畢竟是聖上的親甥女，只需寫一封信，就說妳聽見李敏和叔叔李渾平日閒談，表現出對皇帝不滿，一起密謀反叛，那麼李敏一定可以得救。」

宇文娥英一呆，說道：「這怎麼成？這不是坐實了敏郎企圖謀反的指控麼？」

宇文述連連搖手，說道：「這妳就不懂了。聖上要的，只是更多李渾意欲謀反的證據。妳若這麼去告發，聖上感激妳出面指證，念在妳是親甥女，自然會想辦法替李敏和妳脫罪的。」

宇文娥英沉吟不答，過了一陣，才道：「根本沒有的事，我又能告發什麼呢？」

宇文述道：「這個容易，我都已替妳想好了。妳就這麼說吧：妳聽見李渾和李敏叔侄二人祕密商議，李渾對李敏說：『侄兒你應了讖語，命中應當成爲天子。如今皇帝老愛發兵打仗，勞擾百姓，那是老天有意滅亡大隋，正是我們奪取天下的大好時機。如果皇帝再次出征遼東，我們叔侄倆便趕緊出頭應徵，必然可以受封大將，各率五萬人；其餘李家子弟親戚，都叫他們一塊兒應召出征，讓他們分領軍馬，在軍中互相呼應。等時機到了，我們倆率先發難，襲取皇帝御營；子弟們紛紛在軍中響應，各殺軍將。如此一日之間，天下就可以換個主人，侄兒你也就可以登基做皇帝了。』」

韓峰越聽越惱怒，心想：「這宇文述眞是隻人面獸心的禽獸！滿口胡說，存心騙得宇文娥英自投死路。但宇文娥英並非傻子，應當不會聽信這廝的鬼話。」

但見宇文娥英臉色蒼白，雙眉緊蹙，良久不語，顯然無法下決斷。

宇文述凝望著她，說道：「姪女，眼下只有妳能救得了妳的夫君，妳快拿主意吧！」

宇文娥英搖搖頭，說道：「這事情我拿不定主意，得慢慢想想。」

宇文述嗐了一聲，大搖其頭，說道：「侄女！這還有什麼好想的？妳夫君和兒子都被關在大牢之中，受盡苦楚。妳若是有點良心，就該儘快依我所說，寫了這封告發信，交給我立即去呈給聖上。一旦聖上見到了信，妳的敏郎和寶貝兒子便能夠早日離開大牢，脫離苦海。我眼下乃是聖上身邊最親信的大紅人，妳不聽我的，還能聽誰的？」

宇文娥英聽著聽著再也無法承受，雙手掩面，痛哭失聲，說道：「我不知道，我不知道！怎會發生這種事？這世間難道一點天理公道都沒有了麼？」

宇文述甚是不耐，用手指敲著茶几，說道：「妳願意讓李敏和黃梅在牢中多受幾天罪，甚至立即被聖上下令斬首，這都由得妳。他們是妳的丈夫兒子，原本跟我無關。妳不願意聽我的忠告，實在多虧我一片好心，特地來這兒給妳指出一條活路！妳聽我說，這封信妳得快點寫，寫好了儘快交給我。妳若裝呆扮傻，遲遲不肯寫，聖上很可能一兩日間，便下令讓李家全家斬首。屆時來不及救出妳的丈夫兒子，人死亦不能復生，我可再無能爲力了！」

宇文娥英只是哭泣不止。

宇文述見她崩潰痛哭，知道再勸也沒用，甚是不耐煩，站起身，大步走了出去。八名侍衛立即跟上保護，離開了李家。

# 第二十三章 讖語孽

韓峰轉頭望向李靜訓，但見她臉色更爲蒼白，全身顫抖。她輕聲道：「眞的發生了！李家的災難眞的降臨了。我爹和弟弟被關進大牢，我娘又全亂了心神。她若聽信那惡人所言，寫下告發狀，我們李家就眞正完了！韓公子，我要去見我娘，勸她不要聽信那惡人的話！」

韓峰忙道：「且慢！妳母親以爲妳已死去，妳若貿然出現，豈不嚇壞了她？」

李靜訓卻聽如不聞，如一陣風般迅疾走入廳中，來到宇文娥英面前，雙膝一彎，跪倒在地，叫道：「娘！」

宇文娥英正自掩面哭泣，更沒聽見她入廳的腳步聲，忽聽身前有人出聲，睜眼一瞧，竟是個從未見過的白衣少女，自是大吃一驚，連忙跳起身，後退數步，驚問道：「妳是什麼人？」

李靜訓道：「娘！我是您的四女兒靜訓啊。」

宇文娥英臉色大變，尖聲道：「何方妖人，竟來此誆騙於我！靜訓早在七年前便已死去，妳竟敢以此謊言欺人，眞是膽大包天！來人啊！」

三四名僕婦聞聲奔入廳中，見到跪在地上的李靜訓，不知這少女是誰，更不知道發生了什麼事，都楞楞地站在當地，不知所措。一個僕婦比較警醒，搶上攔在宇文娥英身前，喝道：「妳是誰？妳想對夫人做什麼？」

李靜訓伸手拉住宇文娥英的裙襬，哀求道：「娘，我眞的是靜訓！您看看這個。」從懷中掏出一串耀眼絢麗的金珠項鍊，正是韓峰在地底墓室的藏寶室中見過的那串金珠鍊。她道：「娘，您記得麼？這是您的嫁妝，是您親手放在我墓中的啊。」

宇文娥英盯著那串金珠鍊，神色變幻不定，良久才伸出顫抖的手，接過了項鍊，持著觀看許久，忽然皺起眉頭，抬眼瞪向李靜訓，喝道：「妖女！妳好大膽子，竟敢挖掘靜訓的墳墓，從她的棺材中偷出了這串金珠鍊！」

李靜訓連連搖頭，說道：「不，不，娘，我眞的是靜訓！樂平祖母相信卜算者之言，擔心我在李家無法長大，因此讓我假裝病死在宮中，這些年我一直住在地底的墓室裡。我聽聞訊息，擔心李家即將遭難，因此才從墓中出來，只盼能救得您和爹爹的性命！」

宇文娥英聽她越說越古怪離奇，如何能信，大怒道：「快將這妖女轟了出去！」眾僕婦紛紛撲上，伸手去扯李靜訓的衣衫。

李靜訓不知所措，很快便被幾個健壯的僕婦壓倒在地。

韓峰眼見情勢正如自己所預料，宇文娥英完全無法相信女兒未死，也根本聽不進去李靜訓的勸告，只好搶入廳中，推開那幾個健壯僕婦，扶起李靜訓，拉著她的手，快速奔出門外，躍上圍牆，離開了李宅。

他奔出一段路，才鬆開李靜訓的手。李靜訓卻只呆呆地站著當地，眼光呆滯，望著遠處李家高聳的飛簷，不動也不言語。忽然之間，只見兩滴晶瑩淚珠從她眼中滾出，劃過她的臉頰。

韓峰再也料想不到，如李靜訓這般冷漠如冰的女子竟然也會哭泣！但見她的淚珠有如晶瑩珍珠一般，一粒粒滴落她雪白的臉頰，那模樣實在淒美至極，動人至極。

韓峰不禁看得呆了，怔怔地望著她流淚，似乎世間一切都已停頓靜止，天地間只剩下李靜訓和她的珠淚，緩緩地滑過她潔淨無瑕的臉龐。

韓峰呆立了不知多久，忽聽遠處李宅中傳出人聲，這才倏然醒覺，心想：「他們若出來尋找追捕她，那可麻煩了。」當下再次拉起她的手，快步奔回了小鐘寺。

回到寺中後，韓峰送李靜訓回到之前的單房，讓她躺下歇息；自己跑去找到了通木，將事情經過從頭到尾都對他說了。

通木凝神而聽，聽完之後，問道：「你說她單獨在地底墓室中住了七年？」

韓峰點了點頭。

通木又問：「七年？」

韓峰道：「正是。」

通木念了幾聲佛號，說道：「我聽說老和尚往年曾在終南山靜思谷中閉關七年。他若知道有這麼一個與世隔絕的地底墓室，能夠讓他心無旁鶩地閉關，想必會高興得很。」

韓峰急道：「師兄別開玩笑了，我們現在卻該如何？」

通木想了想，說道：「李渾一家受到宇文述誣告，被捕下獄，這件事老早震動整個京師。但是皇帝眼下還只是懷疑，並沒有掌握李渾造反的證據。李敏夫人宇文氏若寫了告發信，那李家就真正萬劫不復了。」

韓峰著急道：「我們卻該如何勸她別寫？」

通木抱著雙臂，低頭沉思，說道：「很難。據聞宇文氏自幼受母親樂平公主寵愛，嬌縱天眞，不明世事，更不懂得人心險惡。她眼見夫家遭逢劇變，此時定然心神大亂。宇文述趁機用話誆騙她，她身邊也沒有人可以給她出主意，很可能便會聽信了宇文述的餿主意。」

韓峰心中焦慮，在房中踱了一圈，停下步來，問道：「她若不寫這封告發信，李家便能得救麼？」

通木搖頭道：「事情也不會這麼簡單。依我猜想，就算沒有這封告發信，李渾一家也很難再被放出來了。宇文述誣告李渾一家造反，他當然不能讓皇帝知道他私底下跟李家爭奪財產，才蓄意陷害李家，藉此報復。他誣告李家之後，皇帝心存疑忌，很快便將李家所有男子都關入大牢，顯然皇帝也懷疑李渾有問題。事情都已到了這等地步，李氏一門只怕難逃此劫。就算宇文氏不去告發，宇文述也會捏造其他罪證，證明李渾陰謀反叛。其實陰謀反叛是假，恐懼〈桃李子〉讖語才是眞！」

韓峰聽了，心中不禁升起一股怒氣，說道：「宇文述固然可惡，那李密也實在可恨！他爲了自己的利益，竟編造出這等造孽的讖語，不知害死多少無辜之人！」

通木搖搖頭，說道：「李密當年爲了自保，打算去告發藏匿義士的唐國公，甚至想告發盡力保護他的寶光寺，原是個忘恩負義之徒。此人自私自利，只想到利用陷害別人，從不知道感恩，更不知道仁義道德爲何物。這樣的人，就算一時因讖語得利，受到瓦崗軍的重用，也不會長久的。」

韓峰點點頭，忍不住道：「世上之事，往往是小人得志。如果只有正人君子才能出人頭地，那麼齊朝那些殺人魔王皇帝，還有楊廣這等剛愎自用、不顧百姓死活的暴虐之君，又怎能在位如此之久？」

通木伸手拍拍他的肩膀，微笑道：「峰師兄，我只道你在山上與世隔絕，清淨無爲，沒想到你可是越來越明白事理啦！」想了想，又道：「李姑娘之事，甚是棘手。不如這樣，我明日出去探探情況，再回來跟你討論對策。」

當夜李靜訓便在小鐘寺住下。她徹夜未眠，只獨自坐在房中，面對著黑暗發呆。

韓峰不放心，數次來探望她，隔著紙門見到她獨坐的影子，心想：「她擔心父母的安危，不惜從住慣的地底墓室出來，現在又擔心得無法入眠。」一時觸動心事，不禁想起了自己的父親，和童年時自己生長的韓家大宅。

韓家往年曾經顯赫一時，他的曾祖父韓雄受周室封爲大將軍，祖父韓擒虎能文能武，成爲隋朝的開國功臣，位至上柱國；韓擒虎一生兢兢業業，滅陳之後，又赴西北鎮守涼州，防備突厥，直至病歿，立下無數汗馬功勞。

韓峰幼年時便曾聽聞祖父的種種英勇事蹟，好生嚮往尊崇。然而楊廣暴虐無道，父親韓世諤加入楊玄感叛變，失敗逃逸，韓家的顯赫富貴頓時煙消雲散。

韓峰不禁暗想：「一個人也好，一個家族也好，種種禍福生死，富貴貧賤，當眞如輪轉一般起伏不定，難以逆料！正如在我眼前發生之事，曾經位極人臣的太師李穆家族後代，竟在得寵小人宇文述的誣告之下，面臨滅族的慘境。李家媳婦宇文娥英即使身爲樂平公主之女、開國文帝的外孫女和現任皇帝的外甥女，也同樣逃不過一劫，救不了丈夫和兒子的性命。老和尚總說『無常』、『無常』，想來便是這個意思吧？當初樂平公主楊麗華讓外孫女李靜訓假死躲在地底墓室中，遠離塵世間的一切禍福，或許並不是那麼荒誕的決定？」

次日清晨，韓峰又來探望李靜訓，但見她趴在竹榻上睡著了。

韓峰悄悄進屋，替她蓋上了被子，便去禪堂和通木一起做了早課，打了一段香的禪。

之後通木說要出門探探狀況，韓峰便自去廚下蒸餅煮粥，自己吃了兩張餅，將粥熱在灶上，準備等李靜訓醒來後送去給她吃。

一個時辰後，韓峰才聽見李靜訓的房中傳來輕微的聲響。他端了清水和小米粥去她的房室，她默不作聲地吃喝了，吃完後又躺下歇息。

韓峰正要出去，李靜訓忽然開口問道：「韓公子，請問有沒有我爹娘的消息？」

韓峰道：「通木師兄出門打探去了，還沒回來。」

李靜訓閉上眼睛，說道：「我知道我娘的性子，她看不得爹爹弟弟受苦，那封告發信她一定會寫的。」說完便轉過身去，面向屋裡，不再言語。

過了午後，通木匆匆回來，在廚房找到韓峰，壓低聲音道：「我剛剛得到消息，宇文氏眞的聽了宇文述的鬼話，寫了告發狀，指證她曾聽見李渾和李敏祕密策劃在遼東偷襲皇帝御營。皇帝一聽，拉起宇文述的手，哭著說道：『全靠你忠心耿耿，維護我楊氏一門，不然我隋朝江山社稷險些就此危亡了！』於是判李家謀逆罪成，舉家三十二人全數斬首，明日就要行刑！」

韓峰一驚，忍不住望了廚房門口一眼，低聲道：「李姑娘預料她的母親定會寫下那封告發信，不幸竟被她說中了。她的父親和弟弟都在其中，這……這可怎麼是好？」

通木道：「要救出三十二個人犯，那是沒辦法的。但是如果只救出李敏和他的兒子李黃梅，你我二人或許還能辦到。」

韓峰立即道：「那我們今夜就得動手！」

通木點了點頭，說道：「我已取得天牢的地圖。快來我房中，我們一起研究研究。」

韓峰不久前才跟著大師兄通天在洛陽城中劫獄，從宇文述的府邸中救出虞世南一家；此時再度出手劫獄，可說是駕輕就熟。他和通木詳細研究了大興城天牢的方位布置，一起研擬當夜闖入天牢救人的計畫。

通木道：「我有個好友是天牢的獄卒，他能領我們進去天牢，指出犯人牢房的位置。麻煩的是，人救出後，還得找兩個人去頂替，才不會被發現。我們可不能隨便找兩個替死鬼去代替李家父子砍頭啊。」

韓峰道：「那倒不必。我們只需要將他們藏匿起來，讓衙役搜索不到，那麼就算少了兩個人，只要不被找到，也就沒事了。」

通木皺眉道：「你是說藏在我們寺裡麼？這太危險了。一旦被發現，我辛苦建立起來的小鐘寺就要給毀啦。」

韓峰搖頭道：「不，當然不能藏在這兒。還有更隱密的地方，任誰都找不到的。」

通木皺眉道：「你是指什麼地方？」

韓峰道：「李姑娘的地底墓室！」

通木恍然大悟，拍手笑道：「好主意！」

韓峰道：「墓裡地方夠大，存糧也夠多，他們一家四口可以在裡面待上一段時日。等到風頭過去之後，我們再想辦法將他們送出城外安置便是。」

通木道：「你說得是。最好讓李姑娘和她母親宇文氏先躲入地底墓室，我們救出人後，便直接將他們送到墓中躲藏。」

# 第二十四章　天牢中

當下兩人商量妥當，通木便出去找他的獄卒朋友，韓峰則等候李靜訓醒來，將自己的計畫對她說了。

李靜訓靜靜地聆聽，聽完之後，說道：「韓公子，你和那位通木師父跟我無親無故，為什麼要冒險幫我救出我的爹娘和兄弟？」

韓峰聽了，不禁一呆，心想：「她問得好，我們為什麼要冒險幫她救出親人？」想了想，說道：「李姑娘，我願意幫助妳，是因爲我自己的家人也曾受到官府迫害，不忍心見到你們一家因宇文述的誣陷而遭難。通木師兄則是個胸懷俠義之人，他見到不公不義之事，便要出手相助。」

李靜訓從九歲起便單獨住在地底墓室中，對人情世故顯然一知半解，聽了之後，皺起眉頭，想了許久，似乎仍舊想之不通，最後說道：「那我就先多謝兩位了。然而你們不應獨自冒險，讓我跟你們一起去天牢救人。」

韓峰搖頭道：「我和通木師兄都會武功，能夠保護自己，必要時能打退獄卒守衛。妳雖然走路輕巧無聲，但不懂得武功，無法背負著人逃出大牢，倘若遇上了獄卒守衛，也無法抵擋。我想，先讓妳帶著妳母親進入地底墓室等待，妳需得在那兒陪伴她，不然墓中漆黑一片，又有許多陷阱，她若單獨在那兒等候，一定會很害怕的。」

李靜訓點點頭，又搖搖頭，說道：「你說得甚是。但是我擔心我娘仍舊不信我就是靜訓，不肯跟我去墓室。」

韓峰道：「她此時應已知道宇文述欺騙了她，如今李家大禍臨頭，全族處斬在即，妳母親正是最需要人幫助的時候。這樣吧，我跟妳一起再去見她一次，我想她這回應該會相信妳的。」

李靜訓咬著嘴唇，說道：「你說得不錯。無論如何，我都得試試。」

韓峰準備了馬車，陪著李靜訓再次來到李家。兩人從後門進去，但見李宅上下籠罩著一層愁雲慘霧，宅中一片喧囂混亂。眾家僕得知李家獲罪處斬，能夠走的都趕緊打包捲款逃跑了，走不掉的都坐在中堂裡相對號泣。

李靜訓帶著韓峰來到西廂房，只見李敏夫人宇文娥英單獨一個人在廂房中，如鬼魂般走來走去，雙眼發直，口中喃喃自語，手中握著一只小小瓷瓶，不知有何用途。

李靜訓見母親失魂落魄的模樣，心中難受已極，快步走入廂房，喚道：「娘！」

宇文娥英停下腳步，轉頭望向她，呆了呆，說道：「妳是靜訓的鬼魂，來接我們一家去陰間了，是麼？妳昨日來找我，便是想跟我說，我們全都逃不過這一劫，是麼？」

李靜訓搖頭道：「不，娘，我真的沒死。我是來帶您離開這兒的。」她指向韓峰，說道：「這位義士韓峰和他的師兄，今夜將闖入大牢，試圖救出爹爹和弟弟。我要帶您去我的墓室，那兒非常隱密安全，我們一起在裡面等候爹爹和弟弟，好麼？」

宇文娥英眼神呆滯，對李靜訓的言語似乎只聽進去了最後幾句，點頭道：「嗯，妳來帶我去墓室。是的，墓裡面最安全了。人死之後，就什麼也不必害怕，不必擔心了。好吧，我就先去墓裡，跟妳一起等候爹爹和弟弟來跟我們相聚。」

李靜訓知道母親誤會了自己的意思，也不知該如何解釋，走上前，握著母親的手，說道：「娘，您跟我來吧。」

宇文娥英點點頭，將那只小瓷瓶收入懷中，讓女兒拉著自己的手，走出廂房。

李家此時已陷入一片混亂，更沒有人注意到宇文娥英跟著李靜訓從後門離開李宅。

去。

韓峰讓宇文娥英母女戴上兩頂大大的斗笠，扶二人上了馬車，自己駕車往城西北而

到了休祥里萬善尼寺，韓峰依次揹起母女，躍過牆頭，來到庭園中的地道口外。李靜訓領著母親走入地道，來到塌陷的洞口旁。

李靜訓停下步，回頭望了望韓峰，沒有說什麼，只微微一笑。

韓峰見她的笑容甜美非常，知道她得與母親相聚，心中歡喜；也知道她對自己懷著極大的信心，相信自己一定能助她救出父親和弟弟。

韓峰對她報以一笑，心想：「李姑娘對我如此信任，我可千萬不能讓她失望！」

於是李靜訓抱著母親，將繩索的一端綁在二人腰上；韓峰站在洞外，將李靜訓和母親墜入塌陷的洞口，直到二女落入墓中爲止。

他小心收起繩索，用泥土砂石遮掩住洞口，在甬道中走了一圈，見數十丈外都沒有乞流居住，這兒似乎是個被乞流廢棄的通道，少有人經過，才放下心。

韓峰回到小鐘寺時，已是傍晚。通木交給他一套獄卒的衣衫，說道：「快換上吧，這是我朋友送來的。我們早點出發，等戌時獄卒換班，便可趁機混進天牢。」

當下二人都換上獄卒的衣衫，通木戴上頭巾遮住光頭，一起來到天牢的後門外。

通木的朋友已在等候，通木替韓峰介紹了，說道：「這是王二，跟我自小一起長大的

好朋友。」

韓峰叫了聲王二哥，但見王二滿臉疤痕，長得歪眼塌鼻，甚是醜陋，跟通木可說各擅勝場。

王二低聲道：「我都打點好了，你們兩個不要開口，跟著我來便是。」當下領著韓峰和通木，從一扇小鐵門進入天牢大院。進入院中後，迎面便是以粗石牆築成的牢獄，極爲堅固；北方有扇鐵門，門口站了十多名獄卒守衛，門禁森嚴。

王二領二人來到倉房，取過兩個水桶，兩把掃帚，交給韓峰和通木拿著，低聲說道：「一個時辰內，我們得將所有的牢房都打掃乾淨。關李家的牢房是最後一間，打掃完後，你們便可帶人離去。剩下的讓我來處理。」

韓峰和通木點頭答應，便跟著王二從邊門進入天牢。

韓峰上回跟大師兄通天去宇文述將軍府救人，囚犯所住乃是將軍府中的一個院子；這回來到大興城的天牢，情狀實是天差地遠：只見天牢中腥臭污穢已極，長長的甬道兩邊共有百來間囚室，每間都擠滿了犯人，大多縮在牆角，動也不動，不知死活。

韓峰看得好生不忍，暗想：「不知有多少囚犯是遭到誣告冤獄，才被關在此地？」

王二身上帶著一圈鎖匙，將囚室一間間打開，三人便分頭走進囚室，收走腥臭腐爛的食物，混濁不堪的飲水，和盛裝囚犯屎尿的瓦盆，並用掃帚將囚室內略略清掃一遍。

囚犯手腕腳踝都戴著手銬腳鐐，以鐵鍊連接在石壁上，因此即使開了囚室的門，囚犯也無法逃走。韓峰見有些囚犯滿面鬍鬚，不知已在這兒關了多少時日；有的身上傷痕累累，顯然曾受到嚴刑拷打；還有的身上仍穿著破爛的官服，似乎是從朝廷上直接被拉來關起的，更沒有機會回家換上常服。女囚囚室中，則有一頭白髮的老婆婆，抱著嬰兒的年輕母親，甚至還有五六歲的小女孩兒，情狀甚是淒慘。

韓峰越看越難受，心想：「我若有能耐，定要讓天下再也沒有冤獄，讓囚室中再也沒有冤囚！」

他盡量不去看那些可憐的囚犯，低下頭，專心打掃。他在寶光寺慣於幹粗活，不時挑屎尿、清鴿糞，但這牢中的臭味只有更加濃烈，比之人糞鴿糞還要可怖百倍。韓峰只能勉強忍耐，不讓自己作嘔，心中動念：「我當初若被李密送交官府，便也是這樣的下場，說不定早已被處死了。」想到此處，不禁背脊發涼；沒有來過天牢之前，他很難想像被捉拿下獄是如何的景況；如今親眼見到，他才知道自己有多麼幸運，逃過了一劫。他回想當時程知節和徐世勣冒險從瓦崗地牢中救出自己，心中對二人的感激又加深了一層，暗想：「希望單二哥已被李密放出，平安無事；也希望程三哥和徐小哥不致被李密陷害。」

如此打掃了將近一個時辰，三人終於來到最後一間囚室。

但見囚室中擠了二十多個年長年少的男子，身上衣服都甚是華麗，個個垂頭喪氣地坐在牆角，一臉茫然，想來便是李渾和李敏叔侄一家人了。

韓峰和通木互望了一眼，假做低頭打掃，心中都想著：「不知道李敏和李黃梅會是哪兩個人？」

王二也走了進來，假裝罵道：「慢吞吞的，你們兩個在搞什麼鬼？時辰快到啦，還不快點清掃乾淨？」

他伸腳去踢一個靠著柵欄的囚犯，喝問道：「喂，哪個是李敏？」

眾人都往角落一個滿身傷痕血跡的中年人望去。王二走上前拉起李敏，用鎖匙打開他的手鍊腳鐐，說道：「上面交代，叫你去問話。你兒子李黃梅是哪個？」

李敏全身發抖，顫聲道：「大哥，求你別讓他上刑拷問，帶我去便是，我求求你！」

王二踢了李敏一腳，罵道：「死逆賊，明日都要砍頭了，還怕什麼上刑拷問？囉哩囉嗦，合該打重一些！今日打死了乾淨，明日劊子手少砍兩個腦袋，也省點事兒！」

又問其他人：「李黃梅是哪個？」便有其他李家人往一個十多歲的孩子指去。

王二喝道：「你們兩個，跟我來！」說著扔給通木兩把鑰匙，通木趕緊趨上前，替李黃梅打開了手鐐腳銬。

韓峰和通木一人一個，將父子二人半拖半扶地帶出了囚室。王二口中喃喃咒罵，神態凶狠，李家其他人都噤不敢言，心想：「他們今夜被拉出去拷打，大約是不會活著回來了。橫直明日大家全要砍頭，早死或晚死半日，也沒什麼差別。」

眾人都動著這個念頭，因此也沒有人哭泣話別，只眼睜睜地望著李敏和李黃梅父子被帶出了囚室。

離開囚室後，王二便領著通木和韓峰從後門出了天牢，低聲道：「我的兩個夥伴就在外邊等著，我們三個人會一起走出牢房。你們趕緊翻牆出去，囚犯少了兩人，最快也要到明早才會被發現。囚犯若指稱我帶走了兩人，我的兩個夥伴可以幫我作證，說我並沒有帶走什麼犯人。快去，快去！」

通木拍拍王二的肩膀，表示感激。當下韓峰揹著李敏，飛身出了牢獄的高牆，又回頭陸續揹了李黃梅和通木躍出，上了早先已備好的馬車，沿著巷道快馳而去。

李敏和李黃梅父子不知道發生了什麼事，只縮在車角落裡，全身發抖。

最後李敏終於發話了，顫聲問道：「兩位大哥，你們……你們要帶我們去何處？」

韓峰回頭道：「令夫人宇文氏讓我們來救出二位。我們正帶兩位去與李夫人和令女李靜訓相聚。」

李敏聽他提起妻子，這才稍稍放下心，長長噓了口氣，心想：「還是娥英有辦法。」又聽他提到死去多年的女兒李靜訓，卻不禁一怔，心頭發毛：「難道娥英已然死去，這兩人是牛頭馬面，要送我們去陰間跟娥英和靜訓相會？」心中忐忑驚懼，卻又不敢多問。

李黃梅剛滿十四歲，與韓峰同年，但他自幼嬌生慣養，未經世事，忽然舉家獲罪，被捕下獄，一會兒見到父親被嚴刑拷打，一會兒又聽說要斬首，早被嚇得傻了，不知身在何地，也不知此刻是真是夢，只呆呆地坐在馬車中，臉色蒼白，一聲也沒出。

通木在前駕車，韓峰指路，來到西北方休祥里萬善尼寺。

韓峰依次揹了李敏父子和通木躍過圍牆，觀望了一會兒，見左近無人，才翻開木板，進入地道。韓峰指著塌陷的洞穴，說道：「墓室需從這兒下去，通道甚是陡峭。我揹你們落下，緊緊捉著我，千萬別鬆手。」

當下韓峰一次揹負著一人，進入塌陷的洞穴，手腳並用，撐著兩旁土壁，緩緩落入李靜訓的墓室之中。

# 第二十五章　攜手歸

等李氏父子都落入墓中後，韓峰才將通木也揹了下來。

這是通木第一次來到地底墓室，他打起火摺，環目四望，驚奇不已，忍不住讚嘆道：「此地的佛像浮雕工藝之精，只怕連魯北的龍華寺也比不上！」

韓峰道：「我們快去找李夫人和李姑娘吧。」扶著李敏，穿過甬道，來到交叉口，轉入通往李靜訓臥房的甬道。李黃梅和通木跟在其後。

宇文娥英和李靜訓已在臥房中等候許久，兩人都滿心焦急擔憂，坐立不安。但聽外面傳來腳步聲，兩人一齊站起身，快步來到門口。

李靜訓掀開琉璃門帘，果然見到兩個人影站在甬道之外，定睛一望，正是父親李敏和弟弟李黃梅！

宇文娥英見到夫君李敏，簡直不敢相信自己的眼睛，悲喜交集，衝上前抱住了丈夫。但見原本風度翩翩的公子竟成了個蓬頭散髮的囚犯，滿面傷痕，手殘腳廢，不禁淚如雨下。

宇文娥英哭道：「敏郎，敏郎，是我害了你！我聽信了宇文述那賊子的花言巧語，上書誣告叔叔，沒想到將你們李家全都連累了！這都是我的錯，都是我的錯！」

李敏輕輕撫摸她的頭髮，微笑說道：「我的親親娥英，千萬別責怪妳自己。我爲妳吃苦受罪，都是應該的。」

宇文娥英仍舊痛哭不已，又伸手摟住兒子李黃梅，哭道：「孩兒，娘以爲我再也見不到你了！」母子相擁而泣。

李靜訓走上前，對李敏叫道：「爹爹！」

李敏轉頭望向她，一時不知眼前這少女是誰，爲何叫自己爹爹，一臉茫然。

李靜訓道：「爹，我是靜訓，我沒有死，一直住在地底墓室裡。我得知李家遭難，因此特地離開墓室，設法相救。」

李敏微微皺眉，張大了口，顯然無法相信。

宇文娥英拉著丈夫的手，說道：「我原本也不信，但是敏郎，你瞧她的模樣，確實跟她三個姊姊像極了。」

李敏仔細看向李靜訓片刻，轉頭望著妻子，臉上露出溫柔的神色，說道：「不，她更像妳年輕那時。妳還記得麼？那年樂平公主替妳招親，我來到弘聖宮，為妳彈奏了一曲〈鳳求凰〉。妳掀開珠玉垂簾，望了我一眼。我偷覷到妳的半張臉，頓時驚為天人，心想：『天下怎能有如此美貌的仙子？』妳瞧，幾個女兒中，靜訓最像妳。妳當年的容色，就跟靜訓此時一模一樣。」

宇文娥英當然記得。自從那回一見以來，兩人締結姻緣，至今已有二十多年了。這許多年來，李敏一點兒也沒變，仍舊是當年那個風流蘊藉的俊美公子，仍舊知道如何哄得自己破涕為笑，哄得自己心花怒放。然而當此家破人亡之際，她又如何能笑得出來？想著往昔今境，她不禁悲從中來，撲在丈夫懷中，痛哭失聲。

李敏摟住了妻子，輕輕拍著她的背脊，低聲安慰，抬頭對李靜訓和李黃梅道：「你們先出去吧，我跟你們母親說幾句話。」

李靜訓見父母經歷生離死別，定然有許多體己話要說，便對弟弟李黃梅道：「我帶你去外面坐坐。」

姊弟兩人出了臥房，來到對面那間放滿珍奇寶貝的房室。

韓峰和通木之前並未跟進臥房，卻去了藏寶室中，瀏覽各種寶物。

通木一邊觀看，一邊嘖嘖稱奇，說道：「地底墓室之中，竟住著一位貌美如仙的少女，與這許多稀世奇珍相伴而居。我若跟人說起，只怕沒有人會相信！」

這時李靜訓姊弟走了進來，李靜訓拉著弟弟，向韓峰和通木拜倒，說道：「兩位義士冒險救出家父舍弟，靜訓粉身難報！」

通木連忙合十回禮，說道：「李姑娘、李公子快請起來。舉手之勞，何須相謝？」

李靜訓指著櫥櫃中的珍奇寶貝，說道：「我們李家什麼都沒有了，只剩下我墓裡的這些陪葬品，也算是珍貴之物。韓公子，通木師父，請兩位全數拿去，算是聊表我們的一點心意。」

通木抬頭望向滿牆的珍寶，似乎有些心動，最後仍然搖了搖頭，說道：「多謝李姑娘好意，小僧心領了。我們小鐘寺簡樸破舊，放了這些珍貴物事，也未免太不相稱了。」

韓峰也搖頭道：「我居住的寶光寺也是一般，簡陋樸素，收不得這麼珍貴的物事。李姑娘還是留下吧，日後若有需要，也可變賣應急。」

正說話間，李黃梅忽然開口道：「姊姊，我肚子餓了。」

李靜訓點點頭，說道：「好的，我去給你弄些小米糊吃。」

她回到另一邊的房室中，想起也該替父母準備一些吃的，便取了三個碗，每碗盛了半碗小米粉，加上清水，用銀杓子攪拌均勻。她在過去七年之中，每日便是以此糊口。她想起在小鐘寺中喝的甜水、吃的熱粥，心中不禁有些擔憂：「外邊的飲食好過墓中百倍，不知爹媽和弟弟吃不吃得慣這米糊？會不會嫌棄這米糊又涼又清淡無味？」

但是墓中也沒有別的食物可以吃，她叫了弟弟過來吃，自己用銀托盤裝了兩碗米糊，來到臥房門口，說道：「爹爹，媽媽，我給您們送吃的來了。」

裡面沉靜了一會兒，李敏才回答道：「是靜訓麼？進來。」

李靜訓端著銀托盤走入臥房，弟弟李黃梅也捧著自己的那碗米糊，跟了進來。但見父親李敏坐在床上，母親宇文娥英側臥在一旁，雙目閉起，神色安詳，似已睡著。夫妻二人十指交扣，顯得極爲親密溫馨，一個小瓷瓶站在母親身旁的床榻上。

李靜訓生怕吵醒母親，輕輕將托盤放在床前的矮几上，低聲道：「爹爹，你先吃一些吧。」

李敏低頭望了望那兩碗米糊，臉上露出苦澀的微笑。他招手讓一對子女過來，拉著女兒李靜訓的手，仔細觀望她的臉龐，又拍拍李黃梅的肩膀，臉上笑容越發淒苦。

他嘆了一口氣，伸手摸摸自己頭上稀疏的頭髮，疤痕滿布的臉頰，說道：「孩子們，爹爹眞不願讓你們見我這副狼狽的模樣。我入獄不過數日，便被他們折磨得如同鬼怪一般，可眞沒有面目見人了！如今李家慘遭滅門之禍，抄家滅族，此後我什麼也沒有了。你們爹爹自幼富貴，這一輩子只知道吃喝玩樂、歌舞管弦、騎馬射箭，別的什麼也不懂。你們的母親也是一般，自幼受到樂平公主的溺愛，千萬驕寵於一身，身分尊貴，心高氣傲，她又怎能忍受夫家遭禍的恥辱，而繼續活在世間呢！」

他伸手輕撫愛妻的臉頰，臉上露出溫柔的微笑，說道：「因此她已服毒自盡了。」

李靜訓聽了，大驚失色，驚叫道：「娘！」撲在母親的屍身上，痛哭起來。她這才想起，在家中西廂房中見到母親時，母親手中握著一只小瓷瓶，原來那竟是毒藥！想來當時她心中痛悔自責，已決定自盡；後來她雖跟隨女兒來到墓中，即使見到丈夫兒子平安脫險，仍未放棄死念，竟爾飲毒自盡。

李黃梅也驚得呆了，上前拉著母親的手，說不出話，也哭不出聲來。

李敏輕拍李靜訓的背脊，說道：「好孩子，多虧了妳，才讓爹爹和媽媽能夠見到彼此最後一面，安心話別，完成我們的心願。我們對不起妳，即使蒙妳相救，卻沒有勇氣活下去。爹爹這就去跟媽媽相聚了，請妳好好照顧小弟，替他找個安穩的地方棲身。至於妳自己……妳大啦，能夠照顧自己了，不用爹媽擔心了。」

他說完，伸手拿起瓷瓶，仰頭喝下，臉色頓然轉黑，緩緩躺倒，摟著宇文娥英的身子，安詳地閉上了眼睛。

李靜訓才剛剛與父母重見相認，轉眼父母便雙雙自殺，攜手同歸黃泉，雖顯得平靜喜樂，心滿意足，李靜訓卻如何能夠接受？她撲在父親身上，哭叫道：「爹！爹！」又拉著母親的手，叫道：「娘，妳別走，別扔下我！」李黃梅也伏在榻邊，放聲痛哭起來。

韓峰和通木聽見哭聲，奔過來探視，但見李敏夫婦竟爾就此自盡，也是呆了，站在一旁，不知所措。

還是通木先鎮定下來，上前探了二人的手腕，感覺已無脈搏，肌膚也逐漸冰涼。韓峰望向他，通木搖了搖頭，表示已然無救。

通木吸了一口氣，在李敏夫婦的遺體旁跪下，開始誦念往生咒。韓峰也在通木身邊跪下，跟著誦念起來。

李家姊弟仍舊號哭不止。哭了許久，姊弟二人才漸漸收淚，茫然坐在當地。

通木合十道：「兩位施主還請節哀。李居士和夫人兩位鶼鰈情深，生時結爲夫妻，死後定盼能夠同穴而葬。小僧建議，這兒既然是李姑娘的墓室，不如便將兩位先嚴先慈收殮在李姑娘的棺木中，李姑娘意下如何？」

李靜訓看了通木一眼，抹淚點頭，說道：「我的棺木雖是給小孩子做的，但是爲了盛放陪葬品，做得甚大。我想爹媽兩人一起睡在裡面，應是足夠寬敞。」

於是在通木的協助下，李靜訓扶父母並頭躺好，替他們清洗更衣，停靈八個時辰。期間通木和韓峰一齊爲二人念經超生，之後姊弟合力將父母收殮入棺。夫妻合葬，也算是了了李敏與宇文娥英二人相依相戀、恩愛一世的心願。

收殮完畢，李靜訓和弟弟李黃梅守在棺木之旁，哀哀哭泣，不捨離去。

通木和韓峰回到藏寶室，望著滿室的珍寶，心中都感到一股難言的沉鬱傷感，不約而同想到：「稀世珍寶，又怎比得上父母親情？就算擁有天下寶物，也比不上有父有母來得幸福。」

韓峰想起早逝的母親，下落不明的父親，心中也不禁感到一陣哀傷。他盤膝禪坐了一會兒，覺得一股疲倦襲上心頭，靠著石壁睡著了。

地底墓中，無日無夜。四人在墓中待了許久，也不知道外面的世界究竟過了多少時日。

韓峰醒來後，通木對他道：「我在小鐘寺還有不少鴿信需處理，這得回去了。你看李家姊弟該如何是好？」

韓峰道：「李姑娘慣居此地，出去外邊反而無法適應，或許該留下才是。至於李家公子，我想他定然無法在此住下。或許我可以帶他回去終南山，請老和尙收留他。」

通木點頭道：「這主意不錯。不如我們先去問問他們自己的意思吧。」

當下二人便去找李家姊弟，詢問二人有何打算，並說了韓峰帶李黃梅去終南山寶光寺住下的想法。

李靜訓靜默了一陣，才道：「我答應爹爹媽媽，要替弟弟找個安穩的歸宿。韓公子，你若不介意，便讓我跟你同去。待我將弟弟送到貴寺，一切安頓妥當後，我再離去，好麼？」

韓峰道：「我自然不介意，歡迎李姑娘同來敝寺。」

當下四人向李氏夫婦的棺木禮拜爲別，韓峰從洞口攀了出去，再將其餘三人用繩索引出，決定先去小鐘寺落腳。

# 第二十六章　師徒遇

通木怕人認出李黃梅，讓他坐在車中，駕車來到小鐘寺的門口。剛到小鐘寺外，但見門口站著一個中年僧人，粗眉短鬚，樣貌甚是莊嚴。

韓峰從未見過這位僧人，並不認得，通木卻滿面喜色，趕緊上前問訊道：「道信師兄！您何時來到了大興城，怎未早些通知師弟？」

那中年僧人道信微笑道：「我剛剛去終南山拜見了師伯神光老和尚，順道經過大興城，動念來你小鐘寺坐坐，想麻煩師弟替我送封鴿信回我吉州寺。」

通木道：「沒問題，沒問題。師兄請快進來。」替韓峰引見道：「峰師兄，道信禪師乃是禪宗第四代祖師，十多年前便得傳三祖僧璨的衣鉢，乃是老和尚的師侄。」

韓峰曾聽老和尚說過自己師承二祖慧可，師弟僧璨得傳二祖衣鉢，是為三祖；這位道信禪師乃是三祖的弟子，得傳禪宗衣鉢，修為想必十分精深，當即恭敬上前拜見。

通木介紹道：「韓峰師兄乃是家師的俗家弟子，少年有為，武功高強，箭術神妙。」

道信合十道：「韓峰師兄！道信有禮。」

韓峰也合十回禮，便在此時，李黃梅從馬車中探出頭來，道信見到了李黃梅，微微一怔。

道信進入小鐘寺後，便向通木詢問道：「剛才在馬車中的孩子，不知是何來歷？」

通木道：「這孩子的父母受人誣陷下獄，自盡身亡，此時他已無家可歸。我們打算讓他跟峰師兄去寶光寺，請老和尚收留。」

道信閉目思慮一陣，說道：「我瞧這個孩子面貌很不平凡。他若能修禪學法，二十年後，定可大作佛事，弘揚我宗。」

通木聞言十分驚訝，當即道：「若是如此，不如便讓李家公子跟了師兄回去，隨您修禪學法。您瞧如何？」

道信沉吟道：「不知他家人會否同意？」

通木道：「他有一個親姊姊，也在我們寺中。不如我去請問她的意思。」

當下他便去找李靜訓，告知道信禪師想收李黃梅為徒之意，並說了道信乃是禪宗四祖，修為高深，名聲遠播。

李靜訓長居地底墓室，自未曾聽過道信禪師的名頭，但她年幼時住在皇宮中，周室皇族和外祖母樂平公主都崇信佛法，聽了通木的話後，感到因緣殊勝，心中十分願意，暗想：「我原本打算讓弟弟去一間寺廟住下，如今遇到與他有緣的禪師，能夠追隨禪師學法，自是一件極好之事。」

於是她在通木的帶領下，拜見了道信禪師。道信禪師告知自己非常肯定李黃梅的潛質，盼能收他為徒，懇盼李靜訓應允。李靜訓見禪師面相莊嚴，談吐謙和平實，心中更無懷疑，當即拜謝道：「禪師乃是佛門高僧，法傳遐邇，歸者如雲。舍弟不過是個小孩子，哪裡能擔當得起禪師的法傳教訓？希望禪師包容舍弟魯鈍粗疏，多多指點於他。」

道信禪師回禮道：「貧僧誠心感謝李施主的信任託付。令弟資質極佳，乃是上上根器。貧僧定當盡心教導於他，李施主請千萬放心。」

於是道信禪師便請李黃梅來談話。兩人在禪房中長談數個時辰，李黃梅年紀雖幼，卻甚有慧根，幼年時在家中獨好佛經，又逢舉家遇劫，歷經生死邊緣，幡然有悟。他與道信禪師一場長談下，更堅定了出家學法之心，師徒一拍即合，當夜李黃梅便在小鐘寺拜道信禪師為師，剃度出家。

次日清晨，李靜訓來到禪堂，見到幾個僧人在禪堂中談話，其中一人赫然便是自己的弟弟李黃梅。

李黃梅見到姊姊，上前合十行禮，臉上滿是歡喜之色，說道：「姊姊！道信禪師昨夜幫我剃度了，賜我法名『弘忍』。」

李靜訓見弟弟新剃了光頭，身穿羅漢衫，宛然是個小沙彌模樣。她望著弟弟的稚氣未脫的面龐，心中無限感觸，說道：「我離開家時，你才七歲，如今你都已十四歲啦。現在爹媽都不在了，你要好好照顧自己，知道麼？」

李黃梅想起父母俱喪，白淨的臉上露出傷痛之色，咬著嘴唇，忍著眼淚，點了點頭。

李靜訓又道：「道信禪師是位得道高僧，你好好跟著他老人家修行，定會有所成就。我李家家門不幸，遭此橫劫。他人若問起，你千萬別說自己姓李，就說姓周好了。也別說你是來自大興城；你名叫黃梅，就說你來自黃梅吧。人家問起你幼年的事，你就說你七歲時，道信禪師來到你家，想收你爲徒。爹媽答應了，你便跟隨道信禪師回去他的道場修行。知道了麼？」

李黃梅點點頭，說道：「我知道了，姊姊。」

李靜訓退後一步，神色嚴肅，向弟弟頂禮下拜，說道：「弘忍師父！修學佛法福德深厚，請你多將功德迴向給爹爹媽媽，讓爹媽早日往生極樂世界。」

弘忍合十回禮道：「我定會將所有功德全都迴向給爹爹媽媽。」又問道：「姊姊，妳卻有何打算，準備去往何處？」

李靜訓臉上神色淡然，雙眼望向遠方，眼神堅定，緩緩地道：「你不必擔心我。姊姊自有去處。」

當日道信禪師便帶著弘忍離開了小鐘寺，回往道信禪師借居的道場吉州寺。

通木、韓峰和李靜訓三人站在寺門口相送。李靜訓望著弟弟跟在道信禪師身後走去，兩人逐漸消失在大興城的煙塵之中，輕輕嘆了一口氣。韓峰知道她眼見弟弟尋得了極佳的歸宿，放下了心，心中也十分爲她歡喜。

回到小鐘寺後，通木去鴿樓送信，韓峰見李靜訓默然站在禪堂外，便問道：「李姑娘，妳往後卻有何打算？」

李靜訓面無表情，淡淡地道：「我從哪裡來，便回哪裡去。」

韓峰雖已料想到，但仍很難相信她眞的想回到地底墓室，再去過那暗如天日的生活。他忍不住道：「妳別回去吧！不如妳跟我去終南山，寶光寺清淨平和，日子雖清苦，但大家都過得很快活。」

李靜訓臉上不露喜怒之色，對韓峰的話不置可否，靜默一陣，才緩緩說道：「我回去之前，還得做一件事。宇文述害死我全家，我得去替爹爹媽媽和李家的三十口人報仇。」

韓峰聽她神態雖平靜，但語氣堅定，顯然打定主意要去刺殺宇文述，心中不禁好生擔憂，說道：「宇文述做惡多端，確實該殺。但是他位高權重，護衛眾多，刺殺他極爲不易。李姑娘，讓我跟妳一起去。」

李靜訓搖搖頭，說道：「不敢煩勞韓公子。我要親手殺他，不需任何人幫手。我也不會正面向他挑戰，只要在夜裡潛入他的臥室，結束他的性命，那便成了。」

韓峰知道她走路無聲無息，行動有如影子一般，憑她這份本領，要趁夜潛入什麼地方，刺殺什麼人，自是輕而易舉，諒誰也難以抵禦。但此舉仍舊極爲危險，韓峰勸道：「李姑娘，妳切勿輕易犯險。妳不慣離開墓室，又不熟悉世道人情，最好在小鐘寺這兒多待一段時日，先休養好身子，再從長計議。」

李靜訓聽他一番誠心懇言，又確實感到身子十分虛弱，點了點頭，說道：「只怕叨擾了通木師父。」

韓峰道：「不要緊，我去跟通木師兄說，他一定會樂意收留照顧姑娘的。」

次日清晨，通木從鴿樓下來，手中拿著一封鴿信，皺眉道：「我剛剛得到訊息，楊觀海那廝幾日前便到處宣揚，說你已被他殺死了。想來他和徐山那日見你跌入地道中塌陷的洞穴，墮身地底，便當你已一命嗚呼了。終南山上大夥兒聽說了此事，都極爲震驚傷心，寫信來問我是不是眞的。我已回信說你好端端地活著沒死，你也快回山上去吧，別讓他們太擔心了。」

韓峰過去幾日爲李家之事奔波，無暇去想他事，這時才忽然感到歸心似箭，立即道：「是，我這就趕回終南山去。木師兄，李姑娘一心想去殺宇文述爲家人報仇，請你勸勸她，千萬別去犯險。」

通木聞言一驚，說道：「李姑娘弱不禁風，竟想去刺殺宇文述！這當然萬萬不可。」

韓峰道：「我想我最好讓她先留在你這兒，休養好了身體，再做打算。」

通木點頭道：「她若願意留在本寺，我自當好好照顧於她，勸她別做傻事。」

韓峰甚是感激，說道：「多謝師兄！李家之事原本與師兄無關，師兄卻二話不說，仗義出手相助，小弟好生感激敬佩！」

通木伸手拍拍他的肩頭，微笑道：「峰師兄，每回你來到大興城，驚險奇事似乎便特別多。救出李氏夫婦之舉，雖不如你和大師兄在洛陽城救出虞二先生那般英雄豪邁，卻也是義所當爲之事，我又怎能推辭？」

他忽然嘆了口氣，又道：「如李姑娘那般的奇人奇遇，世間只怕再也找不出第二個來了。我得見奇人，略盡一己之力相助，也是難得的機緣啊。」

韓峰見他神色語氣若有憾焉，不禁動念：「通木師兄出手相救李家，莫不是因爲他對李姑娘心生憐惜？然而他是出家人，需得遵守清規戒律，因此只能默默出手相助，什麼也不能多說。嘿，我一心幫助李姑娘，一部分難道不也是出於同樣的憐惜之情？」

他想起李靜訓在李家大宅外淚流滿面、楚楚可憐的模樣，心中仍不禁怦然而動，終於明白自己願意替她出生入死，實在沒有別的原因，全是由於她的絕世容顏，她的動人淚眼。

韓峰想到此處，不禁甚感羞慚，暗想：「韓峰啊韓峰，難道你一見到美色，便暈頭轉向了？爲了一個美貌的姑娘，你便可以出生入死，什麼都不顧了？」

他忽然想起了李晏雲，一顆心又陡然沉重起來。如果李靜訓是天上的明月，可望而不可及；那麼李晏雲便是高堂上的明珠，即使有機會近觀欣賞，卻終究不可能爲己所有。

韓峰想起在弘化與李晏雲相處的那段時日，自己曾經懷抱著多大的想望；其後得知她的婚事，又見到她的未婚夫趙慈景，一切想望立即煙消雲散，餘下的只有無盡的心痛不捨，無盡的後悔自責。

韓峰越想越難受，心亂如麻，再也難以排遣，知道自己需得趕緊回到山上，再次拾回山中的寧靜平和，心無波瀾；再次回到好兄弟小石頭身邊，讓他替自己理清一腔紊亂悲苦的情思。

注一：李渾、李敏一家受〈桃李子〉歌謠所累，因宇文述告狀而入罪滅門之事，大多依照史實。《隋書列傳第二》說李敏「美姿儀，善騎射，歌舞管弦，無不通解。」樂平公主千挑萬選，爲寶貝女兒宇文娥英挑了李敏爲夫婿；李敏因妻而貴，受封柱國，官運亨通。後來他獲罪被殺，確實是因爲他的小名是「洪兒」：「時或言敏一名洪兒，帝疑『洪』字當讖，嘗面告之，冀其引決。敏由是大懼，數與金才（即李渾）、善衡等屏人私語。宇文述知而奏之，竟與渾同誅，年三十九。其妻宇文氏，後數月亦賜鴆而終。」史書說宇文娥英在夫家遭滅門之後，也被賜毒而死。

注二：李靜訓在歷史上確有其人，如書中所述，她是李敏與宇文娥英的第四女，自幼由外祖母樂平公主楊麗華撫養長大，九歲病逝。她的地底墓室於一九五七年被發現，裡面藏滿珍貴的陪葬品。韓峰在墓中所見的種種珍奇首飾、陶瓷和明器，都是墓中實際所有。

注三：禪宗五祖弘忍，俗姓周，黃梅人。宋《高僧傳》卷第八提及，弘忍在七歲時巧遇四祖道信，道信一見到他，便讚嘆道：「此非凡童也！具體占之，止闕七大人之相不及佛矣。苟預法流，二十年後必大作佛事，勝任荷寄。」於是便派人跟隨弘忍回家，將自己的觀察對他的家人說了，並勸喻他出家。五祖的父母欣然回答道：「禪師佛法大龍，光被遠邇。緇門俊秀，歸者如雲。豈伊小騃，那堪擊訓？若垂虛受，因無留吝。」弘忍遂隨道信同去雙峰山道場，十三歲正式出家爲沙彌。

# 第二十七章　兄弟情

韓峰自然不知，自己跌入李靜訓墓室之後的五六日間，他的死訊傳回山上，寶光寺頓時陷入一片愁雲慘霧，淒風苦雨。

當時楊觀海眼見韓峰跌入地洞，以爲他已葬身地底，回到洛陽後，便得意洋洋地到處宣揚他殺死了韓峰。洛陽左近的鴿樓聽聞消息，立即傳信通知寶光寺。

小石頭收到信，見到「傳聞韓峰死於楊觀海之手」十一字，登時仰天倒下，昏暈了過去。

當時鴿樓書房中只有小石頭一個人，過了好一陣子，通吃來給小石頭送午齋時，才見到小石頭昏倒在地上，連忙搶上前扶起他，連聲問道：「小石頭，小石頭，你怎麼啦？」

小石頭悠悠醒轉，睜開眼，一見到通吃，便撲在他懷中大哭起來，哭道：「我大哥死了，我大哥死了，他被楊觀海害死了！」

通吃嚇得臉色大變，還想再問，但小石頭已哭得死去活來，再也說不出話。

通吃知道事情不好，趕緊跑回寺院，敲雲板召集大家，將幾個年紀最大的沙彌通平、通定、通安找來佛堂中，通靜正好在竹舍中整理老和尚的藥櫃，聽見雲板聲響，也趕緊奔來。

通吃低聲對眾人道：「事情不好啦，小石頭收到鴿信，說大石頭師兄死了！」

眾人都是大驚失色，通定忙問：「眞的麼？」通安道：「那怎麼可能？」通靜則問：「小石頭師兄還好麼？」

通吃搖搖頭道：「我不知道是不是眞的，只聽小石頭這麼說。我找你們來，是因爲我看他的模樣很不對勁，我們得快去鴿樓看看他！」

眾人趕緊奔往鴿樓，見小石頭仍舊坐在當地，已不再哭泣，但是臉上神情果然很不對勁，好似癡呆了一般，口中喃喃自語，不知在說些什麼。

通靜這幾年正式隨老和尚學習醫藥，識得不少文字，低頭見到了攤在案上的信，心中一跳，招手讓大家到書房外，低聲向他們說了信的內容：「傳聞韓峰死於楊觀海之手。」

眾人都是又驚又悲，目光又都集中在書房中的小石頭身上。

當時老和尚不在山上，魏居士臥病已久，一眾小沙彌見小石頭失魂落魄的模樣，都感覺不妙，彼此商議道：「小石頭傷心過度，我們可得緊緊看著他，別讓他做出傻事來。」

通定道：「小石頭師兄和他大哥兄弟情深，相依爲命，聽到這等噩耗，怎能不悲痛欲狂！大石頭師兄若眞的死了，一定不會希望見到小石頭師兄如此悲傷，傷了身子。我們得好好勸勸他。」

他腦子靈光，思慮一陣，走入書房，對小石頭說道：「小石頭師兄，這信上不是說『傳聞』麼？既是傳聞，就不一定是眞的。我們趕緊再寫信去問問清楚吧。」

然而小石頭仍舊坐在那兒發呆，好似沒見到站在自己身前的通定。

通吃、通平、通定、通安、通靜五人面面相覷，最後通定道：「通靜，妳識得字，請妳趕緊寫封鴿信去大興城，問問狀況。」

通靜甚是惶恐，說道：「我只懂得寫藥名藥方，從沒寫過鴿信。」

通吃道：「那有什麼關係？不過是問一句話，找簡單的字寫，妳一定成的，試試看吧！」

於是五個臭皮匠湊在書案旁，通吃點亮油燈，通安磨了墨，通平鋪上紙，通靜端坐案前，望著案上那張小小薄薄的信紙，腦中一片空白，抬起頭，茫然問道：「我……我該寫什麼？」

通定道：「就這麼寫吧：『峰師兄生死如何？速覆。』」

幸而這幾個字都不甚難，通靜戰戰兢兢地寫了，寫到最後一個「覆」字，她猶疑一陣，說道：「我不會寫『覆』字。」

通定道：「那就寫『速回』吧，意思也是一樣。」

通靜點點頭，寫下了「回」字，說道：「寫完啦。接下來該做什麼？」

他們全都從未送過鴿信，彼此望望，都不知道下一步該做什麼。

通靜想了想，說道：「我以往看小石頭師兄送信，都是將信捲起塞入竹管，再綁在信鴿的腳上。」

於是五人分頭在書房中搜索，找到了五十多枝竹管，上面刻有各種各樣不同的符號，卻全然不懂其中意義。眾人聚在一起七嘴八舌地討論了一陣，仍舊不知道該用哪一枝，又不敢隨便亂挑一枝，最後通定只好捧著一籃竹管來到小石頭身前，問道：「小石頭師兄，送去大興城的鴿信，該用哪一支竹管？」

小石頭仍舊呆呆地坐著，好似根本不知道通定站在自己身前。

通靜柔聲勸道：「小石頭師兄，我們一定得趕緊送信出去，才能確認峰師兄的安危。請你跟我們說吧。」

小石頭眨眨眼，雙眼一紅，用手指了指一枝刻著小鐘的竹管，便轉過身去，伏在地上大哭起來。

通靜輕拍他背安慰，小石頭卻仍哭號不止。

通吃等信紙上的墨跡乾了，趕緊將信紙捲起，塞入那枝刻著小鐘的竹管。

於是通靜留下陪伴小石頭，其餘四個小沙彌奔去鴿樓找鴿子。然而他們都不知道該將竹管綁在哪隻鴿子的腳上，通吃、通平、通定和通安商量了一會兒，通定道：「竹管刻著小鐘，大概須找腳上鐵環刻著小鐘的鴿子吧。」

於是通安自告奮勇，將鴿子一一從籠子抓出，查看鴿腳上的鐵環；直找了五六個鴿籠，才終於找到一隻腳上鐵環刻著小鐘的鴿子。他歡呼一聲，抓出鴿子，四人笨手笨腳地試圖將竹管綁在鴿腳上，但鴿子不斷掙扎，鴿爪在通吃和通定的手背上抓出好幾道血痕，只折騰得兩人哇哇大叫。幸而通安對付動物很有一套，牢牢捉住了鴿子的翅膀和雙腳，通平才終於將竹管綁在了鴿腳上。

四人噓了一口氣，小心翼翼地將鴿子抱到窗口，鬆手放出，抬頭望著牠展翅飛去，心中都感到惶惶然，彼此望望，暗想：「希望我們沒做錯了哪一步才好！」

之後小石頭沒有再哭，卻爬到鴿樓的最高層，坐在那兒發呆，也不說話，也不走動，也不吃喝。

小沙彌們怕他出事，輪流守在鴿樓下，不敢離開片刻。

當日傍晚，通吃捧著一缽饅頭餅，仰頭叫道：「小石頭，快來吃點東西吧。我們等回信時，也不能不吃東西啊！」

小石頭沒有回答。通吃只好爬上高高的梯子，將饅頭餅放在他身邊。

次日清晨通吃再來探望時，但見一缽饅頭餅原封不動地放在那兒，小石頭連碰都沒有碰。

輪到通平來陪小石頭時，他不善言詞，只爬到鴿樓上，什麼話也不說，只管默默坐在小石頭身旁陪伴。

通定則苦口婆心，不斷用各種道理勸喻小石頭，要他放寬心思，不要太過悲哀，若是傷了身子，這樣大石頭也不會樂於見到的云云。

至於通安，他則花了不少心思，從山上抓來種種奇異的蟲蛇鳥獸，一一拿給小石頭看。即使小石頭視如不見，呆若木雞，通安自顧把玩那些蟲蛇鳥獸，倒也自得其樂。

通靜則是最投入的一個；她不但煮了各種補身的湯藥來給小石頭喝，還坐在他身邊陪他掉淚，哭得比小石頭還要傷心。即使小石頭一口湯藥都沒有喝，她仍不放棄，不斷換上新的湯藥，只盼能勸得他喝下一口半口也好。

如此過了三日，通木師兄的回信終於來了。小沙彌們手忙腳亂地爬上鴿樓，抓住信鴿，取下信管，掏出信紙，交給通靜，但見上面寫道：「峰師兄在此平安即日回山。」同樣是十一個字，上回是天大的噩耗，這回卻是天大的喜訊。小沙彌們聽通靜讀出來後，都一齊歡呼起來。

通定立即奔到小石頭身邊，將信紙拿在他面前搖晃，說道：「小石頭師兄，你看，你看！大石頭師兄沒死，他就要回來了！」

小石頭這才從一片渾噩中緩緩甦醒過來，通定在他耳邊叫了老半天，他才慢慢聽得見聲音，眼睛慢慢看得見事物。他伸出手，接過那封信，仔細讀了一遍，又讀了一遍，見那確是小鐘寺通木師兄的筆跡，這才噓出一口長氣，閉上眼睛，手撫胸口，口中喃喃禱念：「多謝佛祖顯靈！多謝佛祖保佑！」

他睜開眼，抬起頭，輪番望向通吃、通平、通定、通安、通靜五人，忽然再次流下眼淚，哽咽著說不出話來。

這幾日中他經歷了難以言喻的悲傷痛苦，他以爲自己失去了世間唯一的親近好友。但是他也發現，原來自己身邊還有通吃他們這群師兄弟，個個都傻得可愛，個個都對自己一片眞心。誰說他在世間只有一個親近好友？

小石頭抹去眼淚，終於露出微笑，哽聲說道：「多謝你們！」

就在當日，老和尙也回到了山上。小石頭對自己前幾日的痛哭發傻甚感不好意思，對通吃他們道：「老和尙若問起這件事，只要稟告說我大哥沒死就好了。關於我的事，一點兒也不准提起，知道麼？」又加了一句：「峰師兄回來後，也不准對他說。知道麼？」

通吃等明白他從悲轉喜的心境，都滿口答應了。

# 第二十八章　久別逢

卻說韓峰在大興城辭別通木，當日便趕回寶光寺。臨近寺門時，他心急如火，伸手敲門。

這回開門的又是通吃，他一見到韓峰，便睜大了眼睛，伸出胖手緊緊捉住他的手臂，老早將小石頭的交代拋到九霄雲外，嘰嘰呱呱地說道：「峰師兄，你可回來了！我們聽說你被通海害死，嚇得要命，小石頭得知時，竟當場嚇昏了過去。之後他就像癡傻了一般，哭得死去活來，不吃不喝不動。後來過了幾天，我們見到通木師兄傳信回來，說你沒死，大家才放下心。小石頭等你等得好苦，這幾日他老跑到山上不知什麼地方，不管刮風下雨，他都一定去那兒等你等上半天。你快去找他吧！我想他非要見到你的面，才能安心。」

韓峰聽了，又是感動，又是擔憂，立即趕去鴿樓，卻沒找到小石頭。他想起通吃的話，知道小石頭定是去了離合崖，便往山上奔去，來到他們時時去歇息談心的離合崖上，果然見到一個人影坐在崖上的老松樹上，眼望遠方，一條腿擱在樹上，一條腿垂在樹下搖晃著，正是小石頭。

韓峰見到他，微微一怔，自己離開寶光寺三個月，小石頭看來竟消瘦了不少，難道眞是因爲擔憂自己而起？他仰頭叫道：「兄弟！」

小石頭一驚，低頭見到是他，滿面不可置信之色，呆了一會，才揉揉眼睛，一躍下樹，說道：「我不是在做夢吧？我整日坐在這兒，問老松樹你究竟是死是活，會不會回來，老松樹都快以爲我發瘋了。你眞是我大哥？快，快打我一拳，看我是醒是夢！」

韓峰又好氣，又好笑，在他肩頭搥了一拳，笑道：「別做夢了，還不快醒來！」

小石頭哎喲一聲，揉著肩頭道：「看來我不是在做夢。大哥，你沒死！可把我們擔心死了。我就知道通海那小子定是胡說八道，他怎麼可能殺得死你？」

韓峰道：「我的確跟楊觀海打了一架，情勢頗爲險惡，所幸終得全身而退。」

小石頭道：「你沒事就好了，楊觀海的事慢慢再說。大哥，你去弘化，想必見到了通雲師姊，一切可順利麼？」

這一問，正問到了韓峰的痛處上。他一想起李晏雲，心中便是一陣酸楚，長長嘆了口氣。當下說出唐國公已爲李晏雲與趙家訂下親事，描述趙慈景是個什麼樣的人物，又說了自己向李晏雲表白，她流著淚說一切都已太遲了等情。講到這裡，韓峰心中絞痛，咬緊牙根，再也說不下去。

小石頭一拍大腿，罵道：「可惡，可恨！那趙慈景算是個什麼東西，哪裡比得上我大哥？通雲師姊幹麼一定要嫁給他！」話鋒一轉，又道：「但是大哥，這並不是壞事；我早知道通雲師姊對你有意思，現在終於證實了。大哥，這可是好消息哪！你千萬不要絕望，通雲師姊又還沒眞的嫁給那姓趙的小子，我們想辦法去跟大師兄說說，請他去跟唐國公說，趕緊取消這門婚事，好不好？」

韓峰搖頭道：「不成的。我又憑什麼……憑什麼……她也不會願意的。」

小石頭明白韓峰想說自己家破人散，一無所有，憑什麼向一位貴宦小姐提親，一時也無言可答。他見韓峰如此傷心，直比自己挨了打還要難受，只能安慰道：「大哥，我知道你心裡有多難受。自己歡喜的人，卻要跟別人成親，不管是誰，都會心痛如割的。」他伸手拍拍韓峰的肩膀，又道：「你別喪氣，是唐國公沒長眼珠子，才看不到你的好處！哼，我若能將眼珠子借給唐國公用用，他立即便會取消婚事，將女兒嫁給你了！」

韓峰聽他天不怕地不怕，隨口胡說指責唐國公的不是，也不禁莞爾。

於是兩人並肩坐在離合崖上，小石頭詳細問了他在弘化的經歷，韓峰告知自己曾在唐國公身邊隨侍一陣，十分佩服唐國公的才能氣度。小石頭凝神而聽，不斷詢問細節。在聽到韓峰折返驛站，及時擋住刺客時，小石頭一拍手，讚嘆道：「大哥，幹得好！老和尚總說你禪修功夫到家，頗有覺性，果然不錯。你即使在悲傷難受之中，仍能注意到管家趙貴失蹤，更及時出手救了唐國公的性命，實在了不得！」

韓峰道：「禪修確實對我大有助益。若不是因爲我能夠進入禪定，只怕早已困死在那黑暗的地底墓室中了。」

小石頭奇道：「什麼地底墓室？」

韓峰又將自己被楊觀海和徐山騙去慈和尼寺、三人一場打鬥、自己跌入墓室、遇見李靜訓、目睹李家遭宇文述陷害、自己和通木從天牢救出李姑娘的父親和弟弟的前後說了。

小石頭只聽得張大了口，一聲不出。

韓峰見他方才不斷詢問，這時卻靜默無聲，還道自己說錯了什麼，突然想起李靜訓所唱的歌謠中曾提到小石頭，忍不住問道：「兄弟，你認識李靜訓姑娘麼？」

小石頭眼珠一轉，立即搖了搖頭，說道：「不認識，當然不認識。我怎會認識一個住在墳墓裡的姑娘？」

韓峰想起小石頭的身世之謎，壓抑不住好奇心，說道：「兄弟，楊觀海騙我去慈和尼寺時，說你的本名是宇文峘，這可是眞的？」

小石頭臉色頗爲古怪，沉默了一陣，才道：「大哥，很久以前，我們剛上山那時，我便想告訴你我的眞實姓名，你那時說你不想知道。如今你怪我一直瞞著你麼？」

韓峰道：「我哪有怪你？那時是因爲你打算單獨逃下山，一去不回，我當然不能讓你去，才不想知道你的眞實姓名。之後你再也沒有提起，我猜想你有意隱瞞，便也沒有多問。」

小石頭笑了笑，緩緩地道：「不錯，我姓宇文，名叫宇文峘。」

韓峰聽他承認自己的姓名，頓時想起楊觀海的威脅：他聲稱鮮卑之鬼正在尋找宇文峘，要取他性命，心想：「關於鮮卑之鬼的事情，楊觀海很可能只是捕風捉影，信口胡說，我還是別提起得好。」當下道：「兄弟，我問你一句，你不願說也不要緊。你是周朝宇文皇族的子孫麼？」

小石頭微微一怔，隨即苦笑道：「我哪有那麼好命？再說，什麼皇族不皇族，周朝都已滅亡三十多年啦，就算是皇族，如今也不過是一介平民百姓罷了。何況文帝當年大殺宇文氏子孫，哪還有什麼子孫留下來？」

韓峰聽他這麼說，心中雖仍疑惑，卻也不想多所探問，當下轉開話題，說道：「兄弟，你在山上都好麼？身上的傷如何？」

小石頭揮揮左手臂，笑道：「哪有不好的？你瞧，我這手臂便跟新的一樣，好似從來沒斷過一般。」

韓峰放下了心，問道：「通靜呢？她沒在這兒照顧你麼？」

小石頭哈哈一笑，又道：「老和尚前陣子將通靜送到山北的清心尼庵去住下了，我可終於耳根清淨啦！」

韓峰見他樂不可支的模樣，也不禁笑了。

兩人並肩坐在離合崖的老松樹下，談著往事心事，直到滿天星斗，才相偕下山。

當夜韓峰躺在通舖之中，想著心事，無法入睡。小石頭就睡在他身邊，和以往一般，一躺下便呼呼睡去，睡得極沉，開始打鼾。

韓峰想起李晏雲，心中又是一緊，難受之極；轉而想到小石頭對自己的的鼓勵之言，心想：「或許我不該就此放棄，或許還有一絲希望。但我卻該怎麼做才是？」

他心中煩惱已極，真想推醒小石頭，要他給自己出主意。但他知道小石頭一睡著便很難叫醒，只好作罷。忽然又想到地底墓室中的李靜訓，她的冰冷淡然、絕世美貌，和她如鬼如魅的身法、詭異淒涼的身世，都令他難以釋懷。他知道唯有李靜訓那般孤漠冷靜的性子，才能安然獨居墓中而未曾發瘋。若是換成小石頭，一定老早挖了不知多少個坑道，試圖逃出墓室了。

他側過頭，望向小石頭沉睡的臉龐，但見他和往昔一般，睡相實在令人不敢恭維。韓峰嘴角露出微笑，心想：「無論如何，我有個至交好友陪伴在身邊，實是萬分幸運之事。」

他心中再次感覺那股難言的平靜安穩，閉上眼睛，緩緩沉睡。

次日清晨，早課之後，韓峰來到竹林，向老和尚詳細報告了下山後的經歷，當然省去了自己對李晏雲一片仰慕、得知她婚事後的失望傷痛等情。

老和尚聽說李渾一家遭到陷害，舉家遭戮，深深嘆息，說道：「誰能料想到，〈桃李子〉之讖竟會害到太師李穆一家！」沉吟一陣，又道：「唐國公突然被皇帝召回，絕非好兆。只希望皇帝對桃李子讖言的疑心到此為止，莫再連累無辜了。」

韓峰想起楊觀海提起的鮮卑之鬼，心中擔憂，說道：「我見到楊觀海時，他說鮮卑之鬼正四處尋找小石頭，想取他性命。老和尚，您以為這是眞的麼？」

老和尚皺眉思索，說道：「鮮卑之鬼就算還活著，也應當早已超過一百歲了。長壽之人不是沒有，但是一百多歲的老人，實在難以相信他仍身負高強武功，能夠到處行走尋人。我以為這事並不可信，你且不必跟小石頭提起。」

韓峰應道：「是。」他聽老和尚的想法和通木十分相近，放下了心。

他想向老和尚詢問小石頭究竟是不是周朝皇室宇文氏的後裔，但又想起：「我和小石頭一起上山來時，老和尚說明了不探問追究來者的身世背景，他老人家應當並不知道小石頭的身世背景。」便沒有開口詢問。

老和尚沉吟道：「楊觀海爲何要找你，襲擊唐國公的刺客又是何人？這兩件事頗有蹊蹺，需要進一步探查。」

韓峰道：「不如讓弟子再去大興和洛陽一趟，試圖找出線索。」

老和尚搖頭道：「不必了，我先讓通天在洛陽探查一番吧。你這回下山，我感覺你的心境沒有以往那般平靜安和。你應當留在山上，在禪觀上多下功夫。而且師弟們的武功也需你多加帶領指點，你得閒時，或可開始教導師弟們射箭之術。如今天下紛亂，四處流兵甚多。武功雖能自衛，卻難以抵擋數量眾多的敵人。弟子們若懂得箭術，便多了一樣防身之技。」

韓峰應道：「是，謹遵吩咐。」

# 第二十九章　尋刺客

山上平靜無事，一切宛如昔時；韓峰每日清晨天還沒亮便起身，跟隨老和尚做早課，坐禪行香；之後帶領師弟們上山練功，挑水砍柴，種菜打掃。他逐漸感到自己的心境又恢復到下山之前那時一般，靜如止水，波瀾不驚，時時處於明覺之中，清楚明白，無牽無掛。他漸漸覺悟到，山上的生活雖一成不變，枯寂無聊，卻有著難言的珍貴；只有在這兒，他才能反璞歸眞，找回自己的本來面目。

生活上唯一變化是，在老和尚的吩咐下，韓峰開始在每日午後教小石頭和其他的師弟們射箭。

他去山上找到幾株紫杉木，砍回許多段樹枝，試著製作成弓。他從未製作過弓，只能將自己的韓家家傳寶弓當做樣本，依樣仿製；他並與小石頭和通定兩個一起討論鑽研，三人嘗試了許多回，才抓到其中訣竅，製出了六把好弓，給小石頭、通吃、通平、通定、通安和通靜使用。

小石頭之前曾承諾替韓峰在弓上刻字，這時終於找著機會，替他在弓的內側用小刀刻上了一個篆刻的「峰」字。其他小沙彌見了，也紛紛求他刻字，小石頭甚是得意，便在每人的弓上各自刻了「吃」、「平」、「定」、「安」、「靜」的篆刻，並在自己的弓上刻了一個和彈弓上一樣的「石」字。

韓峰又削竹爲箭，在箭尾嵌上山雞羽毛，做成了上百枝羽箭。他想起自己的白羽黑箭數量有限，往年在家中時，聘有工匠專門負責製作這種白羽黑箭，這時他只能自己動手，照著從家中帶出的白羽黑箭，以漆黑的硬竹製造箭身，又去山腳鐵鋪尋購精鐵做爲箭頭，漸漸能夠製造出與往年家中一般精緻的白羽黑箭。

之後韓峰便畫出箭靶，放在五丈之外，讓小沙彌們試著拉弓射箭。

等到眾人都能夠射中箭靶了，韓峰又將箭靶移到八丈外，讓師弟們練習。他自己平日練習射箭，箭靶都放在十五丈開外，一旦專心一致，屏息凝神，箭箭皆中紅心，從不例外，如有神助。

藉由教導師弟們射箭，韓峰也漸漸領悟了教授射箭的訣竅。小石頭等人的箭藝日漸進步，慢慢地都能射中十丈外的箭靶，即使無法射中紅心，至少每箭都能落到靶上，不致落空。

如此過了不到一個月，這日老和尚忽然叫了韓峰來，說道：「通天擔憂他父親的處境，我讓他回去大興城陪伴唐國公了。他離開洛陽前，查到了一些關於刺客的線索，我想讓你去一趟洛陽，繼續追查。你到無名寺尋找通果，他會跟你說明詳情。」

韓峰領命，當日便騎著追龍，下山而去。

數日之後，韓峰來到洛陽無名寺，拜見住持通果師兄。

通果見到他來，笑容滿面，說道：「峰師兄！才一陣子不見，你可幹了不少大事，名聲也越來越響亮啦。」

韓峰奇道：「什麼大事？什麼名聲響亮？」

通果道：「你相助瓦崗軍對敵張須沱手下大將秦瓊，在滎陽大海寺外，數萬士兵眾目睽睽之下，三箭將威震天下的秦瓊射下馬來，這還不是大事？如今江湖上人人都知道世間出了位少年英雄，稱你爲『神箭韓峰』哩！」

韓峰臉上一紅，說道：「我改裝出手，別人又怎會認出我？這等事情又怎會傳出去？」

通果笑道：「江湖上的消息傳得可快了。不只因爲我在鴿樓辦事才消息靈通，你想那時親眼見到你射箭的大隋和瓦崗士兵總有數萬人，自然互相詢問這位少年英雄是何來頭；聽聞你出身韓家後，又怎不會到處傳說？」

韓峰雖跟隨老和尚修行，畢竟年輕，未達寵辱不驚的修爲，聽通果如此誇讚自己，也不禁有些飄飄然。但他還是頗有覺性，想起不該增長自己的「貢高心」，當下轉開話題，問起唐國公刺客的線索。

通果臉上露出憂慮之色，說道：「當時那兩名刺客被唐國公的侍衛擒住，然而還未能逼問出任何線索，他們便已被同伴救走，只留下了那柄寶劍。大師兄持著寶劍來洛陽追尋，我幫著他四處探問，一直未有結果。後來大師兄離開後，我才湊巧遇上一位江湖人物，他告訴我那柄寶劍原是他的傳家之寶，後來卻被宇文述強奪了去。」

韓峰一驚，說道：「如此說來，指使刺客的正是宇文述？」

通果搖搖頭，說道：「事情還不這麼簡單。我懷疑刺客之事，很可能跟驍果有關。」

韓峰問道：「什麼是驍果？」

通果解釋道：「先帝初即位時，曾集天下壯士充任『驍衛軍』和『果毅軍』，併稱爲『驍果衛』，乃是皇帝的親衛禁軍。軍士都在左臂刺上血鷹，以爲標記。後來皇帝又廣徵新軍，在關中世家子弟中千挑萬選，選出身強力壯、驍勇善戰、忠誠可靠之士充任驍果，擴增至一萬餘人。而驍果的首領之一，便是宇文述的長子宇文化及。」

韓峰皺眉道：「原來如此。那兩個刺客武功甚高，確實可能出自驍果。如今我們卻該如何追查下去？」

通果道：「我想或可借重峰師兄的武功，潛入驍果的軍營，尋找線索。」

兩人於是計議，通果安排韓峰經由乞流的地道潛入驍果軍營，趁夜搜尋驍果的書信公文。

韓峰之前曾利用乞流地道潛入宇文述將軍府，這回駕輕就熟，跟著乞流弟子鑽過彎彎曲曲的地底通道，來到驍果軍營的地下。他根據通果畫的地圖，很快便找到了收藏書信公文的房室。他取了數札書信，回入地道，藉著火光瀏覽。

第一夜毫無所獲。韓峰次夜再度潛入驍果軍營，繼續探查。如此連續去了五回，才終於找到了一封書信，那是宇文化及傳給手下的命令，信中提到「於驛站下手」、「化裝爲趙家家人」、「攜寶劍、勿失手」等。韓峰大喜，當即將信帶回無名寺，給通果看了。

通果仔細審閱後，點頭道：「不錯，這信上印有驍果的飛鷹記號，應當爲眞。我原也預料如此，刺殺唐國公背後的主使人，果然便是宇文化及！」

韓峰道：「宇文化及派手下刺殺唐國公，究竟是出於皇帝之命，還是出於其父宇文述之命？」

通果沉吟道：「依我猜想，這應是皇帝的旨意。」

韓峰問道：「如果是皇帝的旨意，又何須偷偷摸摸地派人刺殺？」

通果側頭想了想，說道：「依我猜想，皇帝對那〈桃李子〉讖語深信不疑，擔憂非常，不久前才大張旗鼓地殺死了李渾李敏一家人，弄得人心惶惶。所有人都知道那是椿遭宇文述構陷誣告的冤案，但因李家應了讖語，皇帝才完全不問是非，趕盡殺絕。如今李淵是皇帝的親表哥，論地位、論親疏，都讓皇帝感到不好公然下手，才會命令宇文述設法在暗中解決了唐國公。」

他頓了頓，又道：「根據我的猜測，事情很可能是這樣的：宇文述之前曾懷疑唐國公窩藏反叛義士，親自率領手下搜索過終南山腳的李家莊園，卻一無所獲。他知道不能重施故技，再次誣陷唐國公反叛，於是決定讓兒子宇文化及下手暗殺唐國公。宇文化及於是派出兩名武功高強的驍果，帶著宇文述從那江湖人物手中奪來的寶劍，打算在唐國公回歸大興的途中刺殺他。」

韓峰沉吟道：「這麼說來，皇帝確實深信那首〈桃李子〉歌謠，已決意對唐國公下手了。」

通果道：「我想是如此。皇帝這陣子都待在洛陽，他將唐國公從弘化召回大興後，又命他來洛陽相見。唐國公不敢入朝，只好裝病。我聽宮中眼線說道，唐國公的外甥女王氏在皇帝後宮，皇帝問她：『我召妳舅舅入朝，他爲何不來？』王氏回答：『舅舅病了，無法下床。』皇帝冷笑道：『病了麼？那他能不能病死呢？』王氏將這話傳回大興告知唐國公，唐國公聽了，更加不敢來東都晉見了。」

韓峰道：「看來皇帝想除去唐國公之心，已是昭然若揭。」

通果點點頭，神色憂慮，說道：「唐國公能否逃過此劫，真要看命數造化了。皇帝不願明目張膽地對付唐國公，只會不斷派出刺客。上回楊觀海他們去找你，我想也跟此事有關。」

韓峰一驚，說道：「這又是怎麼說？」

通果道：「楊觀海和徐山兩人不但受到官府通緝，更是瓦崗軍李密的眼中釘。他們上回逃離瓦崗寨後，只能四處逃竄，躲避追捕。後來我得到消息，說宇文化及看上他們的武功，悄悄收留了他們，招攬他們替自己辦事。當時兩名驍果在驛站行刺唐國公不成，宇文化及得知你曾在弘化隨侍唐國公，便將腦筋動到你頭上，命楊觀海和徐山送信去小鐘寺騙你出來，想將你誘入陷阱殺死，然後派人扮成你的模樣，去大興城覲見唐國公，就近刺殺。」

韓峰聽到此處，不禁背脊發涼，額上冒汗，暗想：「幸好我那回跌入地底墓室，大難未死，且在數日間便脫險，不然宇文化及若當真派人扮成我去見唐國公，刺殺很可能便會成功！」

他心中擔憂，將信件送回驍果軍營後，便匆匆告別了通果，回往大興城。他原本不需進城，可以直接折返終南山，但他擔心唐國公和李晏雲的安危，決定入城去見通木，請他通知唐國公府多加留心刺客。

來到小鐘寺，開門的不是通木，卻是一個白衣少女，面貌美艷出奇，正是李靜訓。

韓峰一呆，說道：「李姑娘！妳身子好些了麼？」

但見李靜訓臉頰紅潤了一些，氣色確實好了許多，只是神情仍舊冷冰冰的，見到他並無歡喜之色，只斂衽爲禮，淡淡地道：「韓公子請進。」

韓峰知道她在墓中待久了，慣於獨處，待人處世不免冷淡漠然，也不以爲意。

通木正好從鴿樓下來，韓峰當即找他談話，兩人來到禪室坐下。

韓峰道：「李姑娘的氣色看來好得多了，想是通木師兄悉心照顧之故。」

通木臉上露出苦笑，埋怨道：「峰師兄，你當初將她留下，眞是扔了個燙手山芋給我！我這清淨禪寺之中忽然多了一位女眾，可不知有多麼不便！我一來得照顧她的飲食，讓她養好身子，二來還得苦口婆心勸她別去冒險刺殺宇文述，弄得我整日提心吊膽，忐忑不安。然而她舉目無親，無家可歸，我也只能暫且讓她安心在此住下，盼她莫要再胡思亂想。」

韓峰甚感歉然，說道：「不如我帶李姑娘回去寶光寺，讓老和尚來照拂她吧。」

通木搖了搖頭，說道：「她不會肯離開這兒的。過去這些時日之中，她日夜留在自己的單房裡，一步也不肯踏出門。今日我猜想是因爲她從窗戶見到你來了，才會特意去替你開門。」

正說話間，李靜訓悄沒聲息地走了進來，安安靜靜地坐在一旁，一言不發，臉上沒有任何表情。

韓峰望了通木一眼，通木轉頭對李靜訓一笑，又轉回身面對韓峰，咳嗽一聲，說道：「峰師兄此來有何要事，請儘管吩咐。」

韓峰跟通木默契甚佳，見通木這麼說，知道他意在告訴自己不需迴避李靜訓，便將在洛陽得知的消息都跟通木說了，並且請他通知唐國公府，小心提防刺客。

通木聽完後，說道：「我明白了。我這就去唐國公府，向府中守衛總管陳述此事，讓他們加強戒備。」

# 第三十章　身世祕

通木起身走出禪室，韓峰正要跟出，李靜訓忽然開口道：「韓公子且請留步，我有幾句話想跟你說。」

韓峰甚是驚訝，便點點頭，回到禪室坐下，說道：「李姑娘請說。」

李靜訓抬頭望著他，說道：「我聽通木師父說道，寶光寺中有個叫做小石頭的孩子，是麼？」

韓峰微微一呆，說道：「正是。姑娘為何問起？」

李靜訓道：「你和小石頭是何關係？」

韓峰道：「小石頭是我最要好的朋友。約莫兩年前，我在大興城中遇見他，他救了我的命，我們結為好友，一起投奔終南山寶光寺。李姑娘，妳也認識一個叫做小石頭的人麼？」

李靜訓沒有回答，反問道：「請問小石頭幾歲？真名是什麼？」

韓峰道：「他大約十二歲吧。我……我不知道他的真名。」他雖知道小石頭的真名是宇文峘，但也知道小石頭一直小心隱藏自己的真實姓名，因此不願輕易說出。

李靜訓點點頭，忽然從懷中取出一個兩寸高的木頭娃娃，模樣粗簡樸實，顯然是小孩兒所製。

她將那個木娃娃持在手中，觀看了一陣，才道：「我小時候在皇宮裡，有一個非常要好的玩伴。他比我小四歲，如今也該有十二歲了。我初初住進地底墓室中時，外祖母還常帶他來到墓中陪我玩。有一回他在墓中陪了我三個月，日日跟我在墓中玩捉迷藏，一起佩戴首飾珠寶，把玩各種陶俑。」

她將手中木頭娃娃交給韓峰，說道：「這是他親手做的木頭娃娃。」

韓峰甚是驚奇，伸手接過，但見那是個綁著兩條沖天辮子的女娃娃，身穿花布衣裳，臉上帶著調皮的笑容，隱約竟與小石頭的容貌有幾分近似。

他忍不住道：「妳……妳說小石頭是妳的兒時玩伴？」想起自己對小石頭述說在地底墳墓中見到李靜訓時，他異常安靜，神色頗爲奇特；當自己問他認不認識李靜訓時，他立即否認，情狀頗不尋常，心想：「莫非小石頭當眞認識李姑娘，兩人竟是童年玩伴，他卻蓄意瞞著我？」

李靜訓點了點頭，說道：「我小時候並不知道小石頭的出身來歷。外祖母樂平公主最後一次來我墓中探望我時，她才告訴我，小石頭乃是宇文皇族的最後一人。這是個絕大的祕密，如今我告訴了你，請你保守祕密，切勿外傳。」

韓峰心中一驚：「小石頭果然是宇文皇族的後裔！」當即點頭道：「我自當謹愼保守祕密。」

李靜訓道：「外祖母告訴我，除了我母親之外，她還祕密生了一個兒子。當時外高祖父篡奪周室皇位，下手盡殺周室皇族，因此她不敢讓任何人知道她懷上了周宣帝的遺腹子。這個遺腹子便是我舅舅了。他出生後，外祖母便將他藏在民間撫養。舅舅體弱多病，長大後在民間成婚，生了一個孩子，自己不久便一病去世了。外祖母便將這孩子帶回宮中，跟我養在一起。」

韓峰道：「那孩子便是小石頭了？」

李靜訓點點頭，說道：「正是。」又道：「外祖母對這孩子一直懷有很高的期望。她告訴我，她心中對周王朝宇文氏感到萬分歉疚，畢竟當年她曾當過周室的皇后，外高祖父卻趁小皇帝年幼不懂事，做出假詔書，以國丈身分掌握政權，接著篡位，讓她從皇后變成了公主，而且外高祖父又下手將宇文皇族的男子殺得一個不留。身爲前朝皇后，我外祖母自然甚感慚愧自責，認爲自己對不起周室宇文氏一族。她祕密藏起自己的遺腹子，養大我舅舅。舅舅過世後，他的孩子便是宇文皇族唯一倖存的血脈了。外祖母一心培養這個孩子，自幼便讓他學文習武，希望他長大後能替周室爭一口氣，爲宇文氏報亡國之仇。外祖母更在暗中召集往年忠於宇文皇室的故舊大臣，告知宇文皇族還留下了一位皇子，要他們輔佐他起兵復國，推翻她自己的弟弟，重建大周。」

韓峰越聽越奇，心想：「誰能料想得到，我在大興城中遇到的小乞兒，竟然是周朝僅剩的一位皇子，更懷有推翻楊廣、報仇復國之志？」一時甚覺難以置信，問道：「如果小石頭乃是宇文皇室的後裔，他又怎會離開皇室，在大興城中流浪？」

李靜訓搖了搖頭，說道：「我長年住在地底墓中，並不知外界發生了什麼事，也不知道小石頭的下落。我只曉得有一日外祖母和小石頭忽然再也不來探望我了，我那時擔憂傷心了好一陣子。我近來慢慢詢問通木師父，才知道在我住進地底墓室後的第二年，外祖母隨皇帝尋幸河西，在當地一病不起，便再也沒有回來了。我猜想外祖母人在遠地，忽然薨逝，小石頭在宮中再無依靠，很可能是跟著忠於周朝皇室的老臣逃出宮去，才會在外流浪。」

韓峰道：「原來如此。」心中疑惑，問道：「若有周朝老臣跟隨著他，我遇到小石頭時，他又怎會是孤身一人？」

李靜訓搖頭道：「我也不知。可能是那老臣去世了，也可能是他們失散了。」

韓峰將她所說想了一遍，小石頭的身世竟然如此古怪離奇，但他聽李靜訓娓娓道來，合情合理，卻又不由得他不信。

兩人相對而坐，都靜默了一陣，各自想著心事。

李靜訓忽然張口欲言，卻遲疑再三，始終沒有將話說出口。

韓峰見了，問道：「李姑娘，請問妳還有什麼事情要告訴我麼？」

李靜訓輕輕吸了一口氣，似乎終於下定決心，說道：「這其中有個更大的祕密，外祖母只道我這輩子都會住在地底墓室中，因此並沒有隱瞞我。」

韓峰忙問：「什麼祕密？」

李靜訓道：「其實我舅舅並沒有生兒子，宇文氏也並沒有留下一位皇子。」

韓峰一呆，心想：「那妳剛才跟我說的一切，豈非全是虛構？」轉念一想，說道：「姑娘的意思是，小石頭並非宇文皇室後裔，而是收養來的？」

李靜訓搖了搖頭，望了望韓峰手中的木頭娃娃，抬起頭，睜著一雙黑白分明的美目直望著韓峰，說道：「不，小石頭的確是宇文皇室的後裔，不是收養來的。只不過他不是皇子，而是個公主。她是個女孩兒。」

韓峰聽了這話，先是一驚，隨即笑了出來，說道：「我們說的小石頭，一定不是同一個人！我認識的小石頭是個男孩兒。」

李靜訓仍舊凝望著他，說道：「不，韓公子，我們說的一定是同一個人。小石頭的真名，叫做宇文峘。她是我的表妹，也是宇文皇族最後一位公主。我從小跟她一起玩到大，她當然是個女孩兒。」

韓峰聽了一怔，脫口道：「妳說妳的那位小石頭名叫……名叫宇文峘？」

李靜訓點了點頭。

韓峰仍舊搖頭，說道：「不可能的，我的兄弟小石頭怎會是個女孩兒？」

李靜訓道：「外祖母悄悄告知隋朝遺老，說她祕密保留養大了一位周室皇子，所以一直讓小石頭做男孩兒打扮。她只有跟我一起住在深宮中時，才偶爾做女兒打扮，玩些女孩兒的物事。每當她出外見人，不論讀書寫字、練武騎馬，總是做男孩兒裝扮。她自幼便慣於假扮成男孩兒，也難怪你跟她相處這麼多年，都未曾發現。」

韓峰愈聽愈奇，只聽得張大了口，不知該如何反應。

李靜訓道：「除了我弟弟外，表妹小石頭便是我在世間唯一的親人了。我聽通木師父說道，你和小石頭是再親近不過的兄弟，才決定留在這兒等你，將我所知告訴你，希望你能好好照顧她。」

她說著，指指韓峰手中的木頭娃娃，又道：「請你將這個娃娃交給她，說是靜訓姊姊給她的。告訴她我很好，不必擔心我。跟她說我一直很掛念著她，我辦完事後，一定會去終南山寶光寺找她，教她怎麼梳長長的辮子。」

韓峰聽在耳中，心中卻不敢置信，兀自掙扎猶疑，心亂如麻越發無法相信，暗想：「莫非李姑娘在墓中待了太久，腦子糊塗了？小石頭自然不是女孩子，也不可能是她兒時的玩伴。小石頭自稱名叫宇文峘，或許是巧合，也或許是他信口胡說，也未可知。」

雖然這麼想，心中畢竟無法確定，疑惑愈來愈深，一時無法理清思緒，只能將木娃娃收入懷中，說道：「李姑娘，多謝妳告訴我小石頭的身世。我……我明白了。」

他向李靜訓告別，當日便趕回終南山。

韓峰卻不知道，他離去後，李靜訓當日便也悄然離開了小鐘寺，不知所蹤。

韓峰懷著一腔的驚詫懷疑，回到了山上。他向老和尚稟報了在洛陽探訪刺客的結果後，便趕緊來到鴿樓書房尋找小石頭。

小石頭卻不在書房中。韓峰待了一陣，隱約聽見樹林中傳來笑聲，便循聲找去，來到樹林邊緣，見到一群小沙彌正在寺後的小溪中玩耍，小石頭也在其中。

他見通安陡然往前一撲，落在溪中一塊大石頭上，雙手合攏，歡喜地大叫：「你們瞧，捉到了，捉到了！這隻牛蛙可大了！準比小石頭師兄抓的那隻還要大！」

他小心翼翼地捧著手中牛蛙，快奔過來，不小心腳下一滑，整個人便栽入了溪水中。

他隨手亂抓，竟將站在一旁的小石頭也拉得摔入水裡。

小石頭和通安溼淋淋地從溪裡站起身，兩人都是狼狽萬狀。

小石頭伸手在通安的腦袋敲了一下，笑罵道：「你自己跌倒便跌倒，拉我下水做什麼？弄得我的牛蛙都跳走了，還說要跟我比較呢！」

旁觀的通吃、通平、通定、通智、通和、通剛等都哈哈大笑，通靜站在一旁的溪岸上，也不禁莞爾。

通安不服氣，舉起手上的牛蛙，說道：「你瞧，這隻牛蛙難道不比你的那隻大？」話才說完，那隻牛蛙猛然一蹦，正跳到小石頭的臉上，一時間只弄得他滿臉泥水，小石頭驚呼一聲，旁觀一眾小沙彌更是笑得前俯後仰。

小石頭趕緊伸手抹去臉上泥水，怒罵道：「好小子，竟敢放你的牛蛙偷襲我！我要你好看！」衝上前，伸手去抓通安，兩人在溪水中各自使出雷撼拳、風雲手和無影腿對打，但招招拖泥帶水，不成模樣。

通吃、通平和通定等都看得嘻哈而笑，紛紛奔上前湊熱鬧助拳，一群孩子互相潑水，玩得不亦樂乎。

韓峰在旁觀望，想起李靜訓說小石頭是個姑娘，更是她的兒時玩伴，心中越發不信，暗想：「似小石頭這般頑皮活潑的人物，怎麼看也不會是個姑娘家！」

但見小石頭在一群孩子中年紀雖然最大，個子卻不高，只比通靜高一點兒，通平和通定都已比他高一個頭了。幾個男孩兒長年練功，個個精壯結實，唯有小石頭仍舊瘦瘦小小，倒與通靜纖細的身材較爲近似。

韓峰心中疑惑又起，悄悄望著小石頭的臉面，仔細看去，他生得確實不像個男子，在一眾男孩兒當中算是較爲清秀乾淨的；但若放在女孩兒當中，又很難說得上妍麗嬌美。他的面容也並非不端正，只是表情神態、動作言語，處處都充滿了男兒氣，跟通雲的溫柔俏麗、通靜的乖巧安靜或是李靜訓的冷豔絕美截然不同。

韓峰腦中盤桓著無數疑問，陷入沉思，那邊通靜卻恰巧抬起頭，瞧見了他，喜叫道：「峰師兄回來了！」

小沙彌們一齊轉頭望向韓峰，一聲歡呼，爭先恐後地奔到他身前，一擁而上，叫道：「峰師兄！」

韓峰見他們一個個全身濕透，輪流撲到自己身上，只弄得他身上衣服濕了一片，忍不住笑著躲開，說道：「夠啦，夠啦！把我的衣衫都弄溼了。」

小石頭也奔上來，跟往昔一樣伸臂緊緊抱住了他，笑道：「大哥，我看你還不夠濕，乾脆跳進溪裡去泡一泡算了！」

韓峰忽然想到李靜訓說小石頭是個姑娘的一番話，感覺小石頭的身子的確比自己的身子纖細柔軟得多，這時被他緊緊抱著，感到他溫熱的身子貼在自己身上，心中不禁有些異樣，只讓他抱住自己一會兒，便輕輕將他推開，說道：「今日怎地大家都不用幹活兒，跑出來玩了？」

通吃笑道：「我們今日早早將活兒做完了，便去鴿樓拉了小石頭出來，比賽誰能捉到最大的牛蛙。」

小石頭舉起手，得意地道：「我捉的牛蛙最大，是我贏了！」

通安立即爭辯道：「不，是我的牛蛙最大！」

兩人你一言，我一語，又笑罵爭吵起來。

韓峰見小石頭和往常一般，與一群師弟們打鬧成一片，心中不知爲何感到有些不對勁，至於哪裡不對勁，他卻也說不上來。

眾師弟爭吵了一陣，最後小石頭哈哈一笑，說道：「不跟你們鬧了，我得回去抄鴿信啦。別忘了，我抓到的牛蛙最大，我贏了，誰都別跟我爭！」說著便往鴿樓飛奔而去。

他跑出兩步，回過頭，見韓峰沒有跟上，微微一怔。韓峰望見他疑問的眼神，便舉步在後跟上，跟著他來到鴿樓外。

小石頭回過身，微笑道：「大哥，這次你這麼快就回來啦。事情辦得順利麼？」

韓峰見他身上衣褲盡濕，說道：「快去換下濕衣褲，別著涼了。」

小石頭一笑，隨手將溼漉漉的頭髮盤在頭上，說道：「我小石頭是什麼人，哪會著涼？」但還是聽了韓峰的話，乖乖進去書房換衣。

韓峰往年從沒想過需要避忌，正要舉步跟入書房，這時卻遲疑起來，心想：「小石頭若眞是個姑娘，我怎能跟進去看一個姑娘換衣衫？」便停步站在書房之外，一股強烈的好奇趨使他想從窗縫偷望，卻又趕緊制止自己：「不成，不成！非禮勿視，我不能偷看。」忽然想起：「小石頭從未在我面前換過衣衫，確實頗爲可疑。」

他走開兩步，不自禁伸手握住了藏在懷中的木娃娃，心中掙扎，不知是否應將這木娃娃取出來給小石頭看。他心想：「如果李姑娘所說爲眞，小石頭眞的是個姑娘，卻又如何？不，我還是先觀察一陣子再說吧。」

等小石頭換好衣衫，韓峰便和往常一般，默默坐在書房陪伴小石頭抄鴿信，兩人有一搭沒一搭地聊著韓峰下山後的見聞經歷，直到晚課板聲響起，才一起去佛堂做了晚課。

# 第三十一章　朋友義

晚課過後，韓峰和小沙彌們回到通鋪，睡倒在大炕上。韓峰趁小石頭睡著之後，凝望著他的臉面好一會兒；近看之下，發現小石頭雖膚色微黑，但肌理細緻，臉形柔潤，嘴唇小巧，睫毛甚長，越看越是個姑娘家的容貌。

韓峰回想自己第一次在大興城的市集中遇見他時，他衣衫邋遢，面目骯髒，渾然是個小乞兒模樣，自然看不出他是男是女；之後二人一起入林獵鴿，一起被捉上寶光寺，一起練武幹活、挨餓受罰、吃喝睡覺，朝夕相處兩年，自己從來沒懷疑過他不是個男孩子。

這時他心中忽然升起一陣難言的擔憂恐懼：「如果他真是個姑娘怎麼辦？我還能像以往那般，和他說笑玩鬧，暢談心事麼？」

他躺在炕上，只覺煩躁難言，良久無法入睡，終於坐起身，來到寺後的空地上，獨自打了一套雷撼拳，又打了一套狂命拳，直打得滿身大汗，才回去通鋪躺倒，躺倒時不自覺地離小石頭遠了一些。

數日之後，韓峰在默默觀察之下，越來越確定小石頭是個姑娘。除了她從不在別人面前換衣衫外，韓峰也留意到她從不跟別的小沙彌一起洗澡，上茅房也總是單獨一人去。而她此時年紀略長，和其他差不多年紀的師弟們相比，幾個男孩兒身形有的高大健壯，有的瘦削精實，小石頭的體格卻纖細輕盈，肩窄腰細，已逐漸轉變成一個姑娘家的體態了。即使韓峰之前已聽李靜訓說得清清楚楚，心頭的疑惑也已盤桓了許多日，但在他確知友伴是個姑娘後，心頭仍舊震驚難已，震驚之餘還夾雜著幾分難言的失落和憤怒。他不願意失去最要好的夥伴朋友，也無法諒解自己與小石頭親近如此，她竟然自始至終瞞著自己，什麼都沒有說！

他猶豫自己是否該去找小石頭，直言向她詢問，最後仍決定：「不，我不能開口問她。一說出來，我就要失去我的至交好友了。她若當我是朋友，便當自己說出來才是。」

韓峰爲此鬱悶不已，偶爾想起李晏雲即將出嫁一事，心中更是難受。他素來沉默，小石頭雖見他時時眉頭緊皺，神色沉重憂鬱，只道他在傷心李晏雲的婚事，不斷安慰他道：「大哥，事情還有轉機，你不要放棄，不要死心，我一定會幫你想辦法的。」

韓峰每夜想起李晏雲和小石頭的事，便煩惱得難以入睡，又不能像以往那般跟小石頭暢談心事，只有更加愁悶。他只好每夜偷偷爬起身，跑去樹林中練功，偶爾對著大樹拳打腳踢，藉以發洩心中鬱悶煩惱，只弄得手上腿上都是瘀痕。

小石頭心細，老早發現韓峰的情狀有些不對頭。有一夜她假裝睡著，等韓峰離開通舖，便偷偷爬起身，打算跟去瞧瞧。

她正要下炕，月光下恰好見到韓峰枕頭旁包袱中那個小小的木頭玩偶。她一眼便認了出來，那正是自己小時候親手做的木娃娃！

她心中一震，滿身冷汗，登時明白過來：「我當時將這玩偶留在了靜訓姊姊的墓室中，如今這娃娃跑到了我大哥手中，定是靜訓姊姊交給他的。我大哥一定什麼都知道了，因此惱我得緊。」

她坐在當地，腦中也是一片混亂。她一直不願意讓韓峰知道自己的身世，更不願意讓他知道自己是個姑娘。如果可以瞞他一輩子，她定會努力地瞞下去；然而她也知道自己年紀漸長，這事情不可能永遠不露出馬腳，也料不到韓峰會陰錯陽差，遇見了表姊李靜訓，而李靜訓竟將一切都告訴了他。

她吸了一口氣，伸手取過木頭娃娃，收在懷中，下炕穿鞋，鑽出門去，悄悄跟在韓峰身後。但見韓峰來到森林中，對著一株大樹猛踢猛打，狀若顛狂。

小石頭見了，心中又是難受，又是歉疚。自從她識得韓峰起，便知道他脾氣火爆，一發作起來便不可收拾。韓峰年紀漸長後，較能自制，近來發火的次數已經很少了，這是一年來她第一次見到他發脾氣，而且最令她震驚的是，韓峰惱怒的對象竟然便是自己！

小石頭呆立了好一陣子，韓峰偶一回頭，在月光下見到小石頭站在當地，一腔怒火越發熾烈，卻又不能發作，只能靠著大樹，抱頭坐了下來。

小石頭走上前，低聲道：「大哥，你沒事麼？」

韓峰沒有回答。

小石頭在他身邊坐下，說道：「你明明惱我，爲什麼不爽快地說出來？」

若是在一兩年前，韓峰定會脫口說出：「不錯，我是惱妳。妳爲什麼要瞞著我？妳還當我是朋友麼？我什麼事情都不曾瞞著妳，然而妳的身世，妳是個姑娘這些事，妳卻始終不曾跟我說！」

然而韓峰畢竟年紀較長，能夠勉強壓抑，未曾讓胸中的怒火爆發出來，只是默默地坐著。小石頭嘆了口氣，即使他不說出口，以她對韓峰了解之深，自能猜到他心中在想些什麼。她從懷中取出那個木頭娃娃，放在身前地上。

韓峰見到木頭娃娃，不由得一呆。但聽小石頭道：「大哥，靜訓姊姊既然都跟你說了，不管你信不信，爲何不直接了當地問我？不錯，我是個姑娘，也是宇文氏的最後一個公主。如今你都知道了，那又如何？我小石頭還是小石頭，又沒有變成另一個人。」

韓峰突然聽她說得如此坦白率直，一時不知該如何回應。

小石頭又溫言道：「大哥，我們相識以來，一直是無話不談。但是有些事情，我若說將出來，只怕嚇到了你，對你也沒什麼好處，更怕給你帶來危險，因此才一直沒有說出。你別爲此怪我惱我，好麼？」

韓峰想起她特異的身世，暗想：「她竟是周室宇文皇族的最後一位公主，這等祕密原本不應輕易說出。而她之前即使跟我說了，我只怕還要不信。」又聽她求情語氣，心頭一軟，頓時又感歉疚，說道：「兄弟，我不怪妳，但我實在不能不發惱。」

小石頭點點頭，說道：「你惱我，就打我好啦，幹麼要打大樹？打樹只不過讓你自己拳疼腳青，我可不痛不癢。」

韓峰聽了，忍住笑意，卻佯怒道：「兄弟，妳若不是個姑娘，我眞想打妳一拳。」

小石頭笑道：「正因爲我是個姑娘你才惱了我，又因爲我是個姑娘而不敢打我。我說大哥哪，你可眞矛盾。」

韓峰忍不住露出微笑，心頭的惱怒早已消失得無影無蹤，暗想：「小石頭說得沒錯，不論她身世如何，她還是她，仍舊是我最知心的好友。」

小石頭神色認眞，說道：「大哥，我跟你約定，以後再也不瞞你任何事情。我們是好朋友、好兄弟，往後永遠都是如此。」說著伸出小指頭。

韓峰也伸出手指頭，跟她勾了勾，心中不禁又感到有些異樣；之前當她是好兄弟，同吃同睡都不當回事，如今發現她是個姑娘，雙手相觸，便不免有些尷尬。

但小石頭神色自若，韓峰感覺她跟之前並沒什麼不同，便也安下了心，他想了想，自己雖然沒失去好友，但事態仍頗爲嚴重，說道：「兄弟，那妳打算如何？妳如今都已十二歲了，比通靜還大上幾歲，總不能永遠這麼瞞下去吧？」

小石頭皺起眉頭，連連搖頭，伸出一根手指，指著他道：「喂，喂！你聽好了，這事情你可千萬不准告訴別人！我可不想跟通靜一樣，被迫搬到老遠的清心尼庵去，那可有多無趣啊！只要你不說，誰也不會發現的。」

韓峰心想自己與小石頭親密如此，也未曾發現她是個姑娘，通吃等其他人自然更加不可能會發現了。他搖頭道：「但是妳一個姑娘，怎能再跟大夥兒睡同一間通鋪？而且妳年紀慢慢大起來，住在寺院中自有種種不便，這事怎能不向老和尚稟報？」

小石頭不斷搖頭，說道：「大哥，你若當我是朋友，便一定得替我守住這個祕密。我是男是女，其實並沒有什麼大關係。什麼周朝皇室，什麼宇文氏最後一位公主，那些全都是個屁。周室已經滅亡三十多年啦，早在我出生前便是國破家亡的局面，我爹爹已是個在民間生長的平民百姓，從來沒踏入皇宮一步，也沒享受過一日的皇族生活。我是因爲被祖母樂平公主收養，才有機會住進隋朝皇宮，跟靜訓姊姊一起過了一段養尊處優的日子。但是祖母心裡也很清楚，她一去世，我和靜訓姊姊的日子就都不好過了。她讓靜訓姊姊裝死躲入地底墓室中，就是一廂情願地想保住姊姊的性命，寧可犧牲姊姊的青春和一生，也在所不惜。」

韓峰搖頭道：「樂平公主讓李姑娘小小年紀便假死住進墓中，確實有些異想天開。」

小石頭道：「可不是？我那時覺得我祖母眞是瘋了。我問了她好幾次，她才悄悄跟我說，因爲皇宮和京城裡很多人都見過靜訓姊姊，她的父母也在城裡，因此一定得讓她裝死，才能將她隱藏得天衣無縫。祖母原本打算過幾年後，再將靜訓姊姊接出來，安頓在一個遙遠隱密的地方，但沒想到她隔年便猝死，更沒來得及接靜訓姊姊出來。靜訓姊姊被關在墓中，不知道出墓的道路，也不知道出來之後可以去哪兒，算算在地底也待了七年啦。」

韓峰問道：「她說妳曾跟她一塊兒在墓中待了三個月，妳沒有回去找她麼？」

小石頭搖搖頭，說道：「祖母去世時，我才只有六歲。我只知道靜訓姊姊的墓室位在一間尼庵的地底下，也不知道通往墓室的暗門祕道位在何處。而且那時我已被趕出皇宮，倉皇逃出大興城，根本不可能回去找靜訓姊姊，更別說救她出來了。」

韓峰問道：「妳怎會被趕出皇宮？」

小石頭道：「這就說來話長了。靜訓姊姊不知有沒有跟你說過，我祖母樂平公主一心想讓我反隋復周，召集了一批周室老臣來輔佐我。然而那些所謂的周室老臣，很多都已在隋朝當了大官，根本沒有半點反隋復周的心思。宇文述就是其中一個。我祖母以爲他姓宇文，往年又曾受到大冢宰宇文護和宣帝宇文贇的信任提拔，應當很願意擁護我這個宇文血脈的唯一傳人，幫助我一報國仇家恨。」

韓峰搖頭道：「宇文述是一匹只顧自己利益的豺狼，心中毫無是非義理，絕對不可信任。他連自己的妹婿李渾一家，包括李敏、宇文娥英等都害了，殘狠無比，又怎會幫助妳這個前朝公主？」

小石頭點頭道：「沒錯，如今你我都知道宇文述的爲人，但是當時我祖母卻不知道，將皇子的事情全都告訴了他。後來我祖母才發現了宇文述狼心狗肺，不可信任，但她之前已告訴宇文述關於我的事情，後來爲了掩飾，她又對宇文述說我其實是個女孩兒，不必再去想什麼復國報仇的事了。宇文述將信將疑，卻因爲我住在皇宮之中，他也無法來查證我究竟是皇子還是公主。但是不管我是男是女，他都極想舉報給皇帝知道，將我捉起殺死，那可是大功一件。後來，祖母在河西染病，她知道我的處境非常危險，立即傳了一封急信回皇宮，讓我繼續裝扮成個男孩兒，連夜逃走。那時情勢緊急，祖母也來不及做出什麼嚴密的安排，只派了一個親信陪我逃走。宇文述反應很快，眼見祖母病危，立即傳下密令，在皇宮和大興城內外搜索一個六歲的女孩兒。」

她頓了頓，續道：「我們那時回不了皇宮，連大興城也不敢多留，只能在外地四處流浪。祖母的這個親信教我如何打獵，如何行走江湖。但是不久之後，我便和這人失散了。

此後我便完完全全是孤單一人，在世間無依無靠，還得扮好男孩兒，小心躲避宇文述的追捕。我流浪了許多年，錢花光了，就四處乞討打獵，有時乾脆偷東西來吃。我那年回到大興城，實在是走投無路了，才想去尋找傳說中的寶光寺。經過大興城時，我想起靜訓姊姊，動念想去尋找她的墓室，打算向她討一些陪葬的珍寶出來變賣，好多混個幾年。後來我找不到墓室的入口，只索罷了，卻在都會市上遇到了你。」

她說到此處，攤了攤手，說道：「總而言之，我最好繼續裝做是個男孩兒，免得被宇文述追查出來，我這什麼前朝公主便要一命嗚呼了。」

韓峰聽了，這才明白她怎會小小年紀，便孤身一人四處流浪，又怎會懷有白狐裘這樣貴重的珍貴寶物。

他心中甚感疑惑，又問道：「妳那時才六歲，樂平公主怎能讓妳出外流浪，卻不將妳安頓在什麼地方？」

小石頭聳聳肩，笑道：「她原本想讓我也住進靜訓姊姊的墓室裡去，但是我生性跳脫叛逆，在那兒住了一陣子，就受不了墓裡的枯燥寂靜，大吵大鬧，死活要出來。她拿我沒辦法，知道地底墓室終究關不住我。後來她驟然得病，很多事情都沒來得及安排，也只能就這麼讓我在外流浪了。」

韓峰點點頭，望著小石頭，心想：「她出身皇宮，見多了人心險詐，又在外孤身流浪了這許多年，才會磨練得如此精靈老成。」

他在聽聞李靜訓的身世後，對李靜訓甚感憐惜；在聽了小石頭的身世後，卻對她油然生起敬意。這個小姑娘堅忍強韌，遠勝自己；她的出身比自己更加高貴，卻淪爲乞兒，即使世間舉目無親，只剩下她孤身一人，她卻全無自憐自傷之情，仍舊樂觀快活，開朗自得，委實不易。

韓峰原本只道發現好友是個姑娘後，兩人之間將生起隔閡；然而出乎他的意料之外，經過這場交心長談，兩人的友情益發穩固，一切就跟往昔一般，韓峰在她身旁仍舊感到非常自在，仍舊可以無話不談。

唯一不同的是，他仍意識到兩人男女有別，會盡量避免碰觸到她的手腳身子，坐在一起時，也離她稍稍遠了一些。夜晚雖仍同舖而眠，韓峰總讓她睡在角落裡，自己離得遠遠地，中間還特意用枕頭和棉被隔開。

小石頭卻似乎完全不在意，仍舊和以往一般，整日與一群小沙彌們同吃同睡，爭吵玩鬧，打成一片。

注：歷史上周宣帝楊皇后楊麗華對父親楊堅篡隋十分不滿，甚至感到憤怒惋惜，她的這些情緒在言語和臉色上表露無遺。故事中說她在暗中圖謀反隋復周，應是十分可能可信的。《周書．卷九》云：「……知其父有異圖，意頗不平，形於言色。及行禪代，憤惋逾甚。隋文帝既不能譴責，內甚愧之。開皇六年，封后爲樂平公主。後又議奪其志，后誓不許，乃止。大業五年，從煬帝幸張掖，殂於河西，年四十九。煬帝還京，詔有司備禮，祔葬后於定陵。」

# 第三十二章　雁門圍

這日，小石頭匆匆從鴿樓奔出，在柴房外找到了正在劈柴的韓峰，神色極爲興奮，說道：「大哥快來，有大消息哪！」

她拉著韓峰來到僻靜處，神祕地道：「我接到消息，楊廣不知哪根筋不對，忽然跑到雁門關去巡視，結果惹惱了突厥人，突厥首領始畢可汗發動十萬騎兵，包圍了雁門郡！雁門郡下四十一城，幾日之間，突厥便攻破了三十九個，只剩下雁門郡城和另一個城還沒失陷。楊廣躲在雁門郡城中，逃不出來，趕緊寫了個詔令，讓天下諸郡募兵召勇，齊去救援。突厥包圍嚴密，信使闖不出去，楊廣只好將詔書投入河中，順流而下，被五臺山塔院寺的僧人發現了，才趕緊發鴿信通報各地。」

韓峰聽了，甚感驚奇，忙問：「眞有這回事？」

小石頭點頭道：「當然是眞的。聽說各地都已開始招兵勤王，趕著去援救皇帝了。」

韓峰皺眉道：「最好誰也別去救，就讓他被突厥人捉去算了。」

小石頭道：「可不是？我得趕緊將此事稟報給老和尚知道。」

她飛奔去竹林，將鴿信呈給老和尚看了。

老和尚沉吟一陣，說道：「小石頭，請你立即替我寫信給唐國公，讓通天即刻啓程，趕去雁門援救皇帝。」

小石頭一呆，問道：「老和尚，這卻是爲何？」

老和尚道：「皇帝將唐國公從弘化召回大興城，就是表示不信任他，甚至有殺他的意圖。那首〈桃李子〉歌謠讓皇帝對天下所有姓李的人都心存懷疑，他聽信宇文述的誣告，連勢力龐大的李渾一家都可滅絕；唐國公李淵姓李，名字也帶有水字邊，正符合歌謠的指稱。皇帝早已有心除去唐國公，三番兩次派遣刺客出來暗殺，情勢險惡。如今唐國公若要自保，唯有盡力表現出對皇帝忠心耿耿，絕無二心。通天驍勇善戰，他若能親自去雁門勤王，救援遇險的皇帝，皇帝眼見唐國公在他遇上危難時奮力相救，很可能會心存感激，減低對唐國公的疑慮。」

小石頭聽了，點頭道：「老和尚說得甚是。」眼珠一轉，說道：「唐國公和大師兄便在大興城，這其中利害，最好能有人去當面跟兩位陳說。寫信雖快，卻怕說不清楚。老和尚，不如我跑一趟大興，當面跟大師兄陳說這件事，好麼？」

老和尚望著他，似乎看穿他的意圖，靜默未答。

小石頭被他看得頭皮發麻，又道：「我好久沒有下山啦，整日待在鴿樓抄信送信，實在沉悶得很。剛好魏居士近來身子好了一些，可以主持鴿樓諸事。我的武功雖比不過我大哥，但也算是不錯的了。我身上的傷老早完全恢復了，您該讓我多下山去，歷練一下，不然我怎麼能增長見識呢？」

老和尚思考一陣，說道：「應當讓韓峰去。」

小石頭忙道：「那可不行。要是二師兄哪天突然回來了，我大哥若不在，我們全要完蛋。再說，寺中挑水種菜等等活兒都是我大哥帶領大夥做的，眼下寺後的農地正需要耕種，他若離去，我可擔不起這許多粗重活兒。」

老和尚嘆了口氣，說道：「好吧。那麼你便去一趟大興城，跟大師兄說明此事，快去快回。魏居士近來身體大不如前，鴿樓的事情還須倚靠你了。」

小石頭大喜，行禮道：「多謝老和尚！」飛奔出了竹林，立即去向韓峰說了此事。

韓峰聽說她要下山，登覺不妥，脫口道：「不行！妳一個小……小孩子，怎能單獨下山？」他本想說「小姑娘」，但知道小石頭會不高興，又怕被人聽見，才趕緊改口。

小石頭撇嘴道：「為什麼不能？上山之前，我已經一個人在外流浪了四年，如今我都十二歲了，武功也比以往高了許多。你能下山辦事，我為什麼不能？老和尚說了，你不能去，因為你素來負責帶領大家練武幹活兒，山上少不了你。我離開幾日倒是沒有關係，鴿樓橫直有魏居士主持。」

她壓低聲音，又道：「而且我老早便想去找大師兄，當面跟他說說你和通雲師姊的事情。」

韓峰臉上一紅，更覺不妥，說道：「不成！妳不能去。我去跟老和尚說，讓我跑一趟便是。」

小石頭側頭望向他，說道：「大哥，難道你想當面跟大師兄說，你想請唐國公替女兒退婚？不是我要取笑你，我瞧你絕對不敢！這等事兒，還是交給我這等臉皮厚一點的人來幹吧。」

韓峰無話可說，但他始終掛念著楊觀海所言，傳說中天下邪門武功第一的「鮮卑之鬼」正在四處尋找追殺小石頭，他曾向老和尚報告此事，老和尚認爲並不可信，因此他始終未曾跟小石頭提起。這時他不斷搖頭，說道：「妳整日抄送鴿信，與聞天下機密，而且宇文述說不定還在追查妳的下落，如此獨自下山，實在太過危險。」

小石頭搖頭道：「我可不怕宇文述。我見過他好幾回了，他都沒認出我來。只要你替我保守祕密，誰也不會知道我的身世。再說，天下沒有多少人知道我在這兒負責抄鴿信，又怎會無端找上我？你別太過擔心了，我懂得照顧自己。倒是你，才老讓人操心！通雲師姊的事兒，你總不聽我的話，才弄到今日不可收拾的地步。你若還不讓我出馬去幫你收拾殘局，難道眞想讓通雲師姊嫁給那姓趙的小子，讓自己一世不痛快？」

韓峰無言可答，只好閉上嘴，心中擔憂卻絲毫不減。

小石頭當即興沖沖地收拾了一個小包袱，向老和尚告別，準備下山。

韓峰想借追龍給她騎，小石頭卻道：「我不慣騎馬，更怕弄傷弄丟了你的寶貝追龍。我去大興城一趟，不過大半日路程，哪裡需要用到馬？我還是用走的吧。」

韓峰始終不放心，跟著她走了一段，直送她到終南山腳，仍不離去。小石頭道：「大哥，你回去吧。你再跟下去，就要跟進唐國公府了。」

韓峰才不得不停步，目送著小石頭徒步往北行去，心想：「過去幾年中，向來都是小石頭送我下山，這倒是第一回換成我送她離去。」

他思前想後，難以壓抑心中的擔憂思念，一路上山，一路不斷地回頭遙望，暗想：「每回我離去時，小石頭想必也是如此掛念擔憂，數著日子等我回來。如今換成我留在山上，而小石頭下山又還是爲了我和通雲之事……」這麼一想，未來的日子可是更難熬了。

他只道小石頭此去大興城，不過是晉見唐國公，面陳老和尚的指示，最多兩三日便會回來；他若是知道小石頭的計畫，如何也不會放心讓她去這一趟。

小石頭入城之後，便先去造訪聞名已久的小鐘寺，拜見通木師兄。

通木見小石頭到來，甚是歡喜，連忙請入寺中，笑道：「小石頭師兄，咱們交換鴿信已有許多年了，你大哥也多次提起你，這卻是我第一回見到你的廬山眞面目！」

小石頭笑道：「我對通木師兄也是久仰大名了。我大哥說你滿肚子智計，是他見過最聰明沉著的人。」

通木哈哈一笑，說道：「聽人說你小小年紀，便伶牙俐齒，果眞一點不錯。怎麼，你一來便大大地恭維我一番，滿嘴好話，莫非有事相求？」

小石頭眨眨眼，微笑道：「通木師兄果然厲害，什麼都瞞不過師兄。事情是這樣的，老和尚派我來大興城晉見唐國公，勸他立即派大師兄去雁門關，設法解救皇帝，好昭示唐國公的忠心耿耿，消除皇帝的疑心。」

通木點點頭，說道：「老和尚深謀遠慮。然而你想求我什麼？」

小石頭道：「老和尚讓我傳完話便回去，但我想跟著大師兄一起去雁門關。通木師兄，可否請你在五日之後，寫封信送回寶光寺，就說大師兄帶了我一起去雁門關，人已出發，追不回來了，好麼？」

通木側眼望著他，問道：「行軍打仗可不是好玩的事兒。你一個小孩子，好端端地，爲何要跟去邊疆戰地涉險？」

小石頭道：「天機不可洩漏。老和尚對我恩情深重，魏居士也如同我的至親長輩一般，我在鴿樓的活兒幹得多麼愜意，離開幾日都不捨得。這回實在是爲了我大哥韓峰，才不得不偷偷離開一陣子，事情辦完了之後，定會立即回來。總之懇請師兄幫我這個忙，小石頭欠你一份情，日後定當盡力報答！」說著不斷向通木行禮。

通木早聽聞小石頭年紀雖小，心計卻多，這回不知想搞什麼鬼；但他一年多來在鴿樓辦事極爲可靠，老和尚和魏居士都對他十分信任倚賴，實是寶光寺鴿樓最得力的助手。通木也知道小石頭和韓峰比親兄弟還要親，韓峰仍在山上，不怕他不回來。他心想：「小石頭既想跟隨大師兄去雁門關，誰也攔他不住，不如便讓他去了罷。」當下笑笑說道：「自己師兄弟，還說什麼報答不報答？這樣吧，你以後鴿信的字別寫得那麼整齊好不好？免得老和尚老是挑剔我的字寫得歪歪斜斜。」

小石頭哈哈笑道：「那有什麼難的？我一定照辦。如此我先多謝師兄了！」

她辭別了通木後，便來到通義里西南唐國公府邸，請門房傳話，說終南山小石頭來求見二世子。

門房進去通報，不久便請小石頭進去，來到一間小廳。

李世民坐在廳中，他全沒想到小石頭竟會跑下山來找自己，好生驚喜，站起身道：「小石頭，你怎麼來了？」

小石頭笑道：「當然是老和尚派我來的。大師兄，最近發生了一件大事，你想必已知道了吧？」

李世民揚眉道：「你是說雁門關的事？你也知道了？」

小石頭道：「我在鴿樓幹活兒，皇帝被突厥圍困之事，我可是天下最早知道的幾個人之一。老和尚派我來此，是希望我當面跟唐國公和大師兄說說這件事。」

李世民道：「你快說。」

小石頭當下將老和尚希望唐國公派他去勤王解圍之事說了，並說唯有如此，才能解除皇帝對李家的懷疑。

李世民一拍大腿，說道：「我一聽見這消息，便覺得我應該趕去雁門關，但是父親不同意。如今老和尚都這麼說了，爹爹一定會讓我去的。來，請你當面跟我爹爹陳說此事，讓他知道老和尚的想法和我一致。」

小石頭道：「好，我這便跟大師兄去拜見唐國公。」

於是李世民便請人去傳話，說老和尚派了弟子來，有事稟告父親。小石頭趕忙整整衣衫，理理頭髮，弄得儀表可以見得人了，才跟著大師兄去晉見唐國公。

兩人來到唐國公的書房，但見唐國公身形肥胖，面目慈和，小石頭心想：「大哥形容得十分傳神，唐國公的樣貌果然頗似一位老婦人。」

李世民向父親介紹道：「爹爹，這位是寶光寺的石師弟，專程替神光老和尚帶話來給您。」

小石頭向唐國公磕頭拜見，說道：「晚輩石峘，叩見唐國公。老和尚命晚輩代他老人家向唐國公問訊問安。」

李淵微笑道：「快起來！有勞小兄弟跑這一趟。請問老和尚有何吩咐？」

小石頭起身之後，神態從容鎮定，聲音清亮，緩緩說道：「老和尚遣弟子來向唐國公面稟一件要事，祈請垂鑒。他老人家得知洛陽〈桃李子〉歌謠之事，也聽聞了李渾一家遇害的前後。今上多疑暴虐，唐國公的尊姓名又應了〈桃李子〉讖語，因此老和尚非常憂心唐國公的安危。他認為皇帝將您從弘化召回大興城，絕非吉兆，顯示皇帝不放心讓您在外據地領兵，坐鎮一方。如今您回到京師，皇帝喜怒無常，隨時能聽信誣告，陷您一家入罪。眼下皇帝在雁門關受困，正是您向皇帝表明心跡的大好機會。二世子勇武多智，若能親自去雁門關，爲皇帝解圍盡一分力，皇帝在生死危難之中，最能感受到臣下的忠誠愛君之忱，見到二世子親來相救，定會銘感於心，想起唐國公畢竟是他的親表兄弟，重新對您信任重用。」

唐國公聽他年紀雖小，卻將事情始末說得清清楚楚，措詞婉轉誠懇，條理分明，不禁微微點頭，思慮一陣，嘆了口氣，說道：「老和尚的見解甚是。但是我卻擔心世民若率領手下壯士前去勤王，讓皇帝見到他的武勇才幹，會對我家更加警戒提防。」

小石頭反應甚快，眼睛一轉，立即答道：「唐國公擔心得有理。然而世子不必出此鋒頭，只需投效一位將軍麾下便可。如今離雁門關最近的應是雲定興將軍，世子可帶著百名壯士前去投效，有何功勞，盡皆歸於雲將軍便是。只要讓皇帝知道世子奮力趕去相救，人到了雁門關，關心情切，便已足夠了。」

唐國公點頭道：「你說得甚是。老和尚深具遠見，應當不錯。好，世民，就這麼辦吧！」

李世民甚是歡喜，躬身領命，說道：「謹遵父王之命，我立即便啓程！」帶著小石頭一起退出。

小石頭心想：「唐國公外表溫和仁慈，其實思慮縝密，決斷明快，對自身處境之危也十分清楚。要勸得他退了通雲師姊的婚事，還得下一番功夫。」

她又想：「我在唐國公跟前，不過是個初見面的小輩，說不上話。我得勸得大師兄願意去替我做說客，事情才有轉機。大師兄精明警醒，卻不見得會被我說動，我得謹慎行事。」

# 第三十三章 探心意

李世民出來之後，忍不住拍拍小石頭的肩膀，笑道：「你小小年紀，口才卻是一流！幾句話之間，便說服了家父。」

小石頭笑道：「我不過是轉述老和尚的意思，唐國公認爲老和尚深具遠見，才接納了建議，跟我的口才有什麼關係？」趁機扯謊道：「大師兄，老和尚不只命我來面稟唐國公，更希望我跟著你一塊兒去雁門關。他說我整日窩在山上，人都傻了，應當出來開開眼界，長長見識。」

李世民喜道：「那太好了！你哪裡傻了？你的腦子再靈活不過，路上定能幫我出謀出策。」

小石頭笑道：「大師兄過獎了。說起謀策，哪有人比得上大師兄？」嘆了口氣，又道：「咱們寶光寺幹的就是反叛的事，整日想的就是推翻楊廣。如今他在雁門被突厥人包圍，我們竟然還得想辦法去救他，這也未免太諷刺了！」

李世民拍拍他的肩膀，說道：「我的心思跟你一般一致。楊廣遲早會被叛軍推翻的，對此我毫無疑惑。我擔心的是他被突厥始畢可汗俘虜。始畢可汗野心甚大，定會挾皇帝以威脅朝廷，勒索贖金，甚至要求割讓土地。又或是皇帝死於突厥之手，突厥聲勢大振，很可能將挾威侵略中土。總之皇帝落入外族手中，對國家風險甚大，絕非好事。」

小石頭點頭道：「大師兄說得甚是。」心想：「大師兄的視野胸襟，與他父親相比實是不遑多讓。他現在年紀還輕，未來實不可限量。」

當日李世民忙著召集手下壯士，準備兵器馬糧，小石頭便趁機去找通雲師姊。她笑嘻嘻地向李家家人詢問五姑娘的住處，李家家人見這孩子和善可親，又是二世子的客人，便欣然領她去往李晏雲居住的廂房。

小石頭來到李晏雲的門外，伸手敲門，喚道：「通雲師姊！」

李晏雲聽這聲音好生熟悉，開門見是小石頭，滿面驚訝，連忙讓他進來，說道：「小石頭？你怎會跑來這兒？」

小石頭道：「老和尚派我來找大師兄，跟他一塊兒去雁門關解救皇帝。」當下簡單說了皇帝被突厥圍困之事。

李晏雲聽了，甚是興奮，顯得躍躍欲試，說道：「我竟不知發生了這等大事！我跟你們一起去！」

小石頭拍手道：「太好了，師姊就該跟我們跑一趟塞外，出去透透氣！如果唐國公不許，妳便偷偷跟來，誰也不會知道。」

李晏雲卻知道自己不能如此任性，嘆了一口氣，神色轉爲沮喪憂鬱，搖頭道：「不成的……我就快成婚了，我娘不會讓我到處亂跑的。」

小石頭裝出吃驚之色，說道：「師姊，妳要出嫁了？妳要嫁給誰？」

李晏雲神色越發消沉憂傷，說道：「你大哥沒有跟你說麼？我爹已跟趙家訂下親事了。」

小石頭連連搖頭，說道：「我大哥確實跟我說過，但是我壓根兒就不信！我說師姊這樣一位堅毅豪爽的女中英雄，怎會願意嫁給一個手無縛雞之力的文弱公子？那不是將一朵鮮花插在牛糞上了麼？」

李晏雲聽了，心中更加難受，淚水盈眶，搖頭道：「我……我也不願意！但是我爹爹替我作的主，我又怎能違抗？」

小石頭凝視著她，說道：「師姊，我問妳一句話，請妳老實回答，好麼？」

李晏雲低頭拭淚，說道：「你問吧。」

小石頭道：「若讓妳自己挑選，妳會願意跟趙慈景公子在一起，還是跟我大哥在一起？」

李晏雲臉色一變，惱道：「是你大哥讓你來問我的麼？」

小石頭道：「不，是我自己想問妳的。我只知道我大哥對師姊一片癡心，自從師姊離去後，他沒有一天不掛念著妳。如果我大哥得知自己此生無緣與師姊相聚，只怕會心痛而死哪！」

李晏雲聞言轉過身去，怒道：「小石頭，你走吧，不要再來找我了！」

小石頭卻不走，反而伸手拉住她的衣袖，哀求道：「師姊，我大哥心裡難過得要命，回到山上之後，對著我痛哭了好幾次，後悔自責不已。他對妳的心意非常眞誠，只是他一直自認配不上妳，才不敢向妳透露半點心事。唉，師姊，妳心裡不痛快，我也都知道。我只盼自己能幫得上忙！妳若相信我，便讓我去試試讓令尊改變心意，好麼？說實話，我若不去試試，這麼下去，我大哥和妳一定都會一生傷心的。」

李晏雲聽了，又開始掉淚，低下頭沒有言語。

小石頭道：「師姊請放心，我跟隨大師兄去雁門關，這一去應當不會太久。妳的婚期還未訂下，我會儘快想辦法的。只要能讓師姊和我大哥有情人終成眷屬，我就心滿意足了。」

李晏雲靜了半晌，才終於回過頭來，點了點頭，咬著嘴唇，說道：「小石頭，你大哥對你如此信任，你眞沒有辜負了他！」

小石頭一笑，說道：「我大哥是我在世間最親近的人。爲了他，我做什麼都是心甘情願。」

小石頭離去之後，李晏雲坐在房中，想著小石頭剛才說的言語，心中忽然感到一陣舒坦輕快，對未來生起了一線希望。

過去數月之中，她一想到自己的婚事，一有人提起「準姑爺」趙慈景，便滿腹煩惱痛苦，滿心悲傷無奈。她也時時想起韓峰，雖惱恨他木訥遲鈍，不善言詞，但不論怎麼比較，韓峰都比趙慈景好上千百倍；即使他家破人亡，沒有任何家財地位，但他志氣高遠，勤懇紮實，武功箭術超人，是個能讓她眞心敬重的人。最重要的是，自己對他傾心，他也對自己有情。

然而她也曾懷疑過，韓峰究竟有多麼在意自己？他在得知自己有婚約之後，並沒有露出明顯的痛苦憂愁，彷彿處之淡然；她爲此曾惱怒煩憂了許久。然而她在聽了小石頭的一番話後，心頭感到踏實得多了；原來韓峰確實十分在意自己，對自己懷藏深情，才會在山上對著小石頭痛哭自責，後悔傷心不已。

想到小石頭，李晏雲不知爲何忽然又有一股難言的不安，彷彿對小石頭這個孩子有種莫名的疑懼害怕。

她想了很久，才終於明白：「我在害怕什麼？是了，我害怕韓大哥和小石頭太過親近，小石頭只要說一句話，便能動搖改變韓大哥的心意。在山上時我便已看出，韓大哥倔強脾氣發作時，只有小石頭能夠勸得住他。韓大哥平日沉鬱寡言，只有跟小石頭在一起時，才會敞開心胸，無話不談。在他心中，這個小兄弟只怕比我還要重要得多。」

然而更加讓她擔憂焦慮的是，她在山上曾負責傳授小石頭輕功，朝夕相處，就近觀察，早已暗中猜知小石頭其實是個女孩兒。但她也知道韓峰一定不知此事，才會跟小石頭親近如斯，玩笑打鬧，同吃同睡，毫無避忌。她只希望韓峰永遠都別發現。

李晏雲望著窗外，盡力安慰自己，心想：「我又何必去想這麼多？只要小石頭能幫助我退了趙家的婚事，我得與韓大哥在一起，那就再好不過了。她畢竟不是韓大哥的親兄弟或親姊妹，終歸不會長久跟在他的身邊。只要韓大哥來到我身邊，他總會慢慢淡忘山上的事情，淡忘小石頭的。」

卻說李世民率領了一百名手下壯士，挑選了百來匹駿馬，帶著小石頭，即日便出發往西北方趕去。一行人朝行夜宿，腳程極快，數日之後，便在太原以北追上了雲定興的軍隊。

小石頭已經很久沒有騎馬了，更沒有來過北方邊地，觸目只見草原寬廣無邊，一望無際，天連著地，地連著天，大感新奇，一路上不斷四處張望，讚嘆草原風光。

一行人來到雲將軍的營地時，但見該地總有數千個帳棚，數百處營火，軍馬喧囂，守衛來往巡邏，甚是森嚴。

小石頭從未見過軍營，只覺處處新鮮，睜大眼睛觀望著帳棚營火、戰馬士兵，感到大開眼界。

李世民命手下去向雲定興通報，自己縱馬來到小石頭身邊，望了望雲定興軍隊的紮營，屈指計數，說道：「雲將軍手下應有五萬士兵。就算快馬加鞭趕到雁門關，也無法跟突厥的十萬大軍相抗。」

小石頭奇道：「大師兄，你怎麼知道他有五萬士兵？」

李世民道：「你瞧，從這兒望上去，此地該有五千個帳棚，百來處營火。通常一帳可住十個士兵，一營負責五十帳的伙食。這麼算來，此地絕不會少過五萬士兵。」

小石頭仔細觀望了一陣，點頭道：「果眞如此！」想了想，說道：「五萬士兵，比起突厥的十萬大軍還少了一半。那麼其他的軍隊呢？何時才會抵達？」

李世民搖頭道：「前來勤王的軍隊總有十幾支，每支不知有多少人，也不知在何處集結，行進有多快，實在難以估算。怕的就是大軍抵達之前，皇帝已被突厥人俘虜或殺死了。」

小石頭沉吟道：「那就得使計策了。我們自己都不知道救援軍隊什麼時候會來齊，突厥人當然更加不會知道。不如嚇他們一嚇，假裝雲將軍已帶了十萬人馬趕赴雁門關，讓突厥不敢輕舉妄動。」

李世民聽了，拍手笑道：「是了，虛張軍容，此計大妙！」想了想，又道：「雲將軍手下五萬人雖不能與突厥軍隊硬拚，卻足夠拉成一條長線。我們可以請雲將軍下令分散旌旗，拉長隊伍，讓士兵一邊走，一邊揮動旗幟，讓突厥遠遠看去，以爲我方人多得很，老半天也走不完。」

小石頭笑了，說道：「不如也讓大家敲鑼打鼓，吵吵鬧鬧，嚇得突厥連我們有多少人都數不清。」

李世民大笑道：「好啊，這個計策好極！」

小石頭笑道：「這叫死馬當活馬醫，沒辦法中的辦法。」

正此時，李世民的手下回來稟報道：「雲將軍有請世子赴主帳相見。」

李世民點頭道：「你去跟雲將軍的使者說，我立即便去拜見。」等手下出去後，他對小石頭道：「小石頭師弟，我想委屈你扮做我的隨從，跟我一塊兒去見雲將軍，盼你不介意。」

小石頭笑道：「我能做大師兄的隨從，高興都還來不及，怎會介意？」又問道：「大師兄，雲定興將軍是個怎樣的人？」

李世民想了想，說道：「雲定興這人並非行伍出身，而是個工於手藝的巧匠。他靠著高超的手藝，博得了當時太子楊勇的歡心。楊勇後來娶了雲定興的女兒，十分寵愛，生了三個兒子。先帝楊堅夫婦很嫌惡這個出身低微的雲家姑娘，對楊勇十分不滿，後來更將楊勇廢了。楊廣登上皇帝之位後，便立即殺了廢太子楊勇。雲定興眼見女婿失勢身亡，便從女兒那裡要來許多珍珠寶物，拿去賄賂楊廣身邊的寵臣宇文述，並且製作了許多精美的衣物兵器，請宇文述進獻給楊廣。楊廣看了很喜歡，命宇文述去跟雲定興說道：『你的手藝這麼好，很合皇帝的心意。你知道自己爲什麼不能做官嗎？那是因爲你女兒和廢太子楊勇生的三個外孫兒還活著呀。』雲定興立即回答道：『那些個沒有用的東西，宇文將軍何不勸皇上早早殺了他們也罷！』後來楊廣果然下手將楊勇的幾個兒子都殺了，雲定興也因此得了官做。」

小石頭嘿了一聲，搖頭說道：「爲了博得楊廣歡心，竟然主動要楊廣下手殺了自己的外孫，這是什麼樣的狠心小人！」

李世民嘆了口氣，說道：「楊廣重用的，不是宇文述那樣的奸佞之徒，就是雲定興這樣的狠辣小人。正直敢言的大臣，早就被他貶謫或處死殆盡了。」

# 第三十四章　出奇計

卻說李世民帶著小石頭去拜見雲定興。雲定興見唐國公的兒子親自前來投效，非常高興，盛情迎接，說道：「二世子親自前來效力，我軍軍心大振，此役必能成功替聖上解圍！」

李世民問起突厥圍攻雁門關的情勢。

雲定興皺眉道：「本將軍收到勤王御旨後，便立即率領軍隊趕往雁門關，如今距離雁門關還有五日的路程。然而我手下軍隊不過五萬，即使趕到，也無法與突厥始畢可汗的十萬大軍相抗。」

李世民聽他擔憂之事，正與自己猜想相合，當下說道：「不知雲將軍有何計策？」

雲定興原是個手藝人出身，從未率領過軍隊，這時心中一片惶惶然，不知所措，趕緊道：「我打算駐紮在此，按兵不動，等候其他軍隊到來，又怕聖上責怪我救援不力。不知世子有何計謀可以教我？」

李世民道：「小侄年輕識淺，一憑雲將軍指揮。然而小侄有個想法，雲將軍或可斟酌考慮。」

雲定興忙道：「世子快請說。」

李世民道：「眼下皇帝被圍甚急，各地將領紛紛召募義軍前來勤王，但要集結能與突厥對抗的大軍，不知還要多少時日，實是緩不濟急。雲將軍手下只有五萬人，確實不能與突厥正面開戰。如今之計，必得虛張軍容，讓突厥暫時不敢妄動，等待大軍集結至雁門關，再與突厥對決。」

雲定興原本不敢太早抵達雁門，更不敢正面和突厥開戰，一聽之下，正中下懷，連忙問道：「虛張軍容？卻是如何作法？願聞其詳。」

李世民當下說了拉長隊伍、分散旌旗鑼鼓等法，雲定興凝神而聽，點頭道：「世子此計大妙！我立即便下令施行。」

到得次日，雲定興果然下令拉長行軍隊伍，綿延數十里，並將旍旗分散，每隔半里便舉起數面旗幟；到了晚間，雲定興又命令隊伍敲鉦擊鼓，首尾互相呼應，好似數十里內都布滿了軍隊一般。

這麼一番虛張聲勢後，突厥的探子見到後回去稟報，果然令始畢可汗心生憂懼；不但不敢攻擊雲定興的隊伍，也稍稍放鬆了對雁門的包圍。

投靠雲定興後的第二日，將近黃昏時，李世民對小石頭道：「傍晚清爽涼快，我們趁日落之前，一塊兒去軍營外巡視一回吧。」

小石頭興沖沖地答應了。兩人便騎上馬，率領十名壯士，馳出營地。

小石頭放眼望去，但見廣闊無邊的草原在夕陽照耀下，宛如一片金紅色的海洋，不禁驚嘆道：「大師兄，我從沒來過北方，今日見識到大草原的景觀，才知道塞外風光竟能壯闊至此！」

李世民笑道：「我也只來過北方一回，便再也難以忘懷草原的風光。這回能夠重來，也是難得的機緣。」

小石頭在終南山時甚少騎馬，頗感生疏。這回北來，每日都得騎馬急行，已逐漸習慣在馬背上度日。這時與李世民一起在大草原上縱馬快馳，甚感暢快。不知不覺中，兩人已馳到離營帳十多里外處，十名壯士縱馬跟在十多丈後。

小石頭感到有些累了，勒馬略息，笑道：「大師兄，我好久未曾騎馬騎得如此暢快了。」

李世民也勒馬而止，緩緩騎回，面露微笑，正要發話，忽聽前面傳來一聲驚呼，他立即抬頭遠望，但見十丈外一名手下壯士跌落下馬，肩頭中了一枝箭，鮮血染了一身。

李世民大驚，知道己方遇襲，立即驅馬奔上，擋在小石頭身前，向手下高聲問道：「敵人是誰，位在何處？」

一名手下叫道：「回稟二世子，似是突厥哨兵，南方、西方各有一隊，看來各有數十人！」

李世民皺起眉頭，知道自己離開營帳太遠，竟不巧撞見了突厥派出來巡邏的哨兵。他臨危不亂，立即備好弓箭，蓄勢待發，對小石頭道：「希望對方人數不多，我們馬快，或能衝出包圍。小石頭，緊緊跟著我！」縱馬上前，與手下會合，小石頭也趕緊策馬跟上。

一行十二人駐馬聚集在一處，但聽蹄聲響動，周圍已被突厥騎兵包圍，李世民很快地數了數，見對方共有五十多人。

他知道情勢甚險，心想：「敵強我弱，須得先禮後兵。」當即縱馬上前，高聲道：「我等爲大隋使者，來此求見始畢可汗。請問來者何人？」

突厥巡邏哨兵的隊長是個大鬍子，他也縱馬上前，眼見李世民衣著華麗，氣度不凡，確實頗有使者的架勢，當下高聲答道：「我叫羅拔，乃是始畢可汗帳下親衛。你是誰派出的使者？」

李世民道：「我是雲定興將軍派出的使者。」

羅拔側眼而望，說道：「雲定興！就是那個帶領軍隊來救援你們皇帝的傢伙麼？」對手下發一聲號令，十多名突厥騎兵登時彎弓搭箭，對準了李世民一行人。

羅拔冷冷地道：「乖乖放下武器，我便帶你們去見可汗。」

李世民眼見對方不理自己是誰派來的使者，打算捉起己方一夥再說，知道非得動武了，當下低聲對手下道：「備好弓，跟著我，向前衝！」

當下大喝一聲，縱馬往前便衝，在馬上彎弓搭箭，咻咻兩箭，直往羅拔射去。

羅拔見他這兩箭來勢凌厲，立即舉起盾牌擋架，才一轉眼間，李世民的馬蹄下好快，已衝到羅拔身前；他舉起齊眉棍打向羅拔頭頂，羅拔趕緊橫過長矛擋架。

小石頭跟在李世民的手下壯士之後，見突厥騎士射出數十枝羽箭，兩名壯士驚叫中箭，一名留在馬上，另一名弓箭脫手，人也滾下了馬去。

小石頭只看得心驚肉跳，但見李世民的齊眉棍與羅拔的長矛打在一起，齊眉棍適用於一對一的較量，在戰場上騎馬對決則嫌太短，不易攻到敵人身上，也不易傷敵；因此即使李世民武功遠遠高過羅拔，兩人一時竟相持不下。

其餘八名壯士也已縱馬上前，與突厥騎士鬥在一起，展開一場近身廝殺。

小石頭身上沒有帶長兵器，不敢衝上打鬥，只能駐馬在五六丈外觀看。她眼見又有兩名壯士跌下馬來，己方情勢危急，心中一動，縱馬上前，一個矮身，從地上抄起了李世民手下跌落的弓和數枝箭，坐回馬背，彎弓搭箭，一箭射出，從突厥首領羅拔的臉頰旁飛過，相距不過數寸。

羅拔雖沒被射中，但也不禁心驚膽戰：「這群漢人人數雖少，卻箭術精準。搞不好我們不但捉不住他們，還要損失慘重！」

小石頭又射出一箭，射中羅拔身邊的一名騎士，騎士往後跌下馬去。

羅拔回頭一望之際，李世民趁機衝上前，齊眉棍點上羅拔脅下穴道，羅拔悶哼一聲，身上雖穿了護身皮甲，穴道並未被封，但中棍處疼痛不已，趕緊勒馬後退。

就在這時，小石頭又是一箭射出，正中羅拔的馬腿。那馬吃痛跳起，險些將羅拔顛下馬來。

羅拔脅下穴道中棍，只覺半身痠麻，手臂無力，加上馬腿受傷，心中驚駭，生怕又中敵箭，趕緊勒馬後退。叫道：「大家快退！」

突厥士兵眼見首領受挫，都十分驚詫，趕緊簇擁著他退去。

李世民知道機不可失，立即策馬回頭，救起三四個受傷落馬的手下，一行十二人趕緊縱馬向南飛馳，一直奔到雲定興的營地中才停下。

此時太陽剛剛下山，四周陡然黯淡下來。

李世民勒馬喘息，驚喜地對小石頭道：「小石頭，沒想到你的箭術這麼好！你是跟你大哥學的麼？」

小石頭一顆心仍怦怦亂跳，定了定神，才道：「是啊，我大哥近日花了不少功夫，日日指導我和師弟們練習射箭，大家都進步了許多。但是我們的箭法跟我大哥比起來，還是差得太遠了。」

李世民不禁好生嚮往，說道：「我若有機會向你大哥請教箭術就好了。」

小石頭一笑，說道：「日後一定會有機會的！」

兩人來到雲定興將軍的營帳，李世民向雲定興報告了遇上突厥哨兵之事，雲定興大驚，立即命令手下嚴加巡視，加強大營守衛。

李世民和小石頭在雲定興軍中待了十餘日，從洛陽和其他郡趕來的援軍逐漸齊集，來到忻口，人數大增，兵力已足夠與突厥一拚。

始畢可汗眼見隋軍爲了援救皇帝，大舉集結，心想若在此與隋軍大戰一場，並無實利可圖，十分後悔自己被隋軍的虛張軍容所惑，未曾早點攻擊雁門關。始畢可汗是個識實務的，當即決定收兵退去，雁門圍解，皇帝楊廣就此得救。

突厥退去後，雲定興和其他前來救援的將領紛紛率領軍隊進入雁門郡城，朝見皇帝。李世民和小石頭也跟在雲將軍的隊伍之中。

然而出乎眾人意料之外，皇帝並未威風凜凜地現身慰勞軍隊，卻是坐在一輛破敗的車輦上，衣衫不整，滿面風塵，緊緊抱著他最心愛的小兒子趙王楊杲，一邊哭泣，一邊出現在城門口。他在宇文述的勸促下，抬頭望向一眾趕來赴難救援的將領，只見他兩眼都哭腫了，卻說不出話來，過不一會兒，又嚎啕大哭起來。

眾將軍見皇帝失態如此，都相顧愕然。李世民微微皺眉，與小石頭對望一眼，心中都想：「皇帝在這許多臣下面前盡失君主之態，這皇位絕對坐不長久了。」

小石頭卻更爲驚訝。這當然並不是她第一次見到楊廣；她小時候跟隨祖母樂平公主住在皇宮之中，時時能見到祖母的親弟弟楊廣。然而楊廣的轉變委實令她吃驚；六年之中，楊廣不但衰老了許多，頭髮花白，皺紋滿面，整個人也肥大了一圈，臉面虛胖，容色灰敗，眼神無光，簡直像個病入膏肓的垂死之人。

在眾將領沉默凝視之下，楊廣帶著幾個貼身隨從，什麼話也沒說，便乘車離去。左衛大將軍宇文述滯留在後，高聲對眾將領道：「諸位將軍請了！各位兼程來此相救，忠心護主，聖上絕不或忘。凡來護衛者，通通有賞；有功者賞金加倍。請各位將領隨我回往都城，報上功賞名單，聖上一定厚厚賞賜。」說完便縱馬快馳而去，追上了皇帝的車乘。

眾將領望著皇帝的車駕在塵土中遠遠馳去，心中都想：「我等長途跋涉來此，能夠爭到幾分功勞賞賜，總算沒有白跑一趟。」

雲定興見自己沒有捅出亂子，還立了功，大大鬆了一口氣，回頭對李世民道：「世子在雁門解圍之役中，竭盡心力，進獻良策，本將軍一定如實向聖上稟報。」

李世民回禮道：「多謝雲將軍在聖上面前爲晚輩美言！家父乃是聖上的親表兄弟，關心情切，一聽見聖上遇圍，立即便命小侄火速趕來相救。小侄稟承父命，來此護衛君主，豈敢不盡心竭力？只盼聖上知曉我父子的一片忠心，李氏一門便深感欣慰了。」

雲定興點頭道：「唐國公忠心耿耿，天下誰不知曉？世子請放心，本將自當詳盡稟報給聖上知道。」

前來救援的各郡太守眼見突厥見好就收，自動退去，免去了一場硬仗，都甚是寬慰，當下各自率領手下兵馬，回往中原。

然而，眾將領絕對無法料想得到，皇帝許諾的賞賜很快便將全數落空。

楊廣離開雁門之後，途經太原，一眾隨從官員都勸楊廣返回京師大興，楊廣卻面有難色。他已經很久沒有回過京師了，而在京師等待他的，想必是如雪片般批評朝政和尋求賞賜的奏章，他實在無心面對。

宇文述看出皇帝不想回京師，便上奏道：「皇上身邊隨從官員的妻子家人多在東都，不如我們先去洛陽接他們，再經潼關回大興吧。」

楊廣聽了非常高興，立即准奏，當即轉駕東南，直趨洛陽。

楊廣一到洛陽，感到危機解除，自身安全無虞，便反臉不認帳，當初承諾的種種升官賞賜一律大打折扣。一萬七千名立功將士中，眞正受勳賞官的，只有一千五百人；原本說每名士兵賞一百匹布，也一筆勾銷了。

各郡太守通守得知之後，盡皆氣惱無比，大罵皇帝過河拆橋，只能怏怏然率領軍隊回到自己的駐地，心中都打定主意：「往後皇帝若再遇上什麼危難困厄，我可絕對不會再傻楞楞地募兵趕去救援了！」

注：隋大業十一年，隋煬帝在雁門關被突厥始畢可汗圍困，發信令各地通守召兵勤王，前來解救；李世民跟隨雲定興將軍赴雁門救援，提出「虛張軍容」之計，令突厥不敢輕舉妄動，最後大軍集結，突厥知難退兵等情，大抵依照史實。

羅拔見他這兩箭來勢凌厲，立即舉起盾牌擋架，才一轉眼間，李世民的馬蹄下好快，已衝到羅拔身前；他舉起齊眉棍打向羅拔頭頂，羅拔趕緊橫過長矛擋架。

# 第三十五章 解婚約

李世民和小石頭向雲定興告別後，一同回往大興城。

途中小石頭與李世民同行，終於找著機會，問道：「大師兄，我聽說通雲師姊快要出嫁了，可是眞的？」

李世民道：「是啊。家父很中意趙家公子，已經說定了親事。趙家已行過納采問名、納吉納徵之禮，聽說明年年初就要請期親迎。」

小石頭問道：「師姊這婚事，不能反悔麼？」

李世民一呆，奇道：「怎麼？」

小石頭低下頭，說道：「我大哥一定傷心得很。」

李世民皺起眉頭，問道：「這話怎麼說？」

小石頭道：「不瞞大師兄，其實我大哥心中非常愛慕通雲師姊，只是一直不敢說出口。如今師姊要出嫁了，我大哥想必又是後悔，又是痛心，更加不肯透露心意。我大哥就是這樣執拗內斂的性子，我勸了他不知多少次，他就是不聽。」

李世民聞言，沉吟半晌，說道：「我不知道五妹心中怎麼想。她從來不曾跟我談起這事，但她之前特地求我送馬給韓兄弟，或許她心中果然有意，也未可知。」

小石頭道：「大師兄，事實上，我在離開大興城前曾去找過五師姊，與她坦誠談過此事。她心中對我大哥實是情意深重，又對趙家公子的文弱迂腐十分不中意。只是父命難違，她也無可奈何，只能獨自傷心怨嘆。」

李世民聽小石頭這麼說，嘆了口氣，說道：「若眞是如此，要讓爹爹改變心意，也不是不可能的。」

小石頭抬起頭，滿懷希望地道：「大師兄，一切還有希望，是麼？只要還有希望，我一定幫我大哥幫到底，助他和通雲師姊有情人終成眷屬！」

李世民臉色凝肅，說道：「小石頭，這件事情，我可沒法給你打保證。即使是平民百姓之家，也不能輕易反悔已定下的婚事。但是家父對五妹疼愛非常，五妹若眞的不願嫁入趙家，一心跟峰師弟結緣，家父爲了五妹的終身，一定會愼重考慮的。」

小石頭向李世民合十爲禮，說道：「大師兄，你若願意幫我在令尊面前提起此事，小石頭一輩子感激不盡！」

二人回到大興城後，次日便有皇旨傳下，命唐國公李淵爲山西河東慰撫大使，駐守太原，即日啓程上任。看來楊廣下手滅掉李渾一家之後，對姓李的略略放心；加上李世民親赴雁門，在解除突厥之圍一役中盡忠立功，如同老和尙所預測，楊廣稍稍解除了對唐國公李淵一家的戒心，才終於再度讓親表哥出任一方重鎭。

小石頭得知這個好消息之後，立即去找李世民，說道：「李家危機暫時解除，但唐國公和大師兄此後仍須謹慎小心。唐國公到了太原之後，最好無所作爲，甚至幹些差勁的事兒，如喝酒、收賄、蒐集奇珍異寶等等，讓皇帝覺得唐國公喜愛享樂，玩物喪志，平庸無能，他才會更加放心。唐國公在弘化時，勵精圖治，積極召見賢達武將，這等招惹皇帝疑心的行止，都該謹慎避免才是。」

李世民點頭道：「你說得極是。皇上多疑，在太原想必也埋伏了眼線。爹爹上任後，必得戒愼小心，韜光養晦。」

小石頭接著又道：「大師兄，我還有個不情之請。這事兒說大不大，說急不急，原本不該驚擾唐國公。只是我見師姊近日削瘦了許多，想必爲婚事煩惱痛苦已極。大師兄應該也清楚，我大哥武功高強，有決斷，有才幹，性格剛毅正直，年紀雖少，卻是個難得的人才。加上他的家世背景，足可與師姊匹配。若是他因情場失意，變得如二師兄那般頹喪消沉，自暴自棄，豈不白白浪費了一個人才？我竊想，任命唐國公的皇旨剛剛傳到，唐國公此時心情想必甚是歡喜愉悅，正是去跟他提起通雲師姊婚事的好時機。」

李世民點頭道：「不錯。我卻該如何跟家父提及此事？」

小石頭道：「唐國公愛女之心，想必極爲深切；大師兄需點出通雲師姊乃是女中豪傑，在亂世之中必將大有作爲。倘若嫁入趙家，整日面對胸無大志、文弱無能的趙公子，愁困閨房，她這一世都不會快活的。」

李世民點了點頭。

小石頭又道：「當初唐國公急急為師姊定下婚事，或許正與洛陽傳唱〈桃李子〉歌謠有關。如今唐國公已受命赴太原，地位穩固，師姊的婚事便不是那麼緊急了。倘若唐國公心意有些動搖，便請大師兄說出師姊已心有所屬；我大哥乃是開國功臣韓擒虎的嫡孫，家世外表、武功人品，都是師姊良配。唐國公若仍有顧慮，不願意背約退婚，大師兄便需以師姊的生死相勸。」

李世民被他說得心動，立即便答應了，說道：「我今日便去見父親，面陳此事。」

當日，李世民果然便去見父親，說道：「爹爹，五妹的婚事，決定得似乎倉促了些，我感到有些不妥。趙家公子斯文怯弱，似乎與五妹無法匹配。能否請父親重新考慮？」

唐國公聽了兒子的話，頗為驚訝，沉吟半晌，說道：「二兒，你知道我為何要匆匆忙忙，替五兒定下親事麼？」

李世民道：「因為父親中意趙家公子的外表人品麼？」

唐國公搖了搖頭，說道：「趙家公子儀容俊美，確是一表人才。但是我讓五兒嫁給他，卻是因著另一層顧慮。我們一家雖是皇親，世代封襲唐國公，但是今上殘暴多疑，加上洛陽傳唱的那首歌謠，令我們一家的地位岌岌可危。眼前雖然光鮮尊貴，但隨時能有殺身滅族之禍。周室宇文一族，太師李穆的後代李渾一族，甚至廢太子楊勇一支，都遭到滅族之禍，又怎知我李家可以倖免？我儘快將幾個女兒都早早嫁了出去，倘若有一日我李家眞的出了事，女兒嫁出去後便是別人家的人了，至少能夠保住性命。趙家恭謹愼微，官位不高，勢力不大，趙慈景美而無才，絕對不會犯上作亂，捲入任何紛爭叛變。五兒嫁入趙家，應當能夠安穩保身。」

李世民點點頭，說道：「父親考慮得甚是。然而當此亂世，皇帝早已眾叛親離，不出數年，便是群雄競相爭奪天下的局面。五妹武功高強，膽識過人，乃是一位女中英雄。她在未來亂局之中，必有一顯身手的機會。若是早早嫁入趙家，將她鎖在深宅大院之中，相夫教子，她心中怎會痛快？」

唐國公聽他說出這等大逆言語，連忙舉手禁止，說道：「二兒，我讓你拜老和尚爲師，是希望你多多學習佛法禪修。你平日在外邊做些什麼事，見些什麼人，我都不加干涉。你五妹跟你一樣，在老和尚那裡學了一身武功，見識太多，每每出外跋涉犯險，對女子實非好事。她年紀也長了，應當安分待在家中，才是正理。她去了趙家，有成群僕從隨侍照料，錦衣玉食，養尊處優，有什麼不好？」

李世民道：「爹爹的兒女之中，只有我跟五妹能忍受得了寶光寺中清苦的日子，一住數年，直到武功有成。五妹是吃得苦的人，哪裡稀罕趙家的錦衣玉食？話說回來，難道我們李家就養不起這個女兒，不能讓她過錦衣玉食的日子麼？」

唐國公搖頭道：「她不嫁入趙家，卻要如何？她都已年滿十三歲了，總不能一直拖延著不嫁人吧！」

李世民道：「她確實應當嫁人，卻不應嫁入趙家。其實，五妹心中已有所屬，只是不敢跟爹爹提起而已。」

唐國公聽了，甚是驚訝，連忙問道：「那人是誰？」

李世民道：「便是寶光寺的韓峰師弟。」

唐國公噢了一聲，說道：「好一個少年英雄！在弘化時，他跟在我身邊隨侍了一段時日，應答得體，年紀雖輕，性情已十分成熟穩健。在我回返大興的道路上，他更曾挺身攔阻刺客，救了我的性命，卻絲毫不居功，恭謹謙退，是個難得的人才。」皺起眉頭，續道：「只是聽說他是個孤兒，來歷不明……」

李世民道：「韓峰其實出身不凡，乃是開國功臣韓擒虎的嫡孫。」當下說出了韓峰的身世，又道：「韓家若在當年，跟我李家也算門當戶對。如今韓家因韓峰之父韓世諤跟隨楊玄感起義而入罪，實非韓峰本身之過。父親自己也說了，我李家今日雖光鮮尊貴，卻也難保永久如此。富貴貧賤，原本只是一線之隔。我曾多次與韓峰小兄弟同行相處，清楚知道他武功高強，箭法超人，正直重義，與五妹又是兩情相悅，確是五妹良配。」

唐國公皺眉沉思一陣，最後說道：「這件事情，我得好好考慮考慮。」

李世民搖頭道：「爹！此事不能再等了。您就要赴太原上任，趙家也已著手籌備婚事，五妹為此傷心痛苦，整個人已削瘦了一圈。五妹若是因此病倒，這場婚事不但沒能保住她，甚或會害了她的性命！」

唐國公站起身，在廳中負手走了一圈，最後終於停下步，說道：「二兒，你說的話，我向來聽信。好吧，這件事我便聽了你的，儘快去跟趙家退婚。至於韓家公子的事情，他既已無家可歸，更受到皇帝通緝，不如我便讓他跟在我身邊，找個機會建功立業，替他求個功名，好跟五兒風風光光地成婚。」

李世民歡喜已極，向父親拜倒，說道：「我替五妹拜謝父親體諒，成全她的心願！」

唐國公笑了，說道：「我只要五兒平安歡喜便好，其他的都無關緊要。」

李世民出來之後，便將與父親的對答一五一十地告訴了小石頭。

小石頭大喜，跳起來抱住了李世民，笑道：「大師兄！我小石頭對你一萬個佩服，一萬個感激！」

李世民笑道：「多虧你教了我那番話，才說動了我爹爹。」

小石頭笑道：「二師兄素來受到唐國公信任，同樣的一番話，只有你去說，唐國公才聽得進去。」

李世民忽然想起父親做決定時說的那幾句話：「二兒，你說的話，我向來聽信。」心中一動，暗想：「小石頭小小年紀，對人心卻了解得極為透澈。他摸清了我爹爹的性情，知道要用什麼話才能打動他，讓他改變主意；也知道爹爹對我極為信任，只有我去說，爹爹才會聽信。嘿嘿，他當然也知道如何打動我。我疼愛妹妹，又重視韓峰這個難得的人才，他便用五妹的幸福和韓峰的武功才幹來說服我，果然有效。」

他又想起奔赴雁門關解救皇帝之役中，小石頭提出的虛張軍容之計，以及建議父親唐國公去太原後假裝無所作爲，甚至自污其行，好消除楊廣的疑心等，心中不禁想道：「這孩子的智計謀慮遠勝大人。這樣的人才，我怎能不招攬在身邊，好好運用？」

他望了望小石頭，忍不住道：「小石頭，我爹爹打算帶你大哥去太原，不如你也跟了我們一起去，好不好？我去跟老和尚說，請你來唐國公府，負責傳送鴿信，同時幫忙出謀出策，老和尚一定會答應的。」

小石頭睜大雙眼，顯得甚是興奮，但眼中的光彩很快便消失了。

他轉過頭去，臉上帶著淡淡的惆悵，緩緩說道：「大師兄，我眞想跟了你去。你冷靜果敢，智勇兼備，胸襟寬闊，又珍惜人才，知人善任，手下個個對你心服口服。我若能跟在你身邊替你辦事，自是求之不得。然而寶光寺對我兄弟有收留教養之恩，我須得替我兄弟倆報了恩，才能離去。」

她頓了頓，抬起頭望向李世民，說道：「大師兄，我花了這許多功夫，只希望我大哥能如願以償，與通雲師姊結褵，此後一切順遂。他在寶光寺中地位越來越緊要，老和尚也越來越倚重他。唐國公雖想讓我大哥跟在他身邊，但是老和尚能不能讓我大哥走，還是未知之數。我早已決定，要在寺中代替我大哥，負責帶領師弟師妹練功，挑水砍柴，種地打掃，不時下山替老和尚辦事，好說服老和尚讓我大哥離去。還有魏居士，他自從一年多前抱病出手對敵宇文述，受了過重傷後，身子更大不如前；近來鴿信傳送越來越繁重，若沒有我幫手，他定然無法撐持下去，我可不能就此拋下他們不理。」

李世民聽了這一番有情有義的表白，心中好生感動，拍拍他的肩膀，說道：「小石頭，你說得極是。峰師弟有你這樣的好友，實在幸運之至。老和尚有徒如此，也該感到十分欣慰。不要緊，你回山上去吧。我等你！」

小石頭抬頭一笑，卻忽然想起自己這一回去，就將與韓峰長久分別，心中不禁感到一陣難言的失落。

# 第三十六章　聞喜訊

唐國公既已決定取消女兒與趙家的婚事，便派人去向趙家道歉退婚，說李晏雲忽然得了怪病，纏綿病榻，實不宜出嫁，並退還了聘禮。趙家雖失望，但聽說五姑娘身體有恙，也索罷了。

趙慈景對李晏雲萬分欽慕，聽聞後不斷唉聲嘆氣，說道：「李五姑娘英姿颯爽，武藝精湛，怎會忽然得了病呢？」

但李家既然這麼說了，趙家也不好多問，這場婚事就此作罷。

小石頭拜別唐國公和李世民，趕回終南山，向老和尚稟報了自己跟隨李世民赴雁門替皇帝解圍的經過，並告知唐國公李淵已受封山西河東慰撫大使，剋期上任。

老和尚點頭道：「唐國公被封爲一方重鎮，實爲幸事。我當時聽說你跟著通天去了雁門，眞是擔心得很。幸好此役有驚無險，我方並未與突厥開戰。」

小石頭暗中吐吐舌頭，不敢接口，生怕老和尚惱她自做主張，出言責怪。所幸老和尚並沒有再提此事，只道：「你平安回來了就好，趕緊去歇息一下吧。」

小石頭從竹林出來後，立即便去找韓峰。

韓峰當時聽聞她跟著大師兄去了雁門關，又驚又急，心想：「邊疆戰事危險，小石頭怎地如此不知輕重，不顧安危，逕自跟了大師兄去邊疆冒險！」他按捺不住心中的焦急擔憂，多次請求老和尚讓他下山去尋回小石頭，老和尚卻不答應，說道：「小石頭跟在通天身邊，不會有事的。」

韓峰見她一去數月不歸，此時終於平安歸來，又是歡喜，又是責怪，正要質問她爲何跑到邊疆涉險，小石頭不等他開口，便笑嘻嘻地道：「大哥！大好消息！唐國公已經替通雲師姊退婚了！」

韓峰簡直不敢置信，呆了半晌，才道：「眞的？唐國公眞的向趙家退婚了？」

小石頭笑道：「當然是眞的。這等大事，我怎敢胡說騙你？」

韓峰忙問究竟，小石頭便將自己下山後的作為詳細向他說了。

韓峰絕沒想到小石頭下山一趟，竟然就此成功說服大師兄，請大師兄去勸父親退婚，喜不自勝，不禁對小石頭佩服得五體投地，感激萬分。他不知該說什麼才好，許久才道：「兄弟，妳……眞是神通廣大，連這等難事都能辦成！」

小石頭好生得意，笑道：「我早說過，這等事情，非得讓我這等臉皮較厚的人出馬去辦才行。你瞧，我跑這一趟，不是替你將這件大事辦得妥妥貼貼了麼？」

不多久，唐國公便傳信給老和尚，請老和尚讓韓峰跟隨他去太原。

老和尚收信之後，甚感驚訝，猶豫不決。

小石頭便勸老和尚道：「李家素有仁義之名，唐國公又曾庇護我大哥的父親，對我大哥有恩。如今天下紛亂，唐國公身邊確實需要多一些人才相助。我大哥在這兒不過是挑水劈柴，帶領師弟妹練武，不如跟著唐國公去太原，增長見識，發揮所長，或能建立一番事業。」又道：「我已經十二歲了，大哥在寺裡的活兒，我都能替他承擔起來，您大可放心讓他去。」

老和尚低頭沉思良久，忽道：「小石頭，這一切都是你做吧？」

小石頭聞言一呆，只好吐吐舌頭，笑道：「嘿嘿，什麼事都瞞不過您老人家。」當下老實說了韓峰和李晏雲的一段情，以及自己說服李世民勸唐國公取消李晏雲與趙家的婚約，唐國公決定帶韓峰同去太原等情。

老和尚望著他，說道：「小石頭，你不會後悔麼？」

小石頭聽了這話，身子不禁一震，堆笑道：「我大哥能與意中人相聚結褵，在唐國公身邊一展身手，我又怎會後悔呢？」

老和尚嘆了口氣，說道：「你不要太過勉強自己。你年紀也大了，此後便住到通雲以前住的房舍去吧。」

小石頭一怔，直直望向老和尚，心想：「老和尚爲何要我住到通雲師姊的房舍？莫非……莫非老和尚已知道我是個女孩兒了？」

老和尚回望著小石頭，緩緩說道：「妳的身世，我很早便知道了。別擔心，我不會跟任何人說的。這樣吧，我就說妳因時時得熬夜抄寫鴿信，住在鴿樓旁比較方便，因此讓妳搬過去住。」

小石頭咬著嘴唇，低聲問道：「是我大哥告訴您的麼？」

老和尚搖搖頭，說道：「不是。孩子，妳可知道，令先祖母樂平公主曾拜我爲師？早在妳三歲時，她便跟我說了妳的事情。她說妳遲早會來到我山上，信物便是妳的那把彈弓。因此妳初上山時，神力沒收了那把彈弓，我見到後，便已知道妳是誰了。」

小石頭驚詫難已，良久說不出話來。

老和尚道：「鴿樓很需要妳。妳安心留在寶光寺，就跟通雲當年一般便是。」

小石頭低下頭，靜默半晌，才道：「謹遵老和尚之命。」

老和尚當日便叫了韓峰過來，告知唐國公要帶他一同去太原的請求，說道：「唐國公既有此美意，我自當讓你跟隨唐國公前去太原，多多磨練學習。你這就準備好包袱，儘快到大興城去，與你大師兄會合吧。」

韓峰歡喜已極，拜謝了老和尚，出來後興奮得坐立難安，喜上眉梢。

小石頭見他如此快活，也不禁好生得意。同以往韓峰要出門前一般，她早早便開始替他收拾行囊。

韓峰的事物仍舊不多，也就是那副家傳弓箭，匕首「天降大刃」，幾件舊衣物，還有那件通雲親手替他縫製的棉衣。

小石頭拿起棉衣，對韓峰笑道：「喂，我說大哥，兩年前師姊剛剛替你縫好這棉衣時，還有點兒大。現在不知如何了？你穿穿看吧。」

韓峰臉上一紅，笑著穿上棉衣，發現恰恰合身。

小石頭拍手笑道：「果然剛剛好！師姊那時說，這件棉衣是照著大師兄的尺寸做的，你這兩年長高了不少，已和大師兄當年差不多高矮了。」

韓峰笑著脫下棉衣，交還給小石頭。

她將棉衣摺起，收入包袱，忽然動念：「這是我最後一次替大哥收拾包袱了。」

過去兩年中，她總是一手包辦，替韓峰收拾出門的行囊；然而這回韓峰並非下山辦事，短短幾個月便會回來。他此去追隨唐國公，與李晏雲成婚，這一離開，便再也不會回來寶光寺長住了。

小石頭想起老和尚問自己的話：「妳不會後悔麼？」心頭陡然一酸，暗想：「這是我自己一手安排的，怎會後悔？怎能後悔？」

但是她心中卻仍舊難受得緊，勉強忍住眼淚，快手收拾好了一包衣物，又去找出火摺、繩索和乾糧等物，收入包袱，說道：「大哥，你跟隨唐國公一家北行，路上絕不會缺少什麼。但我還是替你帶上這些行走江湖的物事，你若臨時要用，手邊立即便有。」

她想了想，又從自己的包袱中取出兩件物事，一是她的寶貝牛皮水袋，一是那件珍貴的白狐裘。她道：「大哥，你在外奔波，這牛皮水袋可能會用得到，我給你帶上吧。」

韓峰微笑道：「這水袋可是我的救命恩人。幾次我被人擒住關在牢裡，或是落入陷阱，都是靠它救命。」

小石頭一笑，將牛皮水袋放入包袱，又拿起那件白狐裘，左右看了一會兒，最後吸了口氣，似乎下定決心，說道：「大哥，這是我從皇宮中帶出來的寶貝，世間少見，千金難買。你拿去吧，正好當做你送給通雲師姊的聘禮。人家是王公之女，這件禮物絕對配得上她的身分。」

韓峰心中好生感動，但又知自己不應收下如此貴重的物事，說道：「不，這是妳最珍視的寶物，妳還是留著吧。」

小石頭笑道：「這哪算是我最珍視的寶物？我的奇珍異寶還多著哩，數都數不清，哪缺這件狐裘？」說著不由他拒絕，將那白狐裘摺好，用油布包起，放入了包袱中。

韓峰還要推辭，小石頭攔住他道：「大哥，你別再跟我客氣了。你要迎娶唐國公的女兒，拿不出一件像樣的聘禮怎麼行？這件狐裘師姊穿上正正合身，不然你要去哪兒尋件更好的聘禮？」

韓峰聽了，不禁想像起李晏雲穿起這件白狐裘的模樣，心中一熱，說道：「兄弟，我眞不知該如何謝妳才是！」

小石頭笑道：「快別這麼說。師姊往年對我多麼關照，這件狐裘若能討得師姊歡心，我當然毫不吝惜。」

韓峰在屋中走了一圈，在通舖角落上見到小石頭往年替自己做的那對兔皮手套，心中一動，拿起手套看了一會兒，準備收入包袱。

小石頭微微一怔，搖頭道：「這對手套破舊成這樣，別帶去啦。你在唐國公身邊，戴上這手套，可有多寒酸！」

韓峰卻難以忘記自己初上寶光寺的那年冬天，風雪嚴寒，神力大師蓄意分派自己去做最沉重辛苦的活兒，又禁止小沙彌們跟自己說話，小石頭卻始終不離不棄，更替自己縫製了這對兔皮手套，對自己情深義重。他搖搖頭，說道：「還是帶上吧。我不戴它便是。」

小石頭笑道：「你不戴它，帶去幹什麼？」說完仍將兔皮手套收入了包袱。

韓峰望著她打點收拾，低聲道：「小石頭，多謝妳了。」

小石頭拍拍行囊，笑道：「自己兄弟，還一直謝什麼？你到了太原後，行事一定要謹慎，你那火爆脾氣可千萬得管住。見到大師兄和通雲師姊時，請代我向他們問好。對了，旁人不知道大師兄曾在這兒學藝，當著外人，你得稱他『二世子』，稱師姊『五姑娘』；沒有人時，自然還是稱他們師兄師姊。」

韓峰道：「我理會得。」又道：「妳自己也要多多保重，切勿輕易下山。」

小石頭道：「別擔心，寶光寺是世間最安穩的所在，我留在這兒，準比你去太原安全得多了。」

韓峰望著小石頭，靜了一陣，忽道：「小石頭，我還是別去了吧。」

小石頭一呆，抬頭道：「你說什麼？」

韓峰道：「寶光寺是我的家，老和尚，妳，通吃還有通定、通平他們，都如我的家人一般。我怎捨得離去？」

小石頭笑了，伸手打了他一拳，說道：「大哥，你曾離開過自己眞正的家，嘗過離家背井的滋味，應該已經長大啦。離開此地，怎能比你當初離家更難？」

韓峰道：「我當初離家，是逼不得已，必須逃避官兵的追捕；這回離去，卻是我自己決定要離開。」

小石頭嚴正說道：「不錯，這回是你自己決定離去，因此你應當走得更加堅決坦然才是。所謂男兒志在四方，我倒問你，誰能坐在家中建功立業，迎娶嬌妻啊？唐國公對你青眼有加，大師兄又如此賞識你，通雲師姊更是非你不嫁。你不去，豈不辜負了他們一家的心意？更加辜負了我和大師兄去說服唐國公取消趙家婚事的一番苦心！」

韓峰無言以對，低下頭，不知如何，心中總覺得有些不對之處，但是什麼地方不對，他卻也說不上來。

他嘆了口氣，說道：「我知道。兄弟，妳爲我費了這許多心思，我不能辜負妳的這番苦心。只是我心裡很不安穩，覺得自己不能就此離去。」

小石頭道：「大哥，男子大丈夫頂天立地，怎能不出去闖蕩，開創一番事業？你說得不錯，這兒是你的家，家總是會在這兒的。幾年之後你想回來，隨時可以回來拜見老和尚，探望我們。你又何須不捨？」

韓峰搖搖頭，說道：「幾年之後的事誰知道？我只知道這一去，就不能再日日見到妳了。」

小石頭忍不住噗哧笑了，說道：「嘿！這話可千萬別給通雲師姊聽見。你往後有通雲師姊相伴，又怎會寂寞？只怕你高興得樂不思蜀，將我們全給忘了個一乾二淨。喂，到時你要擺喜酒了，可別忘了叫上我們，讓我們有機會吃一頓好的！」

韓峰聽她提起通雲，想起李晏雲的俏美容顏，溫柔笑靨，心中一熱，點了點頭，說道：「我到了太原，一定立即寫信回來。」

小石頭擺擺手，說道：「別麻煩唐國公府的鴿使，從他們那兒傳出的鴿信都是很緊要的。這樣吧，你帶了雪白去，雪白十分聰明，你隨時放牠走，牠就會飛回來這裡；我再次放牠走，牠又會去尋找你的車隊。我們就用雪白通信吧。」

韓峰點頭道：「好極，我就帶了雪白上路。」

這時天色將晚，小石頭眼望窗外，輕輕說道：「太陽就快下山啦，我們去離合崖再看一次日落，好麼？」

韓峰微笑答應，兩人便快步奔到離合崖上，並肩站在老松樹下，望著夕陽西下，層層疊疊的山巒被夕陽染成一片燦爛的金紅色，動人心魄，煞是壯觀。

小石頭望著滿天紅霞，心中卻一陣悲淒難受，忍不住掉下眼淚，又不願讓韓峰見到，側過身，悄悄抹去眼淚，滿面堆笑道：「等你下次回來，咱們再來這兒看日落。」

韓峰低聲道：「兄弟，我們一定很快便會再見面的。」

小石頭點點頭，感到喉頭哽住，再也說不出話來。

次日，韓峰向老和尚拜別，帶著行囊和裝著雪白的鴿籠，跨上追龍，下山而去。

老和尚、小石頭、通吃、通平、通定等小沙彌全都站在寺門口相送，小沙彌們紛紛揮手大叫：「峰師兄，佛祖保佑你一路平安！要回來看我們哪！」「峰師兄，建功立業，就看你的了！」

韓峰心中極爲不捨，不斷回頭望去，直到寶光寺、老和尚、小石頭和小沙彌們隱匿在樹林後爲止。

小石頭直到韓峰的背影消失之後，才領悟他眞正離自己而去了。此刻她才終於明白，心中那股翻騰洶湧的無盡痛楚，竟是後悔。

她眼望著韓峰的背影消失之處半晌，隨後拔腿往山上跑去，一直奔到離合崖上，抱著那株老松樹大哭起來。

老松樹似乎明白她心中的傷痛，微風拂過樹枝，松針紛紛落在她的頭上，好似在輕撫她的頭髮，低聲安慰。

小石頭哭了又哭，直到太陽下山，她才轉身望向遠處的山巒，對著山谷大叫：「大哥，你不要走！你不要走！」

山谷傳來一陣陣淒楚的迴聲：「不要走！不要走！」

然而這聲聲呼喚，卻已無法傳到百里外的韓峰耳中了。

# 第三十七章　顯箭藝

韓峰縱馬下山，來到大興城。進城之後，便往北來到通義里西南隅唐國公府邸。

他在門口通報自己姓韓名峰，守門的立即請了唐國公府的大管家來。這大管家不是別人，正是往年掌管終南山腳李家莊園的呼延總管。

韓峰見過他數回，感激他曾盡力保護隱藏父親，行禮道：「呼延總管！」

呼延總管顯然已受到唐國公或李世民的吩咐，對韓峰極爲恭敬，趕緊回禮，說道：「韓公子切勿多禮，太折煞小人了！二世子已等候您很久了。快快請進！」領他入內，來到園中的射箭場上。

韓峰見射箭場上已有七八個勁裝結束的青年，各自持弓，向著十餘丈外的十多個箭靶射箭。眾人身後放了十多個箭箱，裡面裝得滿滿的都是羽箭。眾青年紛紛上前瞄準射箭，有的能射中靶面，有的則射偏了。

但見李世民也在其中，他彎弓射箭，連發三箭，都射在靶上，卻沒有射中紅心。

過去數月中，韓峰曾悉心教導師弟們射箭，這時仔細觀望李世民射箭的姿態，心想：「大師兄身高力大，這把弓太小，不適合他。」

李世民放低了弓，望著靶上的箭，微微皺眉，顯然並不滿意。他回頭見到韓峰，甚是驚喜，迎上前，開懷笑道：「韓兄弟！你來得正好。我們正練習射箭，可讓你見笑了。來來來！快來一顯身手，給我們開開眼界。」

韓峰躬身向李世民行禮，說道：「韓峰見過二世子。」又向其他青年抱拳爲禮，眾人見他不過十四五歲年紀，甚是年輕，都沒將他放在心上。

韓峰取出家傳弓箭，繫弦試弓，之後從箭箱中抽出六枝箭，走上前，瞄準一個新靶，放弦射出，正中紅心。他對著同一個靶，再連射五箭，六枝箭全都射在紅心之上。

眾青年見了，都是驚嘆無已，頓時采聲雷動。

李世民拍手笑道：「韓家神箭，當眞名不虛傳！」

其餘青年眼見韓峰箭藝驚人，又聽說他便是在大海寺外三箭將秦瓊射下馬的神箭手韓峰，都肅然起敬，紛紛上前攀談廝見。

韓峰謙遜道：「我只是幼年向家父學過幾年箭法，加上這把弓好，才能射得準確。各位只需懂得射箭的訣竅，找到好弓，箭法自能大有進步。」

眾人都道：「快請小兄弟教教我們！」

韓峰望向李世民，但見他對自己微笑點頭，心中明白：「大師兄蓄意給我面子，才找人來此練習射箭，好讓我發揮所長。」心中感激，說道：「承蒙各位看得起，小弟自當傾囊相授。」

他來到一旁的弓架，檢視一整排數十張弓，看了一會，取下一柄巨大的弓，將近七尺長，十分沉重。他試拉弓弦，感到甚難拉開，吸了一口氣，運氣使勁一拉，才拉滿了弓，微微點頭，將大弓拿到李世民面前，說道：「世子，你試試這把弓。」

李世民甚是驚訝，說道：「這是『巨闕天弓』，需三百斤力氣才能拉開。這把弓已經很久沒有人使用了。」

韓峰道：「以世子之力，應能使用此弓。」

李世民伸手接過，感到手上一沉，這把弓足有七八斤重；然而他身形高大，這柄弓拿在他手上，並不顯得太過巨大。

韓峰遞給他一枝箭，說道：「世子，請依我所說試試。舉弓拉弦時，左眼、右手、右肘和箭尾須連成一線，上弓弦貼近臉頰；箭尖對準紅心後，左手略舉，箭尖上揚一寸半分。發箭時，屏住呼吸，五指同時放鬆，左手緊緊握弓，穩住不動，直到箭完全射出爲止。」

李世民點點頭，搭上箭，右臂使勁，將弦拉滿。他氣力十足，拉滿這弓需要的三百斤之力，對他來說果然並不困難。拉滿弓之後，他依照韓峰所說，將左眼、右手、右肘、箭尾連成一線，弓弦貼面，瞄準紅心，箭尖上揚，屏息凝神，左手握弓持穩，右手五指同時鬆手放箭。但見那箭疾飛而出，在半空中畫出一個弧形後，果然正中紅心。

眾人都鼓掌歡呼，李世民也極爲驚喜，笑道：「韓兄弟指點精闢，果然立即見效！」

韓峰道：「世子身高力大，之前使的那把弓太小太弱，不適合世子使用。這把弓雖沉重，但準頭勁道都遠勝他弓，世子可將之掛在馬鞍之旁備用。」

李世民甚是高興，拿著那把弓，攬著韓峰的肩膀，說道：「來來來！你初來乍到，我還沒替你洗塵呢。快來我房中，我們好好聊聊。」

對一旁的另一個青年道：「無忌兄，你也一塊來！」向韓峰介紹道：「這是我內兄長孫無忌，他的先祖乃是北魏拓跋皇族，先尊便是經略突厥、威震塞外的長孫晟將軍。皇帝被始畢可汗圍於雁門關時，便曾說過：『倘若長孫晟還在世，這些匈奴哪敢這麼猖狂！』無忌博學多才，足智多謀，不下其父。你稱他長孫大哥吧。」

韓峰見那青年約莫二十出頭年紀，身形高大挺拔，面目俊逸，臉帶微笑，看來十分友善。韓峰躬身行禮道：「長孫大哥，小弟韓峰有禮。」

長孫無忌笑道：「韓兄弟不需多禮。我和家妹兩個幼年喪父，被大哥趕出家門，只好隨著舅舅居住。後來我妹妹嫁給了世民，我便也常來這兒找我妹妹妹夫，談文論武是假，喝酒吃菜是眞！」

此語一出，李世民和韓峰都笑了。

三人來到李世民住處的內廳，但見廳中布置甚爲樸素，東邊的牆上掛著刀槍劍棍，西邊的牆上則是一排排的書櫃。

李世民請二人坐下，命僕人奉上茶點。

韓峰心中暗自比較：「大師兄身爲唐國公的世子，住處竟如此簡樸，比我當年家中的布置還要素淨。」

李世民伸手撫摸著那柄巨闕天弓，滿面喜色，說道：「這把弓，傳說是周朝文帝宇文泰之物，流傳三代，如今竟傳到我手中！文帝足智多謀，武功輝煌，治國有方，實是一位難得的君主。」

韓峰甚是驚訝，忍不住問道：「周太祖文帝宇文泰，竟是大師兄的先祖麼？」

李世民道：「正是。說起我的家族往事，話可長了。周太祖文帝宇文泰，乃是我的曾外祖父；我外祖母便是周室的襄陽長公主，她下嫁給我外祖父大將軍竇毅，生下先母。先母年幼時，曾被她的舅舅周武帝宇文邕養在宮中，很受寵愛。先母才貌雙全，從小就極有智謀見識。外祖父祖母替她挑婿，設下雀屏，給每個有意求婚的貴宦子弟兩枝箭，暗中約定將女兒許給射中孔雀兩隻眼睛的人。數十個子弟前來應試，都未能射中，輪到我爹爹時，也不知是湊巧還是姻緣天定，他兩箭正正射中了屏風上兩隻孔雀的眼睛，因而中選，才與先母結褵。」

韓峰不禁微笑，心想：「大師兄的外祖父母替女兒選婿，頗似當年樂平公主替愛女宇文娥英挑婿，千挑萬選，相中李敏；而竇夫人自幼寄養宮中，富有才智見識，又頗似小石頭的經歷。」又想：「原來大師兄是宇文泰的曾外孫，那麼他跟小石頭還有些血緣關係，算起來應當長小石頭一輩。」

長孫無忌笑道：「我聽我舅舅說，這裡面還有個故事呢。妹夫的先母竇夫人，自幼年起便極有見識。當時周武帝為了和親外族，娶了一位突厥公主為皇后，但是對這突厥公主卻十分冷淡。竇夫人小小年紀，將這件事情看在眼中，便勸諫她舅舅周武帝道：『舅舅迎娶突厥公主，是為了懷柔外族。如今對她不理不睬，她心裡想必不好受！如今邊陲尚未平定，突厥勢力仍然強大，希望舅舅以社稷蒼生為念，好好撫慰這位公主。我們只須得到突厥的助力，那麼江南、關東就不需顧慮了。』周武帝沒想到一個小姑娘竟說得出如此識大體、有遠見的話，非常感動，便聽從了她的意思，開始善待突厥公主。這件事被我舅舅知道了，他說：『這位竇家小姑娘眞是太神奇了，將來一定會生出神奇的兒子！若有機會，定當與他們聯姻。』後來我和妹妹寄居舅舅家，舅舅想起這件往事，便自做主張，將我妹妹嫁給了竇夫人的這位神奇的兒子。」說著向李世民一攤手。

李世民搖手笑道：「先母確實極有智慧遠見，可稱是位奇人。至於她的兒子我嘛，可就一點兒也不神奇了。」語畢三人都笑了。

長孫無忌又道：「我還聽說，當年文皇帝滅周建隋，下手將宇文氏子弟誅殺殆盡。竇夫人得知後，悲憤地撲倒在胡床上，哭道：『可恨我不是男子，不能解救舅舅一家的危難！』她的父親竇大將軍和母親襄陽長公主聽了，趕緊掩住她的嘴，說道：『傻孩子快別胡說了！妳可會令我們抄家滅族啊！』」

韓峰心想：「這位竇夫人英雄豪邁，不讓鬚眉；大師兄智勇雙全，果然也是一位出奇的人物。只可惜竇夫人英齡早逝，不然她跟小石頭一定相見恨晚。」

他聽著李世民和長孫無忌談論親族長輩的種種事蹟，心中甚感熟悉，似乎回到了童年之時，在家中聽父親和他的朋友們談論歷代帝王公侯、皇子公主、柱國將軍的逸聞軼事，神馳往事，驚嘆不已。

# 第三十八章　兩情悅

便在這時，忽然門口一響，一人輕輕敲門，三人轉頭看去，但見一個少女站在門口，面帶微笑，卻不言語，正是李晏雲。

李世民眼見妹妹不似平日那般爽朗大方，猜想她見到未來的準夫婿韓峰，不免害羞，當下故意裝做若無其事，笑著招手道：「五妹，還不快來跟長孫大哥和韓公子見禮？」

李晏雲緩步走入屋中，向長孫無忌行禮，又向韓峰行禮，說道：「長孫大哥，韓公子。」兩人都起身回了禮。

李世民舉起那把巨闕天弓，說道：「五妹，妳快來瞧瞧，韓兄弟給我挑了這把好弓！」

李晏雲忍不住抬頭望了韓峰一眼，兩人目光相接，李晏雲面頰緋紅，嘴角卻忍不住露出微笑。她走過去，假裝過去觀看二哥的弓，問道：「二哥，這弓怎麼個好法？」

李世民將剛才韓峰指點自己射箭，一箭射中紅心之事說了。

李晏雲笑道：「韓公子號稱神箭手，他挑的弓，哪有不好的？二哥能得到他的指點，可眞是幸運哪。」

韓峰聽她稱讚自己，臉上不禁一熱。他呆呆地望著李晏雲俏美的臉龐，溫柔的笑靨，回想自己數年來對她的一片癡慕思念，心想自己未來能得此伴侶，當眞比神仙還要幸福，一時恍如身在夢中。

長孫無忌望著韓峰和李晏雲的神態，早已猜知他們之間互有情愫，揚起眉毛，伸手摸著下巴，臉上露出促狹的微笑，故意說道：「五妹，我聽說妳武功越練越強，眼光也越練越高了。尋常武人豪士更入不了妳的法眼，更別說不會武功的世家子弟了。我瞧唯有神箭韓小兄弟這樣的人物，妳才有可能看得上眼吧！」

李晏雲臉一紅，佯怒道：「無忌哥哥別胡說！你再亂說，小心我打你！」

長孫無忌滿面無辜地道：「我只聽說過棒打鴛鴦，可沒聽說過棒打月老的。再說，月老應該是妳二哥才對，哪裡輪得到我啊？」說著忍不住大笑起來。

李世民也不禁莞爾，李晏雲更是又好氣又好笑，跑上前狠狠搥了長孫無忌幾拳，只打得他哎喲亂叫。韓峰在一旁看著，露出傻笑，心中有如洋溢著一團和暖的春風。

長孫無忌眼見李晏雲羞怒交加，知道自己猜中了她的心思，當下攬著李世民的肩頭，說道：「世民，我一來你這兒，不是挨我妹妹罵，便是挨你妹妹打，實在可憐得很！喂，咱倆很久沒下棋了，不如來廝殺幾局吧！韓兄弟，五妹，你們兩位懂得下棋麼？」兩人都搖搖頭。

長孫無忌道：「不懂也不要緊，世民棋藝極高，回頭可以教教你們。我倆下棋可是生死之鬥，需得專心一致，不如你們去那邊廂房中坐坐，千萬別來吵擾我們！」

韓峰明白長孫無忌故意讓自己和李晏雲獨處，望了李晏雲一眼，但見她也正望向自己，兩人臉上都是一紅。

李世民也很願意湊趣，微笑道：「無忌素來是我手下敗將，這回竟敢主動向我挑戰，眞是不知死活！我不教訓你一頓，只怕你永遠都不知好歹。來來來，我們便來拚殺幾局。五妹，韓兄弟，你們去隔壁廂房聊聊，晚膳時再叫我們好了。」

在李世民和長孫無忌的催促下，韓峰和李晏雲只好起身去了隔壁廂房，相對而坐，互相望著，都忍不住露出喜悅的微笑。

韓峰道：「通雲師姊……」

李晏雲道：「別再師姊師姊的叫我了，我的年紀又不眞比你大。」

韓峰忙道：「是。那我該……該怎麼稱呼妳才是？」

李晏雲微笑道：「就叫我晏雲吧。你若不介意，我也不再稱呼你韓大哥，以後就叫你峰哥，好麼？」

韓峰聽她輕聲細語，這聲「峰哥」叫得如此親密，心中好生快活甜蜜，說道：「當然好，當然好。」

兩人坐在廂房之中，互述別來諸事，傾吐情衷，都覺得這輩子沒有比這一刻更加幸福快樂的時光了。

之後數日，韓峰忙著指導李世民手下壯士練習弓箭之術，李晏雲不時出來觀望，偶爾也下場練習，請韓峰指點。韓峰只要能見到她，心中便滿懷喜悅；能夠教她射箭，與她耳鬢廝磨，朝夕相處，更是開心得有如飄在雲端。

李晏雲自從父親解除了與趙慈景的婚約之後，便如釋重負，心情開朗得多；在韓峰來到唐國公府之後，更是心花怒放，笑容滿面。韓峰雖仍沉默寡言，但他對李晏雲的關心情切，每每表現在一舉一動之中，令李晏雲感到既羞怯又甜蜜。韓峰過去兩年對她百般戀慕思念，這時終於能夠向她表露一腔情意，只差沒將一顆心掏出來交給她。

李家眾人早將韓峰當成未來的五女婿、準姑爺，對他極爲客氣親切，唐國公更當他如自家的親族晚輩一般。有時晚膳之後，唐國公便讓李世民、李晏雲、長孫無忌和韓峰來到他的書房，一家人圍坐閒談，聊天說笑，氣氛融洽。韓峰感到自己已完全融入了李家的生活，此地的一切都是那麼地舒適熟悉，不時喚回他童年時在家中的記憶和感受。

韓峰偶爾也會想起小石頭，想起包袱中尚未送出的白狐裘，心想自己或許該給她寫封信；但又想自己才剛來到大興城李家，什麼事也沒發生，不如等到了太原，一切安定下來之後，再傳信向她報個平安便是。

這日他與李晏雲閒坐談話，無意間提起小石頭，說道：「我今日能夠下山來此，全靠小石頭相助。不知道小石頭他們在山上如何了？」

李晏雲忽然顯得有些不安，勉強笑道：「你的人在這兒，怎地一顆心卻還留在山上？我們到了太原之後，你也會老記掛著山上麼？」

韓峰微微一怔，說道：「晏雲，難道妳不懷念山上的日子？」

李晏雲望著他，微笑說道：「傻子，我當然懷念山上，但是我眞正掛念的是你啊。」

韓峰聽她這麼說，心頭一甜，但同時也醒悟她不喜歡聽他提起山上之事。韓峰不知她心中有何顧慮，此後便盡量不在她面前提起寶光寺或小石頭。他雖感到李晏雲的態度有些奇怪，但他沉浸於兩情相悅的美好情緒之中，並未去深想其中原因。

這數日間，唐國公命家人收拾大小物件，準備啓程赴太原上任。李世民的幾個兄弟，大哥李建成、三弟李玄霸、四弟李元吉，都留在祖籍河東老家；只有李世民自幼在寶光寺學武，英勇多智，武功高強，又頗有歷練見識，很早便成爲父親的得力助手，一直跟在父親身邊，這回也隨行去往太原。

這日唐國公的鴿使收到從洛陽無名寺傳來消息，說皇帝回到洛陽城後，心情甚是鬱悶不快，適逢新造好的龍舟送到了洛陽，宇文述最善於察言觀色，便勸皇帝再次乘坐龍舟去江都遊玩，藉以散心。這個建議正中楊廣的下懷，立即欣然接受，決定啓駕前往江都。

不少臣子認爲不妥，上書勸諫皇帝，說雁門之圍剛解，各地叛軍紛起，皇帝不回京師，又不留在東都，卻再度跑去南方遊玩，國事怎能不更加糜爛？

楊廣最不喜歡別人指責他，很爽快地將上書勸諫的官員全數斬首，嚇得再也沒有人敢多說一句。

於是楊廣便率領了后妃百官，乘坐著百來艘極盡華麗的龍船，命數萬名縴夫在通濟渠的兩岸拉船，浩浩蕩蕩地前往江都遊玩。一路上官員費盡心思接待皇帝的龐大隊伍，安排種種歌舞宴飲，極盡奢靡鋪張，彷彿帝國有著揮霍不完的金銀，而楊廣卻不知自己只餘有限的時光可以享受了。

唐國公李淵並不理會皇帝去了何處遊玩，一切準備就緒後，時已將近年底，氣候嚴寒，風勁雪寒，唐國公率領著家眷臣屬，冒著大風大雪，啓程前往太原。

行出五日，一行人在一個小鎮下榻時，江都鐵佛寺傳來緊急鴿信，說道左衛大將軍宇文述在江都住所半夜遇刺，身受重傷。皇帝楊廣震驚憤怒之極，下令大舉緝捕凶手。然而古怪的是，宇文述的住所並未留下任何凶手的痕跡，連他身邊的姬妾都沒見到刺客的影子。

韓峰聽聞消息時，正與李晏雲在小廳中喝茶閒談，他立即猜想下手的多半便是李靜訓；能在深夜潛入宇文述住所，刺傷人而不留下痕跡，大約只有李靜訓才能辦得到。

他想起李靜訓說要去刺殺宇文述爲父母報仇時，神情堅決執著，心中好生擔憂：「李姑娘全家被宇文述誣陷慘死，仇恨深重，難怪她一心想爲家人報仇。但她雖有行走無聲的本領，卻畢竟不諳世事，不明人情。希望她下手之後便遠遠離開江都，最好趕緊回到大興城的地底墓室之中，平安度日。」

韓峰想到李靜訓，很自然便想起了她的表妹兼童年玩伴，自己的好友小石頭。李靜訓告訴自己小石頭是個女娃兒時，自己還驚疑失笑，不敢相信；豈料李靜訓所說竟然為眞，小石頭果然是個姑娘，而且還是周室宇文皇族的最後一位公主。

韓峰暗想：「小石頭不但身世奇特，性情更是奇特。儘管她怕死怕痛，老愛叫苦叫累，卻有著無比堅忍的毅力，更懷著一肚子的詭計妙招。也只有她，才有辦法說服唐國公解除愛女和趙家的婚事，並讓唐國公決定收留我，悉心照顧栽培，更同意將愛女許給我這個家破人亡的小子。」

韓峰想到此處，心中感動難已，知道小石頭憑著她的智計能耐，給了自己這一切難得的際遇，自己實在欠她太多太多，只怕這一輩子也還不完。但是他也很清楚，小石頭並不會想要自己還她什麼；她為自己所做的一切都是心甘情願的，只要見到自己高興，她也就高興了。因為她是自己此生最最眞摯的好友。

韓峰想到此處，嘴角不禁露出微笑。

# 第三十九章　不離諾

李晏雲在旁見到韓峰的神情笑容，沒來由地起了疑心，開口問道：「宇文述這壞蛋終於被人刺傷，得到報應，確實值得高興。但我看你笑得如此開懷，莫非想到了什麼別的開心事麼？」

韓峰一時沒有設防，脫口說道：「我在想我兄弟。」

李晏雲臉上頓時變色，冷然說道：「原來你在想著小石頭，因此……因此才這麼開心。」

韓峰聽她語氣冰冷，不禁一呆，暗想：「小石頭何時得罪了晏雲，晏雲爲何對她如此冷淡？」又想起小石頭要自己送給李晏雲的白狐裘，忍不住辯解道：「不，我只是想起小石頭爲我做了這許多事情，心中好生感激。」

李晏雲凝視著他，說道：「我們明明在談宇文述被刺之事，你怎會忽然想到小石頭身上？」

韓峰不願說出小石頭的身世，無法解釋自己如何由李靜訓而想到小石頭，當下只好遮掩著說道：「宇文述被刺之事好生古怪，我想著或許該與小石頭傳封鴿信，問問她知不知道內情。」

李晏雲驚訝道：「傳鴿信？你身上帶著信鴿？」

韓峰道：「我臨行前，小石頭給我帶上了一隻信鴿，方便傳遞信息。」

李晏雲臉色更爲難看，勉強笑道：「原來你們一直在通信。這兒發生的每件事情，她想必都知道得一清二楚了。」

韓峰道：「不，我還未給她傳過鴿信。」

李晏雲懷疑地望著他的臉，顯然並不相信他的話。

韓峰被她看得十分不自在，不明白李晏雲爲何如此在意自己是否曾與小石頭通信，只能轉開話題，說道：「從此地到太原，不知還有多少日的路程？」

李晏雲凝望著他，突然問道：「你嫌路太長麼？還是不耐煩陪在我身邊？」

韓峰搖頭道：「當然不是。我只是擔心那下手刺殺宇文述的人，希望她不會被皇帝逮到。江都離此甚遠，不然我眞想趕去江都，確定她平安無事。」

李晏雲一呆，說道：「你知道刺客是誰？你認識他？」

韓峰道：「我無法確知，只猜想下手的很可能是我認識的一位姑娘。這位姑娘性情單純，不諳世事。希望她能儘快逃離江都，莫要被楊廣抓住。」

李晏雲聽韓峰提起陌生女子，更加疑心大起，問道：「一位姑娘？你怎會認識她？你怎地從來沒跟我提起過？」

韓峰於是便將在大興城中與楊觀海和徐山對敵，自己跌入地底墓室，遇見李靜訓的經過簡單說了。

李晏雲仔細聽完，問道：「你說這位李姑娘輕功比我高？」

韓峰道：「也不盡然，她並未學過武功，只是她行走無聲，這本領可說出神入化。」

李晏雲又問道：「這位李姑娘很美貌？」

韓峰點了點頭。

李晏雲問道：「比我美貌？」

韓峰微一遲疑，終於老實地點了點頭。

李晏雲臉色一沉，靜默一陣，才說道：「難怪你如此關心她。」

韓峰一呆，一時不知該如何辯解。他和通木出手幫助李靜訓，很大一部分確實是因爲她的動人絕世美貌。然而不論李靜訓有多美貌，自己曾爲她做過什麼，都與自己對李晏雲的情感是兩回事，他不明白爲什麼李晏雲會如此在意，想了想，才道：「我關心她，僅只出於朋友之情。」

李晏雲聽他提到「朋友」兩字，立即想到小石頭，更加觸動心中忌諱，不禁恚怒，說道：「你要去找那位李姑娘，確定她平安無事，這就趕緊去吧！」說完便起身走了出去。

韓峰見李晏雲突然發怒離去，知道自己應當立即追上，好言賠罪道歉，勸解安慰，就如李敏柔聲細語地哄著宇文娥英那般；但他也清楚自己不善言詞，擔心一不小心說錯話，只會惹得她更加不快，而且他實在也不知道自己說錯了什麼話，做錯了什麼事，又該如何向她道歉？

他正猶疑間，忽想：「我跟晏雲述說與李靜訓姑娘之事時，曾動念是否該將小石頭是個姑娘的事情告訴晏雲。然而她對李姑娘的反應已如此激烈，我可千萬不能將小石頭的事告訴她。」忽又動念：「她對小石頭如此介懷，難道……難道她已知道小石頭是個姑娘？甚至懷疑……懷疑我和小石頭之間有些什麼，才會如此不快？」

韓峰心中甚感混亂，也夾雜著幾分沮喪和煩躁。他不明白李晏雲爲何要如此多疑，這些事情明明都可以好好地談開，自己和小石頭友情深重，親厚相依，如果她如此介意他和小石頭之間的情誼，爲什麼不直接說出來，卻要藉由毫不相關的李靜訓來發脾氣？

他不禁好生想念與小石頭相處時的景況，自己與她談話時，從來不必顧忌什麼，她也從不曾耍性子、發脾氣，言語乾脆爽快，坦率眞誠，而且她總能明白自己的心思，兩人間從不曾生起什麼誤會。爲什麼自己和李晏雲談話時卻總不能如此自在，如此眞率？

他也想起每回自己火爆脾氣發作時，小石頭只消說上幾句話，便能讓自己冷靜下來，甚至轉怒爲笑。甚至當那回因她隱瞞身世，自己大大惱了她時，她也同樣輕鬆以對，三言兩語，便讓自己怒氣全消，兩人言歸於好，友誼愈益堅固。

韓峰吸了一口氣，明白晏雲畢竟不是小石頭，只能勉強壓下心頭的煩躁不解，趕緊追了出去，找到李晏雲，見到她正站在廳外的一個花壇邊上，低頭哭泣。此時已入寒冬，花壇中觸目盡是枯枝敗葉，看來十分淒涼。

韓峰來到她身旁，說道：「晏雲，是我不好，不該提起李姑娘的事情。請妳別惱我，我不是有意的。」

李晏雲卻只哭個不停，神情又是哀傷，又是惱怒。

韓峰將該說的話都說了，實在不知道自己還能說什麼，只好默然站在當地，望著李晏雲的淚眼，等候她的回應。

李晏雲哭了一陣，才伸手抹去眼淚，抬起頭，說道：「峰哥，是我不好，我不該輕易發怒。但是我實在太過在意你，不知如何，我總感到不能放心，害怕你會爲了別的人、別的事，忽然離我而去。你答應我，不論出了什麼事情，你都不要離開我，好麼？」

韓峰心下猶疑，他雖珍視自己和李晏雲之間這段得來不易的戀情，感激唐國公一家的恩德照顧，然而，世間是否眞的沒有別的事情比情人甚至妻子更加重要？

他心底知道當然是有的：自己下落不明的爹爹，寶光寺，老和尙，小石頭，還有推翻暴虐皇帝楊廣，解救受苦受難的百姓，消除天下冤獄；這些人和事，對他都有著非凡的意義，都極其重要。儘管此時此刻並沒有什麼事情讓他必須離開李晏雲，但是未來又會如何？他自然無法預料，更不知道自己可以給予李晏雲什麼樣的承諾。自己是該假意安慰她，給一些空泛的承諾，還是老實說出自己的想法？

韓峰與李晏雲相處一段時日以來，已然知道自己對她說話時不能太過老實；每回自己將心中所想直率坦白地說出來，往往會令她不悅，惹她氣惱憂愁。韓峰在山上與她相處甚久，也曾與她一起出門辦事，對她的性子頗爲了解，知道晏雲並不是個小心眼、扭捏做作的姑娘家；她會如此在意，實在是因爲自己太不會說話，始終未能表達出自己對她的一番情意，令她心底時時感到疑惑不安，難以釋懷。

但韓峰不知的是，更令李晏雲倍感焦慮的是整個唐國公府都知道五小姐愛上了寶光寺的韓峰師兄，爲了他甚至不惜解除與名門大族趙家的婚約。對一個貴宦小姐而言，這可是關乎名譽臉面的大事。如果韓峰對她的情意有任何一點點及不上她對韓峰的情意，甚或辜負了她，人人都將在背地裡譏笑她自作多情，所託非人。

事實上，即使不是貴宦小姐，任何一個初陷情網的少女，都不免時時懷疑情人的心是否忠貞不二，爲此疑神疑鬼，患得患失。即使如李晏雲這般武藝高強、爽朗大方的姑娘，也難以避免。

韓峰心中清楚自己的想法，卻仍不知道該如何措詞才好，也不知自己該如何回應李晏雲永遠不離開她的請求。

他望著李晏雲的淚眼，好生疼惜，心中一軟，伸手握住了她的手，誠懇說道：「晏雲，我對妳的心，可表天日。我不懂得說假話，無法答應妳我做不到的事情。我們好不容易才得聚首，我怎會願意離開妳？但是世事難料，如果有一日眞的發生了什麼事，我非得與妳分別，那應當也只是一時的，我總是會回到妳身邊。」

李晏雲緊緊回握住他的手，哭道：「不，不！即使是暫時分別，我也不要！我做過好幾次惡夢，每回都夢到你堅決地離我而去，一去就再也不回來了。你答應我，不要離開我，直到我們成婚爲止。好麼？成婚之後，你要跟我爹爹或二哥出門辦事，我都由得你，決不會不讓你走。」

韓峰想了想，說道：「晏雲，我尚未建立任何功業，不知道要到何時妳爹爹才會答應讓我們成婚。我若總是留在妳身邊，又怎能建功立業呢？」

李晏雲聽了，這才破涕為笑，說道：「你總有道理好說。峰哥，你明白我的意思就好。你是個老實人，很可能會輕信了別人的言語，或是為了幫助什麼人，或是為了什麼道義責任，便奮不顧身地去做一件事。我喜歡你的性子，但是，我總是很害怕你會離我而去。如果有一日，你眞的為了什麼人或什麼事，決定離開我，我……我一定會很傷心很氣惱，我一定不會原諒你，我一定會徹底忘記你，一輩子都不要再見到你！」

韓峰聽她說得如此決絕，心中不禁難受：「如果我眞的必須去做什麼事，妳卻無法體諒我的處境，那該如何是好？」他嘆了口氣，說道：「晏雲，我明白妳心中在意我，我當然也同樣在意妳。我答應妳，我一定盡力不離開妳，不讓妳為我惱怒傷心。」

李晏雲點了點頭，投入他的懷中，低聲道：「峰哥，只要你留在我身邊，我一定會好好待你，讓你一輩子開開心心，快快活活。只要你不離開我，咱們一定能相守一世。」

# 第四十章　心動搖

當夜韓峰回到自己房中，思潮起伏，良久無法入睡。他回想李晏雲發惱的因由，又想到李晏雲傷心哭泣的模樣，心中好生疼惜不捨，然而同時在他心中浮起的一幅畫面，卻是小石頭頭上包滿布條，左臂掛在頸中，坐在鴿樓書房中首抄信的情景。那時他剛被二師兄痛毆一頓，受傷甚重，卻仍堅持抱傷去鴿樓抄信，不肯耽誤了事情。

自己當時見了他的模樣，甚感心痛，小石頭卻一派輕鬆俏皮，還有精神跟自己說笑。那時自己問他究竟對二師兄說了什麼，才令他罷手不打，她告知二師兄爲了刺殺楊廣，延誤時機，未能解救未婚妻雪梅的性命，從此性情大變，悲憤顛狂，頹廢潦倒的傷心往事。

韓峰繼而想起，小石頭在挨二師兄毒打的瀕死之際，開口叫道：「你打死我，也救不回雪梅的性命！我知道你想打死我，好讓我大哥跟你一樣傷心欲絕，你以爲這樣便能毀了他？我告訴你，我大哥是鐵錚錚的男子，比你堅強百倍，就算我死了，他也不會被你打倒的！」

韓峰忽然坐起身，細細咀嚼小石頭這幾句話背後的含義。他當時並未發覺，此時才猛然領悟：她這番話竟將自己比做了二師兄的未婚妻雪梅！而二師兄對她下手，也是看準了小石頭與自己情誼深固，親厚無比，傷害了她，便能重重地傷害自己。

韓峰的身子不自禁顫抖起來，他不知道自己該如何去釐清這些往事。他忽然覺得，李晏雲的懷疑擔憂並不是毫無來由的。自己一直將小石頭當成好朋友、好兄弟，然而心中對她的重視依戀，絕非一般兄弟朋友之義所能涵蓋解釋。那麼小石頭心中卻又如何想？她費盡心思安排自己與意中人李晏雲結褵，難道眞的僅僅出於兄弟朋友之義？

然而在他進入禪定後，腦中卻浮現了一幅幅歷歷如眞的情景：他見到自己與李晏雲成婚，之後跟隨唐國公東征西討，推翻大隋，唐國公登基爲帝，封他爲柱國；他見到自己意氣昂揚，春風得意，他終於和祖父韓擒虎一般，成爲開國功臣，又兼皇親國戚，官高祿厚，榮華一生；他終於重振韓家家風，光宗耀祖，拾回了童年時的光榮富貴，洗去了家破人亡的創痛恥辱。

韓峰猛然睜開眼，感到冷汗浹背，心跳極快，心中只想：「這就是我要的麼？這就是我要走的路麼？」他同時清楚地知道，只要自己不離開晏雲，定境中所見到的一切都將成眞，這就是他未來的道路。

他感到一片難言的茫然困惑，極想去請示老和尚，求老和尚指點迷津。但是他如今身在他鄉，已離開終南山很遠了，好似被狂風捲走的一片落葉，再也身不由主，只能隨著風勢在天地間飛揚飄蕩。

又過數日，一行人將近太原，忽有一群三十多乘馬從東南方飛奔而來，馬上乘客全身黑衣，手持刀劍，模樣甚是剽悍，全都蒙著面。

李世民見這群人來勢不善，顯然是盜匪一流，早已警覺，命守衛層層圍繞在父親的車駕旁，縱馬上前，喝問道：「來者何人，有何意圖？」

韓峰也早已手持弓箭，跨著追龍，守在唐國公的隊伍之前。

爲首的盜賊喝道：「車裡坐的可是唐國公李淵？」

李世民道：「是又如何，不是又如何？」

爲首盜賊側頭望向他，說道：「你想必便是李世民了。動手！」

李世民喝道：「賊子膽敢犯上作亂！」舉起齊眉棍，縱馬衝入盜賊之中，轉瞬間已將三四名盜賊打下馬來。

韓峰連珠箭發，射倒七八名盜匪，逼得盜匪無法靠近車駕。

唐國公早已聽見外面的喝問打鬥，掀開車帘往外望去，見到韓峰箭法如神，不禁讚嘆道：「好箭法！」

黑衣盜賊從窗戶見到唐國公，紛紛叫道：「李淵在此！李淵在此！」紛紛手持刀劍，趨馬上前，將唐國公的車駕團團圍住，但懾於韓峰的精妙箭法，不敢太過逼近。

韓峰守在唐國公車駕之旁，高聲喝道：「何方盜賊，來此騷擾？」

黑衣群盜卻默不作聲，只冷冷地望著車駕。

唐國公從車帘中見到眾盜神色，心知有異，這些人若眞是盜賊，爲何不搶貨物，卻只顧圍攻自己？他直覺握住放在車駕中的弓，抽出一枝箭搭上。

便在此時，一個蒙面盜匪偷偷繞到車後，策馬衝上突襲。唐國公不暇思索，立即探頭出車窗，回身開弓，一箭向那盜賊射去。李淵年輕時便以弓箭聞名，這時年紀雖大了，箭藝仍非比尋常，這一箭射出，正中那盜匪的咽喉，仰天跌下馬去，在其他盜匪的驚呼聲中，已然斃命。眾盜匪見李淵射死夥伴，齊聲怒喝，舉起兵刃，一擁而上。

李世民叫道：「侍衛們！快圍住車駕保護！」持棍衝上抵擋。

這時近身而搏，韓峰無法再使用弓箭，只能舉起長棍，與李世民雙雙持棍，往盜匪之中衝去，兩人如秋風掃落葉般，將群盜紛紛打下馬去。

盜匪見這兩人棍法高明若神，加上唐國公的手下人數眾多，眼見討不了好去，一人叫道：「扯呼，扯呼！」眾盜紛紛退去，四散逃逸。

李淵道：「別讓賊子逃了！」躍出車外，翻身騎上一匹馬，率領一隊親衛追了上去。一行人追出數里，李淵身手十分俐落，騎在馬上，彎弓發箭，將兩個正在逃跑的盜匪射下馬來，命令手下道：「捉住綁起了，帶回去盤問！」

李淵正要率領手下回去時，忽見遠處樹叢之後一乘馬快奔而出，馬上乘客頭大如斗，一張硃沙面，滿腮紅色鬚髯，粗眉圓眼，相貌甚是剽悍。他手中持著一柄大砍刀，縱馬往南方奔去，看來與那些盜匪正是一夥。

李淵怒道：「還有一個賊子！」彎弓搭箭，一箭射向那紅鬚乘客射去。紅鬚乘客背心中箭，跌下馬來，滾入一堆樹叢，眼見是不活的了。

李淵收起弓箭，對隨從道：「回去吧！」

這時李世民和韓峰也已擒住了幾個盜匪，回到車隊之旁。

李世民見父親率了一群親衛縱馬而歸，趕緊迎上，問道：「爹爹，您沒事麼？」

李淵道：「我沒事。我們追出數里，射下了數名賊子，捉回了兩個。」

李世民沉吟道：「不知這些盜匪究竟是何來歷？」

李淵道：「我也不知。他們的衣著裝扮雖如盜匪，言語行止卻頗爲可疑。他們見到貨財，卻並不動手劫掠，似乎是專爲刺殺我而來。」

李世民皺起眉頭，說道：「待兒子盤問這幾個盜匪，看能否探出他們的眞正來歷。」

一行人續往前行，來到楂樹崗鎮，找了間驛站落腳。

李世民盤問了那幾個被捉起的盜賊後，忽然留意到其中一人雙眼分得很開，面目似曾相識。

他仔細回想，才想起自己曾在洛陽宇文述府邸中見過此人。當時自己和韓峰及乞流闖入宇文述府邸，一群官兵出來抵抗，爲首之人正是這雙目分得很開之人。這人雖換了裝扮，臉上的特徵卻難以掩藏。

李世民疑心大起：「宇文述不是受刺重傷麼？他的手下怎會跑來此地，假扮成盜匪刺殺爹爹？」他不動聲色，又盤問了幾句，眾盜匪只供稱自己是從山寨裡出來打劫，其餘的什麼也不肯說。

李世民出來後，立即向父親報告此事。

唐國公聽後，眉頭深鎖，說道：「我上回從弘化歸來，在官驛遇到兩個刺客，後來查知刺客正是宇文述讓他的兒子宇文化及派出的驍果。當時我與老和尚討論，猜想宇文述膽敢這麼做，應是出於皇帝的暗中指使。然而此番皇帝命我出鎮太原，如何又派人來下手？而且不是派遣少數刺客，而是派出一群人假扮成盜匪行刺？莫非宇文述受刺後，懷疑我與行刺有關，因此派手下來向我報復？」

李世民沉吟道：「宇文述遇刺不過是幾日前的事，這些人不可能這麼快便趕來此地。我猜想他們應是宇文述一早便派出來的，守在去往太原的道上，打算行刺爹爹。即使宇文述遇刺受傷，計畫仍未改變。」

唐國公點頭道：「你說得不錯，很可能正是如此。」

李世民道：「宇文述乃是皇帝的親信，他膽敢派人出來對您不利，我想應該還是受了皇帝的指令或暗示。即使皇帝任命父親出鎮太原，但他生性忌刻多疑，或許始終不放心，仍懷有暗中除去父親之意。如今之計，我們必得加緊趕到太原，在當地立定腳跟，才能防備這些刺客。」

唐國公道：「你說得很是。我們在這鎮上略做修整，補給飲水食物，立即便上路。」

李世民不願打草驚蛇，當下裝做不知眾盜的來歷，又拷問了一番，才命手下將捉到的假盜匪全數放走了。

# 第四十一章　傳噩耗

當日下午，正當唐國公一行人急急準備補給糧草之時，忽有一男子騎馬來到楂樹崗鎮上，要求見唐國公世子。

李世民出來接見，但見這男子身形壯碩魁梧，留著一部大鬍子，形貌威猛，手上握著一柄六尺金頂棗陽槊。

李世民打量著這人的形貌，暗想：「這人才像個眞正的盜匪。」抱拳問道：「這位英雄來訪鄙人，不知有何指教？」

那男子樣貌雖粗魯，神態卻頗爲客氣，抱拳說道：「這位想必是唐國公二世子。在下瓦崗寨二頭目，姓單名雄信的便是。我來此乃是因爲有件急事，需尋找一位舊識。」

李世民聽說他是瓦崗寨中人，而且言語有禮，想起韓峰曾與瓦崗英雄結識，這人多半是來找他的，當即放下了心，抱拳回禮，說道：「原來是瓦崗單二頭目！不知閣下要找的舊識是哪一位？」

果聽單雄信答道：「我要找韓峰韓小英雄。請問他在這兒麼？」

李世民道：「他確實在此。我這便去請他出來相見。」當即讓人去請韓峰。

韓峰見到單雄信，好生驚喜，叫道：「單二哥！你怎地來了？」

單雄信見到他，也極爲高興，叫道：「韓小兄弟，我可終於找到你啦！」面色隨即轉爲凝重，說道：「韓小兄弟，我來找你，乃是因爲有件急事相告。可能借一步說話？」

韓峰望向李世民，李世民點了點頭，說道：「兩位慢慢談，我先告退了。」

李世民出去後，韓峰忙問道：「單二哥，可是寨裡發生了什麼事？」

單雄信搖頭道：「我們寨裡沒事。上回小兄弟在滎陽大展身手，相助程三弟和徐小弟打敗秦瓊，救了我的性命，做哥哥的好生感激。」

韓峰道：「哥哥曾救過我的命，這是兄弟義所當爲，何須相謝！不知哥哥所說急事爲何？」

單雄信壓低聲音，問道：「有位法號叫做通吃的小師父，韓小兄弟可識得？」

韓峰一驚，說道：「當然識得，他是我寶光寺的師弟。他怎麼了？」

單雄信道：「數日之前，我瓦崗寨兄弟在洛陽附近巡邏時，無意撞見了這位通吃小師父。他身負重傷，昏迷不醒。有個弟兄從他身上找到了度碟，得知他來自寶光寺，猜想是你師弟，便收留了他，悉心救治。後來他終於醒轉，口口聲聲說有極爲緊急的大事，要趕快找到韓峰師兄，其餘便什麼也不肯多說。我們只好將他帶來大興城找你，到了大興，才聽說你已跟著唐國公去往太原，便追了上來。」

韓峰聽說通吃受了重傷，心中又驚又急，忙道：「多謝單二哥爲此奔波！我師弟現下人在哪兒？請單二哥快帶我去見他！」

單雄信道：「他傷得甚重，我們將他安頓在西南十里外，一座劉氏祠堂中。」

韓峰道：「我得趕緊去見他。請單二哥稍候，我立即去向唐國公世子報告此事。」當下立即去找李世民，告知單雄信帶來的噩訊。

李世民聽說通吃在洛陽受傷，懷疑寶光寺出事，極爲擔心，說道：「我們離開大興城不過十多日，離開之前曾與山上通過鴿信，並無異狀；莫非山上在這幾日中出了事？通吃師弟又怎會跑去洛陽，在那兒身受重傷？峰師弟，請你先去劉氏祠堂探望通吃師弟，我處理完這兒的幾件事後，便立即趕去祠堂，與你會合。」

韓峰點頭道：「我這就趕去劉氏祠堂，在那兒等候大師兄。」

於是韓峰便跟著單雄信，快馳來到十里外的劉氏祠堂。祠堂中有十多名瓦崗弟兄守衛，爲首的正是舊識徐世勣。他見到韓峰，神色凝重說道：「韓小兄弟，通吃小師父的情況不大好，不一定能開口說話，你別抱著太大的希望。」

韓峰一路趕來，心中已是擔憂如焚，聽徐世勣這麼說，一顆心更是沉到了底，吸了一口氣，說道：「請徐小哥快帶我去見他！」

徐世勣領他來到一間房室，但見一人躺在榻上，整個頭上都包滿了紗布，連眼睛鼻子都不大看得見了。

韓峰在那人身旁跪下，看出他五短身材，一顆圓圓的大頭，正是通吃。通吃受傷顯然極重，右手臂從手肘以下都沒有了，頭上身上的紗布仍不斷滲出深紅色的血跡，紗布下的臉慘白無血色，臉頰凹陷，整個人都已瘦了一圈。

韓峰見他受傷慘重，一條命似乎只在呼吸之間，心中揪痛，勉強忍著眼淚，輕聲喚道：「通吃，通吃，你聽得見麼？是我韓峰，大石頭來看你了！」

通吃緩緩睜開一隻眼睛，望向韓峰，認出他來，嘴角露出一絲笑意，說道：「峰師兄！我……我可終於找到你了。」

韓峰見他如此淒慘，忍不住流下眼淚，說道：「通吃，發生了什麼事？你快告訴我！」

通吃想要開口說話，卻欲言又止。他喘了幾口氣，才哽咽道：「有惡人……攻打寶光寺，大家全都死啦！」

韓峰乍聞噩耗，一時無法置信，呆了半晌，才問道：「什麼惡人？老和尚呢？」

通吃掉下眼淚，哭道：「老和尚也圓寂了。我當時不在山上，這些都是小石頭在鴿信裡說的。」

韓峰心中驚詫無比，悲痛交集，忙問：「你說小石頭傳了鴿信出來？她沒事麼？你又怎會離開終南山來？」

通吃喘了一會兒氣，才道：「你離開不久，我們便得到消息，說有一群從洛陽來的壞人想偷上終南山，對寶光寺不利。老和尚原本想派小石頭去探查這件事，但是小石頭卻病倒了，無法下山，因此老和尚便派了我去洛陽調查此事。」

韓峰忙問道：「她怎會病倒了？」

通吃道：「你走了之後，小石頭足足哭了三天，我們都捨不得你走，但小石頭可是最最捨不得你的。他整日失了神一般，不說不笑，除了練功幹活兒，就是在鴿樓裡埋首抄信。他一日等不到你的信，便一日吃不下東西，後來就這麼病倒了。」

韓峰心中又是驚詫，又是慚愧，心想：「她對我的關懷思念如此之深，我竟始終渾然不察！」想到此處，不禁心痛如絞，良久說不出話來。

他強自鎮定，望著通吃，問道：「老和尚派你去了洛陽，後來如何？」

通吃道：「我到了洛陽無名寺，和通果師兄一起調查那些惡人的來歷。後來通果師兄收到急信，說有大批武功高手準備偷襲寶光寺，要我們立即趕回去相助；同一日卻又緊接著收到另一封信，這封是小石頭寫的，說已經太遲了，要大家千萬不要來救援，又說老和尚已然圓寂，寶光寺全燒燬了，大家都死了，不必……不必去救援了。」

韓峰頓覺五雷轟頂，震驚難已，顫聲問道：「那小石頭呢？她……她也死了麼？」

通吃搖搖頭，說道：「沒有人知道。通果師兄說……那封信的字跡歪斜潦草，小石頭很可能已受了傷，至於他的死活，我們誰也不知道。」

韓峰問道：「那你又怎會受傷？」

通吃道：「我跟通果師兄見到了小石頭的信，決定不論是否已經太遲，我們都必得趕回山上去看看。沒想到我們兩個才離開洛陽，就在城外遭到一群蒙面人埋伏偷襲，通果師兄爲了保護我逃走，已然喪命……我負傷逃了出來，天幸被瓦崗寨的人救起。峰師兄，我不知道偷襲寶光寺的惡人究竟是誰，又不識得瓦崗寨的人，不敢對他們多說什麼，只跟他們說我要見你。他們確是好人……眞的帶我趕來大興，見到了你。」

# 第四十二章　去與留

韓峰聽完了通吃的敘述，心中一片混亂，腦中不斷浮現小石頭哭泣的臉龐，他知道小石頭一定去過離合崖，一定曾在老松樹之下哭泣，一定曾在那兒一遍又一遍地呼喚著自己，思念著自己……

他忽然感到胸口滯悶，惶惑茫然、後悔自責諸般情緒猛然湧上心頭，心想：「我爲了晏雲而離開寶光寺，離開小石頭。沒想過我離開後，寶光寺竟然便出事了。我錯了，我對不起老和尚，對不起小石頭！」

通吃重傷之下，又說了這許多話，氣息急促，閉上眼睛，顯然極爲疲倦。

韓峰不忍再向他追問，伸手緊緊握住他僅剩的左手，低聲道：「你放心，我一定會找出那些惡人，替老和尚和大家報仇的！」通吃閉上眼睛，點了點頭，昏睡過去。

韓峰站起身，感到頭腦暈眩，搖搖欲墜。他緩緩出了房室，單雄信和徐世勣兩人見他臉色極爲難看，都知道寶光寺定然出了大事。兩人互望一眼，都不知該如何開口詢問。

韓峰吸了一口氣，勉強定下神，說道：「多謝兩位哥哥護送我師弟來此。我師弟告知終南山出了事，寶光寺……寶光寺被毀，老和尚……老和尚也已圓寂。我等世子來到後，便得立即趕回終南山。」

單雄信道：「你儘管去！我們會找個地方安頓令師弟，讓他好生養傷。」

韓峰點點頭，說道：「多謝單二哥和徐小哥的好意，小弟心領了。我想最好將我師弟交給唐國公一行照顧，唐國公手下有數位醫官，當可照看師弟的傷勢。」

單雄信道：「如此更好。韓小兄弟，你臉色不大好，先坐下歇一會兒吧。」

韓峰向二人道謝，在祠堂後找了個安靜的角落，抱頭坐在地上，心中一片混亂，感覺每一刻都好似一年那麼長。老和尚圓寂，師弟們喪命，寶光寺全毀，小石頭下落不明……這一切都如一個個重錘一般，將他打入絕望的深淵。

唯一牽繫著他，令他未曾跌入深淵的最後一條細絲，便是小石頭的生死。他心想：「小石頭送了鴿信出來，可能她還活著！」這一線微薄的希望牽扯著他，讓他暫時保持冷靜清醒，未曾發狂。

他想著小石頭，腦中頓時浮起一個再也難以抑止的念頭：「韓峰，你對不起小石頭！你爲了自己的私情而離開寶光寺，離開了你最好的朋友小石頭，你對不起她！」這個念頭直比重錘還要沉重可怖，如鐵錐般一錐錐刺著他的心。

不知過了多久，李世民快馬趕到祠堂，韓峰將通吃所述全都告訴了他。

李世民聽完之後，臉色鐵青，說道：「我爹爹在楂樹崗鎮上，也剛剛收到了飛鴿急信，得知了此事。事情發生在十日之前，正是在我們離開大興城之後。」

他從懷中取出一封信，但見上面寫著一行字：

「寶光寺燬，和尙圓寂，法身歸葬清心尼庵。沙彌全數殉難，無一倖存。萬勿來援」

韓峰見那字跡正是出於小石頭之手，原本心中還存著一線希望，只盼通吃收到的訊息有誤。然而這封小石頭親筆寫給唐國公的信就在自己眼前，證實山上確然出了事，老和尙及師弟們確然皆已罹難。韓峰胸口悶痛，再也忍耐不住，失聲痛哭起來。

李世民伸手輕拍他的肩膀，默然不語，等他略略止淚，才沉痛說道：「峰師弟，山上遭此劫難，我忝爲大弟子，未能保護本寺，甚至在出事後這許多時日才得知，實在罪該萬死！我眞想立即趕回終南山，探查情況，找出凶手。但是……但是今日父親受到盜匪圍攻，我們發現這些盜匪乃是宇文述的手下所假扮，很可能正是出於皇帝的暗中指使，意欲刺殺我父。父親此行情勢凶危，我不能放下父親不管，就此離去。」

韓峰勉強止淚，說道：「大師兄自當留下，護送唐國公平安抵達太原，我卻一定得回去。我這就去稟報唐國公，立即回往終南山！」

李世民低頭沉思，澀聲說道：「不，峰師弟，你不該回去。」

韓峰甚感驚訝，問道：「卻是爲何？」

李世民神色哀傷，但十分鎮定，他直視著韓峰，說道：「峰師弟，我眞不願這麼說。然而眼下情勢，我們即使立即趕回終南山，也已無濟於事。這封信乃是小石頭親手所寫，你也親眼見到了，信中說寺院燒燬，老和尚圓寂，當時留在寺裡的沙彌們全數喪命。你想想，寶光寺的眼線何等之廣，消息何等靈通，竟然無法抵禦敵人突襲，足見敵人的手段有多麼厲害。寶光寺年輕弟子中武功高的雖不多，各地年長弟子卻有不少高手，除了神力大師和通地之外，還有不少其他武功相若的高手分散四方。這些人可能已預先收到通知，趕回山上赴援，寶光寺卻仍被敵人攻破毀滅，足見敵人的武功有多麼高強。」

韓峰點了點頭，李世民心思細密，考慮到的遠比自己深遠廣闊。

李世民又道：「你和我，以及通吃等少數幾人，可能便是寶光寺唯一倖存的弟子了。我們得好好活下去，找出對頭，替老和尚及師弟們報仇。我們也應立即發信給其他散布在各地鴿樓的寶光寺弟子，讓他們到太原聚集。家父到太原上任後，手握兵權，足以自保，更能保護前來投靠的各方豪傑。你應當跟我們去太原，在那裡紮好了根，再做打算。」

韓峰想了想，搖頭道：「但是……但是小石頭生死未明。我必得回去，確定她是否還好好活著。」

李世民聽他提起小石頭，深知小石頭是他最親近的至交，對他意義重大，無可取代。李世民長嘆了口氣，說道：「峰師弟，小石頭雖然發出了那最後一封鴿信，但是寶光寺遇到這等大劫難，他多半……多半也未能倖免。」

韓峰仍舊搖頭，堅持道：「信裡說寺裡的沙彌們全數喪命，但是小石頭並不是沙彌。而且……」

他吸了一口氣，聲音發顫，說道：「就算她已死去，我也要親手埋葬她！」

李世民聽他這麼說，知道無法再勸，神色哀然，點了點頭，說道：「你是重情重義之人，我不能阻止你。然而你即使決定要回去，也應來楂樹崗一趟，向家父說明辭別。」

韓峰點了點頭，於是便去向單雄信和徐世勣拜別，準備回往楂樹崗。他見單雄信神色苦惱，似乎憂心忡忡，便問道：「單二哥，可是出了什麼事？」

單雄信道：「沒什麼，只是家兄雄忠跟我們一道來此，從早晨出去之後，便沒有回來。我已派弟兄出去尋找他，家兄酷愛打獵，很可能是進入樹林打獵去了。怪的是天色將晚，卻仍未回來。」

韓峰和李世民聽了，也不以爲意，當下僱了輛大車，讓通吃躺在大車中，離開劉家祠堂，回往楂樹崗鎮。

眾人卻不知，當日早晨那最後一個被李淵射下馬的紅鬚乘客，並非盜賊一夥，正是單雄信的兄長單雄忠。

單雄忠與弟弟和瓦崗群豪同行來到此地，一行人在劉家祠堂落腳。單雄信去楂樹崗尋找韓峰，單雄忠便獨自縱馬出來遊獵，卻恰好撞上被唐國公和手下驅散逃逸的盜匪。他讓在道旁，正要驅馬離去，卻被李淵遠遠見到，未能看清他並非盜匪一夥，一箭射去，正中背心，將他射下馬來，身受重傷。

當日晚間，單雄信見兄長久久不回，好生擔憂，自己也出去尋訪，碰巧在楂樹崗外的野地樹叢中找到了他。單雄忠被李淵的羽箭射傷，倒在樹叢中，已拖了一日，奄奄一息。

單雄信眼見兄長身受重傷，只驚得臉色煞白，連忙跳下馬，奔上去抱住兄長，叫道：「大哥！大哥！」

單雄忠受傷太重，只對弟弟說了一句：「替我報仇！」便嚥了氣。

單雄信又悲又怒，向手下喝問道：「是誰殺了他？」

一個瓦崗弟兄惶恐答道：「單大爺自己出來遊獵，無人跟隨，也沒有人看到凶手。」

單雄信從兄長身上取出那枝致命的羽箭，見到箭身上刻著「唐國公」的字樣，驚怒交集，說道：「這是唐國公李淵的箭！好端端地，他爲什麼要射死我大哥？」

次日天一亮，單雄信便率領瓦崗弟兄去楂樹崗，準備嚴詞質問唐國公李淵，向他討個公道。到了楂樹崗，才發現唐國公一行人前一晚已匆匆上路，趕往太原去了。

單雄信與唐國公李淵的仇恨就此結下，即使李淵並不知情，單雄信仍將唐國公一家都當成了仇人，立誓爲被李淵誤殺的兄長報仇。這已是後話。

卻說李世民和韓峰帶著身受重傷的通吃，來到楂樹崗鎮上的驛站。

李世民立即找了醫官，請他照顧通吃的傷勢，安頓好後，韓峰便去見唐國公，拜下說道：「唐國公垂鑑，寶光寺遭難，老和尚對我恩情深重，我兄弟小石頭生死未卜。我欲立即趕回終南山，請唐國公賜准！」

唐國公搖搖頭，哀然道：「寶光寺遭此劫難，委實令人傷痛適恆。然而悲劇已然發生，奸賊不知爲何對寶光寺下手，很可能還在潛伏寶光寺左近，十分危險，你實不應回去犯險。」

韓峰泣道：「事情發生在我下山之後，我無能保護師門和師弟們，慚愧無地。我兄弟小石頭跟我情義深厚，即使她已喪命，我也一定要找到她的屍身，將她安葬。」

唐國公神色哀戚，說道：「孩子，我知道你關心寶光寺，關心你兄弟。但是你此番回去，不過是無謂蹈險。你還是跟著我去太原吧，我們定能慢慢查出查出凶手，替寶光寺報仇。」

韓峰心痛如絞，咬緊牙根，說道：「不，我一定得回去！不找到我兄弟，不替寶光寺報仇雪恨，我絕不能回來！」

# 第四十三章　取與捨

唐國公默然，過了一會兒，才開口道：「那麼，五兒……」心中知道韓峰這一去，便是不會再回來的了。他掛念女兒，忍不住開口詢問，但只說了半句，便停口不說。當此大難之際，自然不宜再去提及這等兒女之情、婚姻之約。

韓峰明白他的意思，低下頭，感到雙眼發燙，胸口窒悶。他心中自也清楚，要放棄與李晏雲結褵的機會，實是他此生最艱難的決定，最巨大的割捨。

他忽然想起那夜在定境中見到的種種景象，眼前的路條然變得無比分明，無比清晰。即使是一片風中的落葉，也能選擇飄落地面，不再隨風飛舞飄蕩。

他吸了一口氣，抬頭望向唐國公，眼神堅決，緩緩地道：「我一定得回去。懇請唐國公轉告五姑娘，請她……不要等我。我不能只顧著自己的安樂，不顧恩師和師弟的仇恨，不問好友的生死。五姑娘的一片心意，我……只能辜負了。」

然而在他心底深處不斷翻滾著說不出來的一番話，卻是：「我對不起小石頭，我不該爲了晏雲而拋下她！她若已死去，我要親手埋葬她；她若沒死，我一定要找到她！」

唐國公沒有言語，李世民也沒有言語。

良久，唐國公才道：「你對師門盡忠，對兄弟盡義，我自不能阻止你，更不應勉強你跟我去太原。你去吧，若查出仇人，我李家一定傾全力助你報仇。五兒的事情……也只能讓她自己作主了。」

韓峰向唐國公磕了三個頭，又向大師兄拜倒，說道：「兩位對我父子恩情深重，待晚輩更有如親人，韓峰銘記在心，絕不敢忘，將來定當竭力報答！」

唐國公嘆了一口氣，說道：「峰兒，我們相處雖不長，我卻十分欣賞喜愛你的性情才幹。我實在捨不得讓你去，五兒更加……更加……唉！」

李世民上前拍拍韓峰的肩膀，說道：「峰師弟，你應當見見五妹，當面跟她說明你爲何必得離去，我想她會了解的。」

韓峰想起不過數日前，李晏雲才要自己許諾永遠不離開她，豈知世事難料，自己這麼快便得面對離她而去的決定。他知道自己若見到李晏雲的面，只會更加難捨，更加自責慚愧，於是堅決地搖了搖頭。

李世民沒有再勸，只嘆了口氣，說道：「我明白。你放心去吧，我會跟五妹好好說的。」

韓峰再次向二人拜謝，便啓程往南方趕去。

韓峰騎馬奔出一段，但聽身後一人縱馬追了上來，叫道：「韓兄弟，請等等！」

韓峰回過頭，見來者竟是長孫無忌，忙勒馬而止，問道：「長孫大哥，請問何事？」

長孫無忌縱馬近前，遞給他一個包袱，說道：「世民讓我將這個交給你。」

韓峰伸手接過了，但覺入手沉重，打開一看，裡面滿滿的竟有一百多兩黃金。他知道這是李世民送給自己的盤纏，甚是感動，抬起頭道：「請長孫大哥代我向世子道謝！」

長孫無忌道：「世民無法跟你同去，心中萬般自責難受。這不過是他的一點心意，他說寶光寺若還有倖存者，請你代他妥爲照料。」

韓峰點了點頭，說道：「我理會得。」

長孫無忌又道：「世民還要我告訴你，山腳李家田莊已被朝廷收回，不能再去投靠。」

韓峰心中一凜，點了點頭。

長孫無忌望著他，又道：「世民最後囑我傳幾句話給你：他說你隨時想去太原，他都歡迎得緊。即使你與五妹無緣，他仍舊永遠當你是好兄弟、好朋友。你明白麼？」

韓峰甚是感動，在馬上抱拳為禮，說道：「我明白。請長孫大哥代我轉告世子：韓峰拜謝世子厚情高義，粉身難報！」

長孫無忌望著他，嘆了口氣，說道：「峰兄弟，你我出身相仿，都是業已沒落的貴宦子弟，我完全明白你離去的決定有多麼困難。我只想告訴你，我敬佩你的決心，你為了師門，寧可放棄大好前途；若換成是我，真不知自己能否做到！」

韓峰心中黯然，暗想：「我來到李家是為了晏雲，如今離開，捨棄的不只是大好前途，而是晏雲！長孫大哥又怎能明白我的心境？」說道：「長孫大哥將我看得太高了。師門遭難，我無能護衛，已是慚愧無已。如今只能盡力彌補此過，哪有什麼決心可言？」

他向長孫無忌抱拳為別，掉轉馬頭，快馳而去。

韓峰日夜馬不停蹄，往南方飛馳而去。第三日的早晨，終於趕到終南山下。他匆匆縱馬上山，來到了寶光寺前。

正如小石頭信上所述，寺院的三棟房舍盡數燒燬，圍牆和木門全都不見影蹤，寶光寺已不復存在，當地只剩下一片斷垣殘瓦，怵目驚心。

韓峰僵立當地，望向那片廢墟，有如置身惡夢，無法相信眼前的殘敗廢墟，便是他在世間唯一的歸宿——寶光寺。

他感到一顆心好似被撕成了碎片一般，全身空虛，雙腿疲軟，腦中暈眩，似乎這一切都不是眞的，又似乎一切都眞實得讓他透不過氣來。

他抬頭往山下望去，只見到一片蕭瑟的冬日山林。

他忽然想起通吃的話：「你走了之後，小石頭足足哭了三天，我們都捨不得你，但小石頭可是最最捨不得你的。他整日失了神一般，不說不笑，除了練功幹活兒，就是在鴿樓裡埋首抄信。他一日等不到你的信，便一日吃不下東西。」

韓峰不敢去數自己究竟擱置了多少日子，始終不曾寫信給她；自己明明帶著信鴿雪白在身邊，卻始終未曾給她傳去隻字片語。如果自己早些與她通信，或許她便能及早告知寶光寺即將遇上危難之事，或許自己便能及時趕回，相助抵禦；或許寶光寺便不會遭此橫禍，付之一炬；或許她便不會陷身於此災厄，生死不明。

韓峰放眼望去，似乎能在山林中瞥見小石頭的身影，聽見她調皮精靈的笑聲，望見她矯捷輕巧的身形攀到鴿樓之上，打開窗扇，釋放信鴿，仰頭望著信鴿拍翅飛去，漸漸消失在藍天白雲之際。

他心中忽然升起一股難以言喻的篤定，小石頭沒有死，她一定還活著。她在某個地方等著我，我一定要去找到她。

然而為什麼我到此刻才明白？他問自己；為什麼我到此刻才明白，小石頭在我生命中竟占了如此重要的地位！

韓峰抬頭望向天際，此時他心中只存一念：即使花上一輩子的工夫，我也要找到小石頭，找回我此生獨一無二的至交好友。

（第二部　完）

國家圖書館出版品預行編目資料

奇峰異石傳・卷二／鄭丰作, -初版-台北市：奇幻基地出版；家庭傳媒城邦分公司發行；2013.07（民102. 07）
面：公分. -（境外之城）

ISBN 978-986-5880-34-7（卷2：平裝）

857.9 102010546


ISBN 978-986-5880-34-7
Printed in Taiwan.

奇幻基地官網及臉書粉絲團
http://www.ffoundation.com.tw/
http://www.facebook.com/ffoundation

鄭丰臉書專頁
http://www.facebook.com/zhengfengwuxia

城邦讀書花園
www.cite.com.tw

# 奇峰異石傳・卷二

作　　者／鄭丰
企劃選書人／楊秀真
責 任 編 輯／王雪莉
行 銷 企 劃／周丹蘋
業 務 企 劃／虞子嫺
行銷業務經理／李振東
總　編　輯／楊秀真
發　行　人／何飛鵬
法 律 顧 問／台英國際商務法律事務所　羅明通律師
出版／奇幻基地出版
城邦文化事業股份有限公司
台北市 104 民生東路二段 141 號 8 樓
電話：(02)25007008　傳真：(02)25027676
網址：www.ffoundation.com.tw
e-mail：ffoundation@cite.com.tw
發行／英屬蓋曼群島商家庭傳媒股份有限公司城邦分公司
台北市 104 民生東路二段 141 號 11 樓
書虫客服服務專線：(02)25007718・(02)25007719
24 小時傳真服務：(02)25170999・(02)25001991
服務時間：週一至週五09:30-12:00・13:30-17:00
郵撥帳號：19863813　戶名：書虫股份有限公司
讀者服務信箱 E-mail：service@readingclub.com.tw
歡迎光臨城邦讀書花園 網址：www.cite.com.tw
香港發行所／城邦（香港）出版集團有限公司
香港灣仔駱克道 193 號東超商業中心 1 樓
電話：(852) 2508-6231 傳真：(852) 2578-9337
e-mail : hkcite@biznetvigator.com
馬新發行所／城邦（馬新）出版集團
【Cite (M) Sdn Bhd 】
41, Jalan Radin Anum, Bandar Baru Sri Petaling,
57000 Kuala Lumpur, Malaysia.
Tel: (603) 90578822　Fax:(603) 90576622
email:cite@cite.com.my

封面設計／黃聖文
插畫繪製／HIROSHI　http://www.facebook.com/boquanlee
排　　版／浩瀚電腦排版股份有限公司
印　　刷／高典印刷有限公司
■2013 年（民 102）7 月 30 日初版一刷

售價／250元

| | | | |
|---|---|---|---|
| 廣 | 告 | 回 | 函 |
| 北區郵政管理登記證 | | | |
| 台北廣字第000791號 | | | |
| 郵資已付，免貼郵票 | | | |

104台北市民生東路二段141號11樓

**英屬蓋曼群島商家庭傳媒股份有限公司城邦分公司 收**

請沿虛線對摺，謝謝

奇幻基地

每個人都有一本奇幻文學的啓蒙書

奇幻基地官網：http://www.ffoundation.com.tw
奇幻基地粉絲團：http://www.facebook.com/ffoundation

書號：1HO039　　書名：奇峰異石傳．卷二

奇幻基地創社11年

# 奇幻戰隊好讀有禮集點贈獎活動

活動期間，購買奇幻基地作品，剪下封底折口的點數券，集到一定數量，寄回本公司，即可依點數多寡兌換獎品。

**點數兌換獎品說明：**

- **5點** 奇幻戰隊好書袋一個
- **10點** 2012年布蘭登·山德森來台紀念T恤一件
  有S&M兩種尺寸，偏大，由奇幻基地自行判斷出貨
- **15點** 【蕭青陽獨家設計】典藏限量精繡帆布書袋
  紅線或銀灰線繡於書袋上，顏色隨機出貨

**兌換辦法：**

2013年2月～2014年1月奇幻基地出版之作品中，剪下回函卡頁上之點數，集滿規定之點數，貼在右邊集點處，即可寄回兌換贈品。

【活動日期】：即日起至2014年1月31日

【兌換日期】：即日起至2014年3月31日（郵戳為憑）

**其他說明：**

＊請以正楷寫明收件人真實姓名、地址、電話與email，以便聯繫。若因字跡潦草，導致無法聯繫，視同棄權

＊兌換之贈品數量有限，若贈送完畢，將不另行通知，直接以其他等值商品代之

＊本活動限臺澎金馬地區讀者

**【集點處】**

| | | |
|---|---|---|
| 1 | 6 | 11 |
| 2 | 7 | 12 |
| 3 | 8 | 13 |
| 4 | 9 | 14 |
| 5 | 10 | 15 |

（點數與回函卡皆影印無效）

為提供訂購、行銷、客戶管理或其他合於營業登記項目或章程所定業務之目的，英屬蓋曼群島商家庭傳媒(股)公司城邦分公司，於本集團之營運期間及地區內，將以電郵、傳真、電話、簡訊、郵寄或其他公告方式利用您提供之資料（資料類別：C001、C002、C003、C011等）。利用對象除本集團外，亦可能包括相關服務的協力機構。如您有依個資法第三條或其他需服務之處，得致電本公司客服中心電話(02)25007718請求協助。相關資料如為非必要項目，不提供亦不影響您的權益。

**個人資料：**

姓名：＿＿＿＿＿＿＿＿＿＿ 性別：□男 □女

地址：＿＿＿＿＿＿＿＿＿＿

電話：＿＿＿＿＿＿＿＿＿＿ email：＿＿＿＿＿＿＿＿＿＿

想對奇幻基地說的話：＿＿＿＿＿＿＿＿＿＿

＿＿＿＿＿＿＿＿＿＿

請剪下右側點數，貼於背面的集點處，集滿5點以上，即可寄回兌換抽獎

1